프닌

프닌

블라디미르 나보코프 장편소설

김정아 옮김

문학과지성사

블라디미르 나보코프 장편소설

프닌

펴낸날 2023년 7월 28일

지은이 블라디미르 나보코프
옮긴이 김정아
펴낸이 이광호
주간 이근혜
편집 엄정원 김은주
마케팅 이가은 최지애 허황 남미리 맹정현
제작 강병석
펴낸곳 ㈜문학과지성사
등록번호 제1993-000098호
주소 04034 서울 마포구 잔다리로7길 18(서교동 377-20)
전화 02) 338-7224
팩스 02) 323-4180(편집) / 02) 338-7221(영업)
대표메일 moonji@moonji.com
저작권 문의 copyright@moonji.com
홈페이지 www.moonji.com

ⓒ문학과지성사, 2023. Printed in Seoul, Korea

ISBN 978-89-320-4192-6 03840

차례

옮긴이의 말

일러두기

1. 이 책은 Vladimir Nabokov의 *Pnin* [*Nabokov: Novels, 1969~1974*, Brian Boyd (ed.) (New York: Library of America, 1996)]을 우리말로 옮긴 것이다.
2. 본문의 주는 모두 옮긴이의 것이다.
3. 주인공 프닌이 영어에 서툰 외국인인 점이 작품의 중요한 특징이므로 영어 외의 외국어는 원문과 같이 노출하고 [ ] 안에 뜻을 밝혔다. 영어를 잘못 사용하고 있는 경우는 [ ] 안에 영어를 밝혔고 말장난도 [ ] 안에 원어를 밝혔다. 영어 외의 외국어는 이탤릭체로 표시했다.

1장

1

　그 가차 없이 질주하는 기차의 객실―옆에 빈 좌석 하나를 두고 앞에 빈 좌석 둘을 마주하는 북측 창가―에 앉아 있는 나이 든 승객이 바로 티모페이 프닌 교수였다. 완전무결한 대머리, 그을린 피부, 깨끗이 면도한 얼굴―그 커다란 갈색 돔, 거기에 뿔테 안경(어린아이 같은 눈썹의 숱 없음을 가려주는), 원숭이 같은 윗입술, 굵은 목선, 좀 꽉 끼는 트위드 상의 속의 장사 상체―그 시작은 제법 창대했지만, 그 끝은 홀쭉한 다리(지금은 플란넬 바지를 입고 서로 교차), 그리고 여자 발처럼 약해 보이는 발이었으니 다소 미약했다.

　양말은 진홍색 바탕에 연보라색 마름모무늬가 있는 헐렁

한 모직이었지만, 구두는 보수적 검정색 옥스퍼드화였다(현란한 건달 넥타이를 포함한 나머지 착장 전체와 거의 맞먹는 비싼 구두였다). 그가 바지 안에 내의를 입을 때 늘 끝단을 접어 양말에 넣고 양말을 가터로 고정했던 것은 그의 인생에서 고루한 유럽 시절에 해당하는 1940년대 이전까지였다(내의는 흰색 면이었고, 양말은 자수 장식에 차분한 색상의 순견이었다). 그 시절의 프닌이었다면, 이렇게 가랑이 한쪽을 과하게 들어 올려 흰색 내복 바지를 슬쩍 내보이는 짓은 넥타이를 매지 않고 숙녀들 앞에 서는 짓 못지않게 망측한 짓이라 여겼을 것이다. 그 시절에 *faux col*[가짜 목깃]을 벗고 있는 경우에는, 심지어 파리 16구의 지저분한 아파트 건물——프닌이 레닌화化한 러시아를 탈출해 프라하에서 대학교 공부를 완료하고 나서 15년을 산 곳——을 관리하는 타락한 수위 마담 루가 집세를 받으러 왔을 때도 순결한 손으로 목 단추를 가리던 조신한 프닌이었다. 그것이 송두리째 바뀐 것은 '신대륙'의 들뜬 분위기 속에서였다. 지금은 일광욕이라면 사족을 못 쓰고, 스포츠 셔츠와 슬랙스를 즐겨 입고, 다리를 교차할 때는 공들여, 일부러, 버젓이 맨살의 정강이를 노출하는 쉰두 살의 그였다. 동승자가 있었다면 바로 그 모습을 봤겠지만, 그때 객실에는 한쪽 구석에서 자고 있는 군인과 반대쪽 구석에서 아기에 열중하는 두 여자를 제외하고는 프닌 혼자뿐이었다.

이제 비밀을 밝혀야 할 때가 왔다. 프닌 교수가 기차를 잘못 탔다는 사실. 그는 그 사실을 아직 모르고 있었고, 이미 프닌의 객실을 향해 한 칸 한 칸 다가오고 있는 차장 역시 모르고 있었다. 때마침 프닌은 그 순간 자기 자신에게 아주 대단한 만족을 느끼고 있었다. 크레모나─1945년부터 프닌의 학계 자리가 되어준 웬델에서 서쪽으로 약 2백 베르스타 떨어진─에서 열리는 금요 야간 강연회의 연사로 우리 친구를 초청한 '크레모나 여성 클럽' 부회장─주디스 클라이드 양─이 가장 편한 기차 정보─1:52 PM 웬델 출발, 4:17 PM 크레모나 도착─를 알려주었는데, 프닌이 (시간표, 지도, 카탈로그를 지나치게 좋아하고, 종류별로 수집하고, 때마다 공짜라는 상쾌한 기쁨과 함께 마음껏 챙기고, 본인의 일정을 스스로 짜는 데서 유별난 자부심을 느끼는 수많은 러시아인 중 하나였으니) 한동안의 연구 끝에 더 편한 기차─2:19 PM 웬델 출발, 4:32 PM 크레모나 도착─의 비고─금요일 한정 운행이라는 것, 2:19 PM 크레모나 정차라는 것, 종점인 도시도 감미로운 이탈리아 지명인데, 한참 더 가야 하는 훨씬 더 큰 도시라는 것을 알려주는─를 찾아내고야 말았던 것이다. 그가 5년 전 열차 시간표를 가지고 있었다는 것, 그 사이에 차편이 부분적으로 바뀌었다는 것이 프닌에게는 안타까운 일이었다.

　그가 러시아어를 가르치고 있는 웬델 대학은 인공 정원 캠퍼스 중앙의 인공 호수, 담쟁이덩굴로 뒤덮인 학관들 사이의 연결 통로, 면식 있는 교원들이 등장하는 벽화(아리스토텔레스와 셰익스피어와 파스퇴르로부터 넘겨받은 지식의 횃불을 기괴한 형체의 젊은 농민 남녀에게 넘겨주는 장면), 거대하고 활기차고 한창 번창하는 독문과(학과장 하겐 박사가 의기양양하게 대단히 또박또박한 발음으로 "대학 안의 대학"이라고 부르는 학과)를 특징으로 내세우는 다소 고루한 학교였다.

　그 학년도(1950년)의 가을 학기에 러시아어 과목 수강 현황을 보면, 중급 수강생은 한 명(통통하고 성실한 베티 블리스), 상급 수강생도 한 명(출석부의 이름으로 존재할 뿐 한 번도 실제로 나타나지 않은 아이번 덥), 가장 인기 있는 초급은 세 명(민스크에서 태어난 조부모를 둔 조세핀 말킨, 천재적 기억력으로 열 개의 언어를 이미 처리했고 앞으로 열 개를 더 매장하겠다는 의욕에 넘치는 찰스 맥베스, 러시아어 알파벳을 떼면 『안나 카라마조프』를 원서로 읽을 수 있다는 말을 누군가로부터 들은 나른한 아일린 레인)이었다. 교사로서 프닌의 실력은 미국 학계에 흩어져 있는 엄청난 실력의 러시아 숙녀들—아무것도 모르겠다는 표정의 학생들에게 그 어렵고 아름다운 언어를 마법처럼 자기가 아는 만큼 주입하는 데 성공하는 그들, 정규 교육을 전혀 받지 않은 상태로, 직감과 수다스러움, 그리고 일종의 모성적 탄성에 의지해, 볼가강의 노래들과 레드 캐비아와 차茶로 분위기를 조성하는 그들─과 경쟁하기에는 한참 모자랐다. 한편 교사로서 프닌의 위치는 현대 언어학의 높은 학관들─음소들의 금욕적 결사체 같은 그곳, 성실한 청년들이 언어 자체를 배우는 대신 언어 교수법의 교수법(합리적 항법이기를 멈추고 이 바위에서 저 바위로 떨어지는 폭포수 같은 것이 되어버린 항법, 모종의 정교한 기계에 의해서만 구사되는 밀교적 방언, 예컨대 기초 바스크어 같은 언어를 생성하는 도구가 될지도 모르는, 어떤 공상적 미래의 항법)을 배우는 신전 같은 그곳─에 접근하기에는 한참 모자랐다.

프닌은 가르치는 일에 아마추어의 태도, 가벼운 태도였던 듯, 수업을 할 때는 웬델보다 훨씬 큰 학교 슬라브어과 학과장(러시아어를 한심할 정도로 못하는, 하지만 무명 노동의 생산물에 본인의 존함을 너그러이 빌려주는 덕망 높은 사기꾼)이 펴낸 문법책의 연습 문제들에 의지했다. 이와 같은 여러 가지 약점에도 불구하고 프닌에게는 상대를 무장 해제시키는 고풍스러운 매력─하겐 박사(그의 확고한 보호자)가 뚱한 이사들 앞에서 내세운 주장에 따르면, 국내 현금을 쓰는 것이 아깝지 않은 정교한 외제—이 있었다.

프닌이 1925년경에 프라하 대학에서 다소 호들갑스럽게 취득한 사회학·정치경제학 박사 학위는 20세기 중반이 되면서 불용 학위가 되었지만, 러시아어 교사라는 배역이 아예 미스캐스팅인 것은 아니었다. 학생들이 그를 좋아했던 것은 실력 있는 교사였기 때문이 아니라 안경을 벗어 들고 현재의 렌즈를 문지르는 동안 과거를 향해 환한 웃음을 보내면서 잊을 수 없는 여담들을 들려주는 교사였기 때문이다. 엉터리 영어로 향수와 함께 떠나는 여행들. 개인사의 토막 정보들. 프닌이 어떻게 *Soedinyonnie Shtati*(미국)에 오게 되었느냐 하면, "상륙 직전 선상 시험. 걱정할 것 없다! '신고할 것 없나?' '없다.' 걱정할 것 없다! 다음은 정치 문제. 그의 질문은 '당신은 아나키스트인가?' 나의 대답은." (화자가 편안히 소리 없이 웃는 동안 이야기가 중단된다.) "'첫째. 우리는 아나키즘 아래의 무엇을 의미하는가? 실용적, 형이상학적, 이론적, 신비주의적, 추상적[abstractical], 개인주의적, 사회주의적 아나키즘?' 그리고 이렇게 대답합니다. '내가 젊었을 때, 이것들은 모두 나에게 의미를 가졌다.' 그래서 우리는 매우 흥미로운 토론을 가졌고, 그것의 결과로 나는 엘리스섬에서 2주를 보냈습니다." (들썩이기 시작하는 복부, 크게 들썩이는 복부, 부들부들 떠는 화자.)

　유머의 질이 훨씬 더 높은 시간도 있었다. 수줍은 비밀을 알려줄 것처럼, 인자한 프닌은 본인이 예전에 먹어본 놀라운 별미에 대한 아이들의 기대감을 한껏 높이면서(불완전한, 그럼에도 엄청난 황갈색 치열을 통제 불능의 미소로 이미 드러내면서) 단아한 가죽 가름끈을 정성스럽게 끼워둔 너덜너덜한 러시아어 책을 펼치곤 했는데, 그가 그렇게 책을 펼치면 그의 가소성 높은 이목구비가 최악의 경악으로 일그러지는 경우가 많았다. 그런 경우 그는 크게 흥분해서 입을 못 다물고 책 전체를 이리저리 뒤적거리곤 했는데, 그가 맞는 페이지를 찾기까지 (아니면, 애초의 가름끈 표시가 맞았다는 것을 확인하기까지) 몇 분이 흐르는 경우도 있었다. 많은 경우 그의 선택은 오스트롭스키가 거의 한 세기 전에 대충 만든 상인 계급 아비투스의 오래된 순진한 희극의 한 대목, 또는 똑같이 오래되었지만 한층 더 구시대적인, 단어 비틀기에 의지하는 시시한 레스코프적的 장난 글의 한 대목이었다. 이렇게 김빠진 음식을 그는 '모스크바 예술인들'의 바삭바삭한 간소함보다는 고전적 알렉산드린카(상트페테르부르크의 극장)의 몽글몽글한 감칠맛과 함께 내놓았지만, 그런 글에 아직 담겨 있을지도 모를 재미를 느끼기 위해서는 각 방언에 대한 철저한 이해뿐 아니라 상당한 정도의 문학적 통찰이 있어야 했는데 그 불쌍한 학생들에게는 둘 다 없었으니, 대사의 절묘한 연상을 즐기는 관객은 늘 배우 본인뿐이었다. 우리가 좀 전에 보았던 복부 들썩임이 이제 정말 지진이 되었다. 열정적이면서 수용적이었던 젊은 날에 대한 기억을 연출하면서(역사 한 방으로 박살난 우주였기에 더욱 생생하게 느껴지는 눈부신 우주에서 모든 조명을 밝히고 모든 의식의 가면들을 무대에 올리면서), 프닌은 관객이 예의를 발휘해 러시아 유머이리라고 넘겨짚어 주는 은밀한 기억을 하나씩 꺼내놓으면서 와인에 취하듯 기억에 취해가곤 했다. 어느새 재미는 그가 감당할 수 없을 만큼 불어나곤 했고, 배[梨] 모양의 눈물방울들이 그의 구릿빛 뺨을 타고 떨어지곤 했다. 그의 엄청나게 불완전한 치아가 (그리고 분홍색 윗잇몸 피부의 놀라운 분량이) 깜짝 상자 안의 인형처럼 불쑥 나타나곤 했고, 그의 큰 어깨가 부들부들 들썩이는 동안, 그의 손이 그의 입을 향해 날아가곤 했다. 그의 입에서 나오는 말이 그의 춤추는 손에 그렇게 가로막히면서 학생들의 몰이해는 두 배로 늘어났지만, 웃음 참기를 완전히 포기하는 그의 모습은 불가항력적인 전염력을 발휘하곤 했다. 그가 웃음을 터뜨릴 때쯤에는 학생들도 배를 잡고 웃어대곤 했다. 찰스에게서 갑자기 터져 나오는 폭소의 시계태엽 자명종. 조지핀(안 예쁨)을 다른 사람으로 만들어주는 의외로 사랑스러운 웃음의 눈부신 물결. 아일린(예쁨)을 없애버리는 안 어울리는 킬킬거림의 젤리.

그렇다고 해도, 프닌이 기차를 잘못 탔다는 사실은 바뀌지 않는다.

그의 딱한 증상을 우리는 어떻게 진단해야 할까? 프닌이 *der zerstreute Professor*[딴생각에 빠진 학자] 유형──지난 세기 독일의 악의 없는 클리셰──과 거리가 멀었다는 점을 특별하게 지적해야겠다. 오히려 그는 지나치게 경계하는 편, 악마적인 함정들에 대한 경계가 지나치게 집요한 편, 일탈적인 주변 환경들(예측 불허의 미국)의 꾐에 빠져 엉뚱한 불찰을 저지르는 일이 생겨서는 안 된다는 경계심에 지나치게 시달리는 편이었다. 딴생각에 빠져 있는 것은 세상이었고, 프닌에게는 세상의 잘못을 바로잡아야 할 의무가 있었다. 그의 삶은 무신경한 오브제들──그의 생활 반경 안에 진입하자마자 망가지거나 그를 공격하거나 작동하기를 거부하거나 악질적으로 미아가 되는──과의 끝없는 전쟁이었다. 그는 신기할 정도로 손재주가 없었지만, 눈 깜빡할 사이에 콩깍지로 단음 하모니카를 제조하기, 물수제비 열 번 뜨기, 손가락 관절로 토끼(눈의 깜빡임까지 완벽한) 그림자 그림 만들기를 비롯해서 러시아인들이 유사시에 슬쩍

꺼내놓는 여러 가지 착한 속임수를 알고 있었는데, 그에게
몸을 상당히 잘 쓰고 기계를 상당히 잘 다루는 사람이라는
자아상이 생긴 것이 그 때문이었다. 기계 장치에 대한 그의
사랑에는 미신에 도취돼 있을 때 느낄 법한 환희가 있었다.
전동 기구들은 그를 놀라게 하는 마법이었고, 플라스틱들
은 그를 쓰러뜨리는 충격이었다. 그에게는 지퍼에 대한 깊
은 존경이 있었다. 하지만 전원에서 떨어져본 적이 없는 독
실한 시계가 한밤의 폭풍우로 지역 발전소가 마비되었던
다음 날부터 그의 아침을 엉망진창으로 만들었다. 그의 안
경테는 중간 부분에서 툭 부러져 그의 양손에 똑같은 조각
을 하나씩 남기곤 했는데, 두 조각을 붙여보려는 듯한 그의
막연한 시도는 모종의 생체적 기적이 구원을 내려주기를
소망하는 것 같았다. 신사가 크게 의지하는 지퍼는 악몽 같
은 급박하고 절망적인 순간에 그의 당황하는 손에 닿아 고
장 나곤 했다.

자기가 기차를 잘못 탔다는 것도 그는 아직 모르고 있
었다.

프닌의 증상에서 특별 위험 지대는 영어라는 언어였다.
그다지 도움이 안 되는 잡다한 표현들—'the rest is silence'*

✤ 셰익스피어William Shakespeare의 『햄릿Hamlet』참고.

'nevermore'✧ 'weekend' 'who's who' 등——과 얼마 안 되는 일상적인 단어——'eat' 'street' 'fountain pen' 'gangster' 'charleston' 'marginal utility' 등——를 제외한다면, 프랑스를 떠나 미국으로 건너올 때의 그는 영어를 전혀 모르는 사람이었다. 막무가내였던 그는 페니모어 쿠퍼, 에드거 포, 에디슨, 그리고 대통령 31인의 언어를 배우는 과제에 착수했다. 1941년, 1년 공부를 끝마친 그는 번지르르한 표현들——'wishful thinking' 'okey-dokey' 등——을 사용할 수 있을 정도로 유창해졌다. 1942년에는 "To make a long story short"라는 숙어로 자기가 하던 이야기를 중단할 수 있게 되었고, 트루먼이 재선되었을 무렵에는 거의 모든 화제를 다룰 수 있게 되었지만, 그런 것들 외에 실력의 향상은 그의 온갖 노력에도 불구하고 이미 멈추어 있던 듯, 1950년까지도 그의 영어는 오류로 가득했다.

그 학년도 가을, 그는 러시아어 과목 외에 하겐 박사의 감독을 받는 이른바 심포지엄('날개 없는 유럽: 최신 유럽 문화 개관')에서 주 1회 강의가 있었다. 우리 친구의 모든 강의(각종 외부 강의 포함)는 비교적 젊은 독문과 교원 한 명의 편집을 거쳤다. 편집 과정은 좀 복잡했다. 프닌 교수

✧ 포Edgar Allan Poe의 「까마귀The Raven」 참고.

가 관용 속담들로 넘쳐 나는 본인의 러시아어 입말을 누더기 영어로 열심히 번역했고, 그 원고를 밀러라는 젊은이가 수정했다. 그런 다음 아이젠보르 양이라는 하겐 박사의 비서가 그 원고를 타자했다. 그런 다음 프닌이 그 원고에서 이해가 안 가는 대목들을 삭제했다. 그런 다음 그가 주 1회 강의에서 그 원고를 낭독했다. 그는 준비된 원고 없이는 전적으로 무력했다. 눈을 위아래로 움직이는 방식—한 차례의 시선으로 단어들을 길어 올리고, 그 단어들을 학생들에게 풀어놓고, 문장의 끝을 길게 늘이면서 시선으로는 다음 문장을 좇고—으로 자기의 무력함을 위장하는 전통에 편승하지도 못했다. 프닌의 초조한 시선은 번번이 우왕좌왕했다. 그가 시선을 강의 원고에 단단히 붙이고 낭독하는 방식(승강기 탑승을 겁내는 사람들이 이용하는 그 끝없는 비상계단을 한 층 한 층 올라가는 듯한 느리고 단조로운 바리톤)을 선호한 것은 그 때문이었다.

차장—반백의 자애로운 인상, 쇠테 안경이 다소 낮게 걸쳐져 있는 코는 단순하고 기능적, 엄지손가락에 감긴 반창고는 꼬질꼬질—이 프닌이 탄 마지막 객실에 도착하기 전에 검표해야 할 객실은 이제 세 칸뿐이었다.

그 사이에 프닌은 특별한 프닌국國의 욕망을 채우고 있었다. 프닌국의 딜레마에 한껏 빠져 있었던 것이다. 그의 글래드스턴 가방에는, 프닌국의 외부 일정 1박 2일을 위한 필수품—구두 골, 사과, 사전 등—과 함께, 비교적 최근에 장만한 검은색 정장—그날 밤 강연 때 크레모나 숙녀들 앞에서 입을 예정—이 들어 있었다. 다음 주 월요일 심포지엄 강의 원고(「돈키호테와 파우스트」)—다음 날 웬델로 돌아가는 길에 검토할 예정—도 들어 있었다. 대학원생 베티 블리스의 소논문(「도스토옙스키와 게슈탈트 심리학」)—하겐 박사(그녀의 두뇌 작용의 주심) 대신 일독해야 하는—도 들어 있었다. 딜레마는 이러했다. 만약 그가 크레모나 원고—타자 용지 크기의 종이 뭉치를 정확히 반으로 접은 것—를 이대로 몸에 지니고 체온으로 지킨다면, 이론적으로 생각했을 때, 지금 입은 옷에서 이따 입을 옷으로 옮기기를 잊어버릴 가능성이 컸다. 다른 방향에서 보면, 만약 가방 안에 있는 슈트의 포켓으로 옮기는 작업을 지금 한다면, 그에게는 가방을 도둑맞을 가능성이라는 고통이 닥칠 것이었다(그는 그 사실을 잘 알고 있었다). 세 번째 방향에서 보면*(이런 의식 상태에서라면 이런 앞다리가 계속 새로 생겨난다), 그가 입은 상의의 포켓에는 소중한 지

✢ 원문은 on the third hand. '반면에'를 뜻하는 관용어에서 'the other hand'의 직역이 '다른 손 쪽'(방향)임을 이용한 말장난.

갑—내용물은 10달러짜리 두 장, 그가 1945년에 『뉴욕 타임스』에 (나의 도움으로) 써 보낸 얄타 회담 관련 기고문의 클리핑, 그의 귀화 증서—이 들어 있었는데, 지갑을 꺼내야 하는 상황에서 접힌 종이 뭉치를 떨어뜨려서 잃어버리는 일도 물리적으로 충분히 있을 수 있는 일이었다. 기차에서 흐른 시간은 20분인데, 종이 뭉치들을 만지작거리느라 가방을 연 것이 벌써 두 번이었다. 차장이 객차에 도착했을 때, 성실한 프닌은 베티의 마지막 안간힘—"우리 모두의 삶을 둘러싼 정신적 풍조를 고려할 때, 우리가 깨닫지 않을 수 없는 점은……"으로 시작되는—을 어려움 가운데 읽어 나가고 있었다.

차장이 들어왔다. 군인을 깨우지 않고, 두 여자에게 내릴 때가 되면 알려주겠다고 약속한 다음, 프닌이 내민 차표에 고개를 젓고 있었다. 크레모나 정차가 없어진 것이 2년 전이었다.

"중요한 강연!" 프닌이 외쳤다. "무엇을 할 것인가? 참사 [cata-stroph]!"

진지한 표정, 편안한 태도로 맞은편 좌석에 털썩 앉은 반백의 차장은 모서리 부분이 잔뜩 접혀 있는 너덜너덜한 책자를 아무 말 없이 뒤적거리기 시작했다. 프닌은 몇 분 뒤에(곧, 3:08에) 위트처치에서 내려야 했다. 그러면 4시 버스를 타서 6시쯤 크레모나에 내릴 수 있을 것이었다.

"나는 그때 20분을 얻었다고 생각했고, 지금 거의 두 시간을 잃고 있습니다." 그가 비통한 듯 말했다. 그런 다음 헛기침을 하고 친절한 반백남의 위로("잘될 거야")를 못 들은 척하면서, 독서용 안경을 벗고 돌덩이처럼 무거운 가방을 챙겨서 연결 통로로 나갔다. 그리고 거기서 눈앞을 스치는 불명확한 녹색들이 머릿속에 명확하게 그려지는 역사驛舍에 의해서 지양되기만을 기다렸다.

2

위트처치는 정시에 실제로 나타났다. 뚜렷한 그림자들이 드리우는 기하학적 건물들 너머로 시멘트와 태양이 덥게, 무기력하게 펼쳐져 있었다. 지역 날씨는 10월이라고는 믿어지지 않을 만큼 여름의 느낌이었다. 경계심을 발동시키면서, 프닌은 대기실 같은 곳—한복판에 불필요한 난로가 놓여 있는—으로 들어가 전체를 살폈다.

귀퉁이 공간에 사람의 상체를 알아볼 수 있는 창구가 있었다. 땀을 흘리는 젊은 남자가 널따란 나무 책상에서 서식을 채우고 있었다.

"정보를 부탁드립니다." 프닌이 말했다. "크레모나행 4시 버스는 어디 정지합니까?"

"큰길 건너 바로." 직원은 그를 보지도 않고 바쁜 듯 답했다.

"그리고 짐 보관은 어디 가능합니까?"

"그 가방? 여기 둬." 청년은 가방을 한구석으로 대충 던졌다. 언제나 프닌을 아연실색하게 하는 국민성인 비격식성이었다.

"변제[quittance]?" 프닌은 문의를 위해서 '짐표'를 뜻하는 러시아어(*kvitantsiya*)를 영어식으로 바꾸어보았다.

"그게 뭔데?"

"번호?" 프닌은 애쓰고 있었다.

"번호 없어도 돼." 녀석은 이렇게 말한 뒤 서식으로 돌아갔다.

프닌은 역사를 나왔고, 버스 타는 곳을 충분하게 확인했고, 커피숍에 들어갔다. 그는 햄샌드위치를 다 먹었고, 하나 더 시켰고, 또 다 먹었다. 4시 5분 전 정각에, 이쑤시개—계산대 옆에 놓인 솔방울 모양의 깜찍한 통에서 세심하게 골랐는데, 훌륭했다—의 값이 포함되지 않은 음식의 값을 지불한 다음, 프닌은 가방을 찾으러 역사로 걸음을 옮겼다.

그런데 창구에는 다른 사람이 있었다. 아까 있던 사람은 집으로 불려 갔다고. 아내를 급하게 산부인과까지 태워다 주어야 한다고. 몇 분만 있으면 돌아올 거라고.

"그러나 나는 나의 발리즈⁺를 확보해야 합니다!" 프닌은 외쳤다.

상대는 미안하지만 어쩔 수 없다고.

"그것은 저기 있습니다!" 프닌은 이렇게 외치면서 창구로 상체를 숙이고 손가락질을 했다. 그것이 불운이었다. 자기가 다른 가방을 달라고 하고 있음을 깨달은 것은 아직 그렇게 손가락질을 하고 있을 때였다. 검지 끝이 흔들렸다. 그렇게 망설인 것이 치명적이었다.

"나의 크레모나행 버스!"

"8시에 또 있어요." 남자는 말했다.

불쌍한 우리 친구는 무엇을 해야 했는가? 참담한 사태였다! 그가 큰길을 휙 돌아보았다. 버스가 막 와 있었다. 앙가주망⁺⁺은 추가 소득 50달러를 의미했다. 손이 오른쪽 옆구리로 날아갔다. 그것은 거기에 있었다, *slava Bogu*(다행)! 걱정할 것 없었다! 검은색 정장은 안 입어도 그만—*vot i vsyo*(그저 그뿐). 돌아가는 길에 회수하면 되는 일이었다.

⁺ '여행 가방'이라는 뜻의 프랑스어에서 온 외래어.
⁺⁺ '고용 계약'이라는 뜻의 프랑스어에서 온 외래어.

더 귀중한 것들을 잃어버리고 던져버리고 떨궈버리던 시절도 있었다. 힘찬 걸음으로, 거의 가벼워진 마음으로, 프닌은 버스에 올랐다.

끔찍한 의혹이 그의 머릿속을 스친 것은 이렇게 새로운 단계로 접어든 여행에서 시내를 불과 두어 블록 지났을 때였다. 그가 가방과 헤어지고부터 줄곧 그의 왼쪽 검지 끝부분은 그의 오른쪽 팔꿈치 안쪽 모서리 부분과 교대로 그의 윗옷 안주머니 속에 들어 있는 그 소중한 것의 무사함을 확인하고 있었는데. 갑자기 그가 그것을 거칠게 끄집어냈다. 그것은 베티의 소논문이었다.

불안과 청원을 표현하는 국제적 감탄사라고 생각되는 소리와 함께, 프닌은 휘청휘청 좌석을 빠져나왔다. 그러고는 비틀비틀 출입문에 도착했다. 한쪽 손을 뻗은 기사는 굳은 표정으로 작은 기계에서 한 움큼의 동전을 짜내 티켓 값을 환불해주고 버스를 세웠다. 불쌍한 프닌은 낯선 소도시의 한복판에 내리게 되었다.

그는 건장한 흉부가 주는 인상과는 달리 체력이 그렇게 강한 편이 아니었고, 무거운 상체를 짊어진 육체를 와락 덮쳐 오는 절망적 피로의 파도에 휩쓸려 현실에서 멀어지는 듯한 느낌을 전혀 모르는 것도 아니었다. 그는 습도가 높고 녹색이 많고 자주색이 살짝 감도는 공원──틀에 맞추어진 공동묘지 타입, 언뜻언뜻한 진달래, 번들번들한 월계수, 차광 나무 분무하기, 잔디 짧게 깎기에 주력—에 들어와 있었고, 그 으스스한 느낌, 그 비현실의 일렁임에 완전히 제압당한 것은 밤나무와 오크 가로수길—기차역으로 이어진다고 버스 기사가 무뚝뚝하게 알려준—로 접어들자마자였다. 그가 먹은 어떤 음식 때문? 햄과 함께 먹은 그 피클 때문? 그의 의사들 중 그 누구도 아직 탐지하지 못한 어떤 불가해한 질병 때문? 내 친구의 의문이었고, 나의 의문이기도 하다.

생명의 주요 특징 중 하나가 절연성이라는 것을 누가 전에 이미 지적했는지는 모르겠다. 피부라는 막이 우리를 둘러싸고 있지 않다면, 우리는 죽는다. 인간은 주변 환경으로부터 분리되어 있는 한에서만 존재한다. 두개골은 우주여행자의 헬멧이다. 안에 머물러 있지 않으면 소멸된다. 죽음은 안을 벗는 것. 죽음은 밖에 닿는 것. 풍경과 섞인다는 것이 원더풀할지 모르겠지만, 그것은 연약한 자아의 끝이다. 불쌍한 프닌이 경험한 감각은 그렇게 안을 벗는 느낌, 그렇게 밖에 닿는 느낌과 아주 비슷했다. 구멍이 숭숭 뚫리는 느낌, 공격당한다면 무너지리라는 느낌이었다. 그는 땀을 흘리고 있었다. 겁에 질린 상태였다. 월계수 사이의 돌 벤치가 보도에 쓰러지는 것을 막아주었다. 그것이 심장 발작이었을까? 나의 의심 소견이다. 여기서 이렇게 프닌의 질환을 분석하고 있는 의사로서 다시 한 번 말하건대, 나는 의심 소견이 있다. 내 환자는 본인의 심장—프닌이 회수하지 못한 가방 속 『뉴 칼리지 웹스터』의 섬뜩한 정의에 따르면, "안이 비어 있는 근육 기관"—을 떠올리면서 마치 무슨 억센 끈적끈적한 건드릴 수 없는 괴물—사람을 숙주로 삼고 고통스럽게 하는—이라도 떠오르는 듯 느글거리는 공포감, 과민한 역겨움, 불쾌한 혐오감을 느끼는 그 특이하고 불운한 사람들 가운데 하나였다. 그의 쓰러지고 비틀대는 맥박에 어리둥절해진 의사들이 한층 더 철저한 검진을 실시하는 경우들도 있었는데, 그때마다 심전도가 거짓말처럼 요동치면서 공존 불가능한 열두 가지 불치병을 시사하곤 했다. 그는 두려움 때문에 자기의 손목을 만지지 못했다. 불면증 환자가 자기에게 있는 두 옆구리를 시험해본 뒤에 세 번째 옆구리를 갈망하는 밤의 그 비참한 시간대에도, 그는 결코 왼쪽 옆구리로 누워 잠을 청하지 않았다.

그리고 지금, 위트처지 공원에서, 프닌은 자기가 1942년 8월 10일, 1937년 2월 15일(생일), 1929년 5월 18일, 1920년 7월 4일에 이미 느꼈던 것—자기 안에 기생하고 있는 생명체에 독자적 의식이 생겼다는 것, 그것이 살아 있을 뿐 아니라 자기에게 고통과 공황을 야기하고 있다는 것—을 느끼고 있었다. 프닌은 불쌍한 대머리 뒤통수를 벤치의 돌판 등받이에 밀착시키면서 과거에 그것과 비슷한 불편함과 두려움을 느꼈던 경우들을 하나하나 떠올려보았다. 그것이 폐렴일 가능성은 없었을까? 그가 미국 외풍—파티 주최자가 바람 부는 밤에 두 번째 음료를 내놓은 뒤 손님들에게 대접하는—에 뼛속까지 얼어붙었던 것이 그로부터 이틀 전의 일이었으니. 그러다 갑자기 프닌은(그렇게 죽는 것이었을까?) 어린 시절로 되돌아가고 있었다. 그때의 감각은 익사자들, 특히 구舊 러시아 해군 전사자들의 드라마틱한 특권이라고들 하는 회상 디테일의 선명함이 있었다. 숨이 멎을 때의 현상, 한 베테랑 정신분석가(이름은 생각이 안 난다)의 설명에 따르면, 잠재의식이 침례 받던 때의 충격을 환기하면서 최초의 입수와 최후의 입수 사이에 있는 기억들이 터져 나오는 현상이었다. 이 모든 것이 순식간의 일이었지만, 이것을 표현할 방법은 이 많은 단어를 이렇게 이어 붙이는 것밖에 없다.

프닌은 상트페테르부르크의 점잖고 상당히 부유한 가정에서 태어났다. 아버지 파벨 프닌 박사는 레프 톨스토이의 결막염을 치료하는 영광을 누린 적도 있는 평판 높은 안과 전문의였다. 티모페이의 엄마(허약하고 신경이 예민한 작은 체구, 허리는 가늘고 머리는 단발)는 한때 혁명가로 유

명했던 움오프—'줌 오프'와 압운되는—와 리가에서 태
어난 독일 귀족 여성의 딸이었다. 반쯤 기절해 있는 그에게
점점 더 가까이 다가오는 엄마의 두 눈이 보였다. 한겨울
어느 일요일이었다. 그는 열한 살이었다. 그의 온몸에 이
상한 오한이 스며든 것은 초등 김나지움에 다니는 그가 예
습을 하고 있을 때였다. 엄마는 아이의 체온을 쟀고, 아이
를 망연자실 쳐다보았고, 즉시 소아과 전문의 벨로치킨—
남편의 가장 친한 친구—을 불렀다. 그는 체구가 작고 상
을 찌푸린 남자(짧은 수염, 바짝 깎은 머리)였다. 그가 프
록코트 자락을 펼치면서 티모페이의 침대 모서리에 걸터
앉았다. 의사의 두툼한 금시계와 티모페이의 맥박이 경주
를 벌였다(맥박이 쉽게 이겼다). 티모페이의 상체가 드러
났고, 거기에 벨로치킨이 자기 귀의 얼음 같은 맨살과 자기
머리의 사포 같은 옆 부분을 내리눌렀다. 마치 어떤 외다리
의 평평한 발바닥인 듯, 귀는 티모페이의 등과 가슴을 이
리저리 거닐면서 이쪽 피부에 쩍 들러붙기도 하고 바로 옆
쪽 피부를 쿵 지르밟기도 했다. 의사가 떠나자마자, 티모페
이의 엄마와 건강한 하녀(안전핀 몇 개를 입에 물고 있는)
가 괴로워하는 작은 환자를 구속복 같은 압박 천들로 둘둘
말았다. 흠뻑 젖은 리넨이 한 겹, 좀더 두꺼운 탈지면이 한
겹, 팽팽한 플란넬이 또 한 겹 겹쳐져 있었고, 리넨(피부에

닿는)의 축축한 쓰라림과 탈지면(제일 겉면 플란넬에 말려 있는)의 끔찍한 긁힘 소리 사이에는 끈적끈적한 극악무도한 방수포(오줌과 고열의 색으로 물든)가 들어와 있었다. 불쌍한 고치 번데기 티모샤(팀)는 여러 장의 담요가 추가로 올려진 압박 천들 아래 누워 있었지만, 얼어붙은 등뼈의 양옆으로부터 갈비뼈를 타고 나뭇가지처럼 올라오는 오한을 막는 데 그것들은 아무 소용이 없었다. 그는 눈꺼풀이 심하게 따끔거리는 탓에 눈을 감을 수 없었다. 시각은 빛의 칼날에 비스듬히 찔리는 타원형 고통일 뿐이었고, 익숙했던 형태들이 유해한 망상을 부화시키는 산란장들이 되었다. 티모샤의 침대 옆에 네 폭짜리 병풍이 있었다. 반들반들한 나무에 인두로 그려진 무늬는 각각 낙엽이 깔린 승마 산책로, 수련 연못, 벤치에 웅크린 노인, 불그스름한 오브제를 두 앞발 사이에 들고 있는 다람쥐였다. 티모샤는 종종 그 오브제의 정체(호두? 솔방울?)에 의문을 품는 꼼꼼한 아이였고, 이제 달리 할 일이 없었던 그는 그 재미없는 수수께끼를 직접 풀어보기 시작했다. 하지만 머리통 안에서 윙윙거리는 고열이 그의 모든 노력을 통증과 공황 속에 빠뜨려버렸다. 그 씨름보다 더 숨 막혔던 것은 벽지와의 씨름이었다. 그는 세로 차원에서 세 가지 종류의 자주색 꽃차례와 일곱 가지 종류의 오크 나뭇잎으로 구성된(그 정확한 구성으로 마음을 진정시켜주는) 패턴은 항상 확인할 수 있었지만, 가로 차원의 패턴 반복을 지배하는 배치 규칙을 알 수 없다는 사실이 지금 그에게는 떨쳐지지 않는 괴로움이었다. 그런 반복이 존재한다는 것은 그가 패턴의 이 요소 또는 저 요소의 재등장을 여기 또는 저기에서(침대와 옷장 사이, 난로와 방문 사이 등등 벽면 전체에서) 알아볼 수 있다는 것을 통해 증명되었지만, 세 꽃차례와 일곱 나뭇잎의 패턴 하나를 선택한 다음 오른쪽 또는 왼쪽으로 가보려고 하면, 진달래와 오크의 무의미한 뒤엉킴 속에서 길을 잃고 마는 것이었다. 악의에 찬 패턴 설계자—정신을 부수는 파괴자, 고열의 친구—가 규칙의 열쇠를 감추는 데 그 정도로 어마어마하게 공을 들였다면, 그 열쇠는 생명 그 자체에 못지않은 엄청난 가치가 있을 것은 당연했고, 그 열쇠가 발견되는 순간 티모페이 프닌 앞에 평소의 건강, 평소의 세계가 다시 열리리라는 것도 당연했으니, 이렇게 명쾌한(어이쿠, 과하게 명쾌한) 생각이 떠오른 이상, 그는 씨름을 계속해나가는 수밖에 없었다.

정시에 도착해야 하는 약속에 늦어서 토할 것 같은 느낌—등교, 정찬, 취침에 지각하는 느낌과 비슷한—에서 서툰 서두름의 불편감이 생겨났고, 이 느낌이 열쇠 찾기—서서히 광란의 색조를 더해가는—의 난관들에 더해졌다. 잎들과 꽃들이 한 뭉치 한 뭉치 윤곽선의 복잡함을 고스란히 유지한 채 연청색 벽지로부터 흔들흔들 튀어나오는 것만 같았다(그렇게 남겨진 배경에서는 종이의 평면성이 사라지면서 공간적 깊이가 생겨나기 시작했고, 그 장면을 보고 있는 사람의 심장이 거의 터질 때까지 공간 팽창은 계속되었다). 그렇게 떨어져 나오는 잎과 꽃을 통해 그는 어린이 방에서 옻칠 병풍, 물컵 광택, 침대의 황동 장식 등 생명력이 비교적 강한 부분들을 아직 알아볼 수 있었지만, 그것들이 오크 나뭇잎들과 만개한 꽃들을 가릴 만큼 강한 것은 아니었다(창유리에 반사된 실내 오브제가 창유리를 통해 지각되는 실외의 경관을 가릴 만큼 강하지 못한 것보다도 훨씬 강하지 못했다). 이 환상들의 목격자 겸 희생자는, 한편으로는 침대에서 이불에 말려 있었지만, 이중성이라는 주변 환경의 특성상, 다른 한편으로는 초록색과 자주색 공원에서 벤치에 앉아 있었다. 굳은 것이 녹는 아주 짧은 동안에는 찾고 있던 열쇠를 드디어 찾아냈다는 느낌이 들기도 했지만, 티모페이 프닌의 주변 환경에서 찾아낸 합리적 패턴이 어떤 것이었든, 아주 멀리서 솔솔 불어오는 바람 한 점이 작은 힘을 점점 키워 진달래—지금은 꽃을 피우지 않은, 눈을 뜨지 않은—를 흔들면서 그 패턴을 흐트러뜨렸다. 그는 살아 있었고, 그것으로 충분했다. 그는 아직 벤치에 축 늘어진 채, 자기 몸을 받쳐주는 등받이가 자기가 입은 옷, 자기 지갑, '모스크바 대화재'[*] 연도(1812년) 못지않게 현실적이라고 느끼고 있었다.

그의 앞에서는 회색 다람쥐가 바닥에 편하게 주저앉아 복숭아씨를 맛보고 있었다. 바람이 잠시 멎었다가 다시 나뭇잎을 흔들었다.

발작이 잦아든 뒤에도 약간의 우려와 동요를 느끼고 있던 그는 그것이 진짜 심장 발작이었다면 훨씬 더 심하게 불안정하고 걱정스러웠을 것이라는 추론을 펼쳤고, 그 우회적 추론 하나가 그의 두려움을 완전히 해소해주었다. 지금은 4시 20분이었다. 프닌은 코를 풀고 역사로 터덜터덜 걸음을 옮겼다.

먼젓번 직원이 돌아와 있었다. "여기 가방이요." 그가 말했다. "미안해요. 크레모나 버스 놓쳤네요."

"최소한"(불운한 우리 친구가 "최소한"이라는 말에 집어넣으려고 한 아이러니는 얼마나 근엄했는지) "당신의 아내는 만사형통하시기를?"

"괜찮을 거예요. 내일까지 기다려야 하나 봐요."

"그건 그렇고," 프닌은 물었다. "공중전화는 어디 위치합

---

[*] 러시아군의 승리로 끝난 나폴레옹의 '러시아 원정'을 가리킨다.

니까?"

남자는 창구 뒤에서 연필을 들고 사선으로 최대한 멀리 뻗었다. 프닌이 가방을 들고 막 걸음을 옮길 때 뒤에서 부르는 소리가 들렸다. 지금은 연필이 큰길을 향하고 있었다.

"저기요, 저 트럭에 짐 싣는 저 두 사람 보여요? 지금 바로 크레모나로 갈 거예요. 밥 혼이 보냈다고 해요. 태워줄 거예요."

3

어떤 사람들은(나도 그중 한 명이다) 해피엔드를 싫어한다. 우리는 속았다고 느낀다. 가해가 규범인데. 파탄의 길이 가로막히면 안 되는데. 산사태 때 산이 움츠린 마을을 불과 2, 3피트 남겨놓고 무너지기를 그만둔다면, 산의 행동은 비정상적일 뿐 아니라 비윤리적이다. 내가 이 착한 노인이 나오는 글을 쓰고 있는 것이 아니라 읽고 있었다면, 그가 크레모나에 도착하자마자 그의 강연일이 이번 주 금요일이 아니라 다음 주 금요일이라는 것이 밝혀지는 편을 더 선호했을 것이다. 하지만 실제 전개를 보면, 그는 그저 무사히 도착했을 뿐 아니라 여유 있게 도착해서 정찬——전체는 프루트칵테일, 메인은 민트 젤리 소스에 곁들여진 정체 불명의 고기, 후식은 초콜릿 시럽에 곁들여진 바닐라 아이 스크림—을 먹었다. 이어서 그는 (달달한 것들을 질리도 록 먹고, 검은색 정장을 입고, 세 원고 중에서 자기가 원하 는 하나를 지닌다는 목적, 다시 말해 수학적 필연에 의거해 불운함을 막는다는 목적하에 상의 가득 쑤셔 넣은 세 원고 를 저글링 하면서) 연단 옆 의자에 앉았고, 연단에서는 바 닷물색 레이온을 걸친 늙지 않는 금발 여성 주디스 클라이 드—넓고 평평한 두 뺨은 예쁜 캔디핑크로 떡칠되어 있고, 채도 높은 두 눈은 테 없는 코안경 뒤에서 새파란 치매를 향유하고 있는—가 연사를 소개했다.

"오늘 밤," 그녀가 말했다. "야간 연사님은—그나저나, 우리의 금요 강연이 오늘로 3회를 맞았네요. 지난번에는 여러분도 다들 기억하시듯, 우리 모두 무어 교수님이 중국 의 농업에 대해서 말씀하셔야만 했던 것을 들으면서 즐거 운 시간을 보냈었잖아요. 오늘 밤에 우리가 누구를 모시냐 하면요, 제가 자랑스럽게 소개할 수 있는 분인데요, 러시 아에서 태어나신, 그리고 이 나라의 국민이신, 성함이 어떻 게 되시는 교수님이냐 하면요, 여기가 어려운데요, 펀-닌 [Pun-neen] 교수님이세요. 제가 맞게 발음했나 봐요. 물론 굳이 소개할 필요도 없는 분이고요, 우리 모두 이분을 모시게 되어 기쁘잖아요. 우리는 이제부터 긴 강연을 듣게 될 텐데요, 길고 유익한 강연이고요, 여러분도 다들 나중에 이분에게 질문할 시간을 가지기를 바라시겠지요. 제가 우연찮게 알게 됐는데요, 이분 아버님이 도스토옙스키의 주치의셨다고 하고요, 이분은 '철의 장막' 양쪽을 꽤 많이 다녀보셨다고 하네요. 그런 연유로 저는 여러분의 귀한 시간을 더 이상 빼앗지 않을 것이고요, 이 프로그램에서 우리의 다음 주 금요 강연 관련 몇 마디만 덧붙이고 끝낼 것이에요. 우리 모두를 위한 대단한 서프라이즈가 준비돼 있음을 알면 여러분도 다들 반가워하시게 될 텐데요. 우리의 다음 연사님은 저명한 시인 겸 산문 작가 린다 레이스필드 양이랍니다. 우리 모두 이분이 시, 산문, 얼마간의 단편소설들을 쓰신 것을 알잖아요. 레이스필드 양은 뉴욕에서 태어나셨어요. 이분의 양친 조상님들이 혁명전쟁[+] 때 양편에서 싸우셨고요. 이분은 재학 중에 첫 시를 집필하셨지요. 이분의 시 여러 편—최소한 세 편—이 『답장: 미국 여성들의 연애시 1백 편』에 실렸어요. 1922년에는 이분이 상금을 받으셨는데요, 그게 어떤 상의 상금이었느냐 하면—"

하지만 프닌은 듣고 있지 않았다. 그의 모든 관심은 아까

[+] '미국 독립전쟁'을 가리킨다.

의 발작으로부터 번져 나온 희미한 잔물결 하나에 쏠려 있었다. 발작의 뒤늦은 파문은 그저 두세 번의 심장 박동, 그리고 이 부위와 저 부위의 추가적인 심방 수축—마지막 여운, 무해한 여운—의 순간 동안 지속되다가 기품 있는 행사 주최자가 그를 연단으로 모시는 사이에 새침한 현실 속으로 사라졌지만, 그것이 그렇게 지속되는 동안, 그의 눈앞에는 너무나 선명한 장면이 펼쳐졌다! 객석 앞줄 가운데 자리에 앉은 사람은 발트해 연안의 친척 할머니들 가운데 한 명이었는데, 진주와 레이스 차림에 금발 가발—서서히 정신이 나가기 시작하기 전에 먼발치에서 추앙했던 위대한 발연기 배우 코도토프의 모든 공연에서 썼던—을 쓰고 있었다. 그 옆에서 수줍게 미소 짓는 사람, 매끄러운 흑발의 머리를 갸웃하는 사람, 프닌을 올려다보면서 벨벳 눈썹 아래 다정한 갈색 눈을 반짝이는 사람은 그의 죽은 연인(프로그램으로 부채질하는 중)이었다. 수많은 옛 친구들—살해당한, 망각당한, 원한을 못 푼, 죄 없는, 영원히 죽지 않을—이 어둑어둑한 강연장에서 최근 사람들(다소곳이 앞줄 자리로 돌아간 클라이드 양 포함) 사이에 흩어져 있었다. 바냐 베드냐시킨—아버지가 리버럴이었다는 이유로 1919년에 오데사에서 적군赤軍에게 총살당한—은 강연장 뒤쪽에서 옛 동급생을 향해 활기찬 신호를 보내고 있었

36

다. 파벨 프닌 박사와 신경이 예민한 그의 아내는 둘 다 눈에 잘 안 띄게(윤곽이 약간 흐릿한 모습, 하지만 모호하게 사라졌던 것을 감안할 때 전체적으로 원더풀하게 복원된 모습으로) 아들의 무대를 바라보면서 1912년 그 밤에 그의 무대──나폴레옹의 퇴각을 기념하는 학예회에서 푸시킨의 시를 낭송하는 안경 쓴 소년의 독무대──를 바라보던 때와 똑같은 자기희생적 자부심으로 불타고 있었다. 그렇게 펼쳐졌던 장면이 곧 사라졌다.

옛사람 혜링 양──은퇴한 역사학 교수, 『러시아가 깨어난다』(1922)의 저자──이 클라이드 양의 스피치를 칭찬하기 위해 옆쪽 관객 한두 명 너머로 상체를 숙이고 있는 동안, 그 뒤에 있던 또 한 명의 명멸하는 옛사람이 시든 두 손으로 소리 없이 박수를 치면서 자신의 시야를 가리고 있었다.

2장

1

유명한 웬델 대학 학교 종이 아침을 알리고 있었다.

로런스 G. 클레멘츠(웬델의 학자, 유일한 인기 과목은 '동작철학')와 그의 아내 조앤(펜들턴 '30)은 최근에 딸(아버지 과목의 최우등생)과 따로 살게 되었다. 이저벨(3학년)이 멀리 서부 어디에서 엔지니어로 일하는 웬델 졸업생과 결혼하면서였다.

학교 종은 은빛 햇빛 속에서 음악적이었다. 통창 액자 속에서 작은 웬델시市——흰색 물감, 검은색 잔가지 무늬——가 (대기 원근감이 전혀 없게, 어린아이가 그린 듯한 원시적 원근법으로) 청회색의 먼 언덕들 위에 겹쳐져 있었고, 모든 것에 고운 서리가 끼어 있었고, 주차된 차들의 빛나는 부분이 빛나고 있었고, 딩월 양의 늙은 스코치테리어—작은 원통형 멧돼지 같은—가 워런로路로 올라갔다가 스펠먼가街로 내려오는 산책을 마치고 집에 돌아와 있었지만, 이웃, 조경, 전조 명종을 아무리 많이 집어넣어도 계절의 추위는 전혀 누그러지지 않았고, 2주—짧은 반추 기간—가 지나면 학사 일정에서 가장 겨울 같은 '봄 학기'가 시작될 것이었고, 클레멘츠 부부는 꽤 오래된 외풍 많은 집—살던 곳을 떠나 몸무게의 1/3을 잃어버린 어떤 멍청이의 늘어진 피부와 헐렁한 옷을 걸치고 있는 느낌을 주는—에서 허탈과 우려와 적막을 느끼고 있었다. 이저벨은 어쨌든 어린 나이였고, 너무 막연했고, 부모는 딸의 시댁에 대해 (안경이 없으면 아무것도 못 하는 신부와 함께 대여 예식장에서 보았던 마지팬 얼굴의 하객 대표들을 제외하면) 사실상 아무것도 모르고 있었다.

로버트 트레블러 박사(음악학과의 활동적 일원)가 열과 성을 다해 지휘하는 학교 종은 천사 같은 하늘에서 아직 우렁찼고, 오렌지와 레몬으로 이루어진 간소한 아침 식사를 앞에 둔 로런스(거의 금발, 거의 대머리, 불건강한 비만)는 불문과 학과장—그날 저녁에 집에 올 골드윈 대학의 엔트위슬 교수를 함께 만나기 위해 조앤이 초대한 사람들 중 하나—을 욕하고 있었다. "대체 왜," 그가 화를 터뜨렸다. "당신은 그 블로랑주 녀석을 부른 거야? 그런 미라 같은, 그런 지겨운 떠버리가, 교육의 스투코 기둥 중 하나라고?"

"나는 앤 블로랑주가 좋거든." 조앤은 본인의 애정과 표명을 강조하기 위해 고개를 끄덕이면서 말했다. "그 늙은 고양이가 얼마나 천박한데!" 로런스가 소리를 높였다. "그 늙은 고양이가 얼마나 딱한데." 조앤이 소리를 낮췄다. 트레블러 박사가 멈추고 현관 전화가 울리기 시작한 것이 바로 그때였다.

소설 작법 중에 전화 통화를 재현하는 작법은 이 방 대화와 저 방 대화를 연결시키는 작법, 어느 고도古都─물이 귀하고 당나귀들이 괴롭힘 당하고 융단을 살 수 있고 미너렛과 외국인과 멜론을 볼 수 있고 아침 메아리가 울려 퍼지는 곳─의 좁고 푸른 골목길을 가로질러 이 창문 앞 대화와 저 창문 앞 대화를 연결시키는 작법에 비해 아직 한참 뒤처져 있다. 조앤은 기계가 긴급한 용건을 포기하기 전에 기계 앞에 가서(긴 팔다리, 빠른 걸음) 여보세요, 라고 했는데(치켜 올라간 눈썹, 헤매는 눈동자), 응답해 오는 것은 텅 빈 정적이었다. 그녀의 귀에 들리는 것은 평상시 호흡의 자연스러운 숨소리뿐이었다. 숨 쉬던 사람의 목소리가 안이한 외국어 억양으로 말했다. "잠깐, 실례합니다." 매우 태평스러운 목소리였다. 그의 숨소리가 계속 들려왔다. 에헴과

으흠도 계속 들려오는 것 같았다. 작은 필기첩을 뒤적뒤적하는 모습을 연상시키는 바스락바스락하는 반주와 함께, 작은 한숨 소리까지 계속 들려오는 것 같았다.

"여보세요!" 그녀가 또 한 번 말했다.

"당신이," 목소리가 조심스럽게 추측해 왔다. "파이어[Fire] 부인입니까?"

"아닌데요." 조앤은 이렇게 말하고 전화를 끊었다. "그것 때문만은 아니야." 주방으로 되돌아온 그녀는 자기 몫으로 준비한 베이컨을 맛보고 있는 남편을 상대로 하던 말을 계속했다. "당신도 잭 코커릴이 블로랑주를 일급 행정가로 간주한다는 것은 부정 못 하잖아."

"그 전화는 뭐였어?"

"누가 포이어[Feuer] 부인인지 페이어[Fayer] 부인인지 찾더라. 이것 봐요, 조지【O. G.⁺ 헬름 박사, 가족 주치의】가 이것도 안 된다고 그랬잖아. 당신이 이렇게 의사 말을 전부 무시하면—"

"조앤," 로런스가 유백광을 띠는 베이컨을 맛본 뒤에 한결 나아진 기분으로 말했다. "조앤, 기억 안 나시나? 하숙생 구한다고 당신이 마거릿 세이어[Thayer]한테 어제 말했잖

⁺ Oh, gosh의 머리글자.

아?"

"앗, 맙소사."✢ 조앤이 말했다. 그 말을 기다렸다는 듯, 전화가 다시 울렸다.

"아무래도," 방금 전 목소리가 끊겼던 대화를 자연스럽게 이어나갔다. "나는 착오로 인하여 정보원 성명을 사용했습니다. 나는 클레멘트 부인과 연결되어 있습니까?"

"네, 클레멘츠 부인 맞아요." 조앤이 말했다.

"나는 ✻ 교수입니다." 중간에 터무니없는 작은 폭발이 있었다.

"나는 수업을 러시아어로 진행합니다. 지금 도서관에서 시간제로 근무하고 있는 파이어 부인이—"

"맞아요—세이어 부인, 알아요. 그럼, 그 방 보러 오시겠다는 말씀인가요?"

그렇다고. 대략 반 시간 뒤 시찰하러 가도 되느냐고. 된다고, 집에 있겠다고. 조앤은 수화기를 덜커덕 내려놓았다.

"이번은 뭐였어?" 남편이 서재의 안전함을 찾아 계단을 올라가다가(난간을 짚은 손, 통통하고 기미 많은 손등) 뒤돌아보면서 물었다.

"터진 탁구공. 러시아인."

✢　원문은 Oh, gosh.

"프닌 교수, 맙소사!" 로런스가 소리쳤다. "'소인이 그자를 잘 아옵니다. 그 나라의 귀금속입지요—'* 이봐, 나는 그 괴짜를 내 집에 들이는 데 절대 반대야."

그는 심술맞게 터덜터덜 올라갔다. 그녀가 밑에서 물었다. "로,** 간밤에 그 논문 다 썼어?"

"거의." 그는 이제 층계참 위쪽 계단을 올라가고 있었다. 그녀는 그의 손에 짓눌린 난간의 끽끽 소리를 들을 수 있었고, 곧이어 그의 손이 난간을 내리치는 소리도 들을 수 있었다. "오늘 다 쓸 거야. 그 전에 그 망할 EOS 시험 문제를 내야 돼."

이것은 그의 과목 중에 수강생이 가장 많은 '의미의 진화'(수강생 12명, 열두 사도를 아주 미미하게라도 닮은 학생 0명)의 약자였다. 이 수업을 시작해주었던 문장이자 이 수업을 마무리해줄 문장, 훗날 과잉 인용의 운명을 맞는 그 문장은, 의미의 진화는 어떤 의미에서 무의미의 진화다, 였다.

---

* 『햄릿』의 한 대목.
** '로런스'의 애칭.

2

반 시간 뒤, 조앤은 포치에서 죽어가는 선인장들 앞에 서서 유리문 밖을 내다보았다. 레인코트를 입고 모자를 안 쓴 남자(윤 낸 구리 공 같은 머리통)가 낙관적이게도 옆집(아름다운 벽돌집) 현관에서 초인종을 누르고 있었다. 늙은 스코티가 그 남자와 거의 똑같은 스스럼없는 자세로 그 남자 옆에 서 있었다. 딩월 양이 대걸레를 든 채 밖으로 나왔고, 느릿느릿한 위엄 있는 개를 안으로 들여보냈고, 프닌을 클레멘츠가家의 미늘 판자 주택으로 안내했다.

티모페이 프닌은 거실에 자리를 잡았고, 두 다리를 *po amerikanski*(미국식으로) 교차했고, 이런저런 불필요한 디테일을 들려주기 시작했다. 그의 이야기는 두껍게 요약된* 이력서였다. 1898년 상트페테르부르크 출생. 1917년 양친이 티푸스로 사망. 1918년 키예프로 탈출. 5개월간 '백군白軍'으로 복무. 처음에는 '통신병'이었고, 나중에는 '군 정보사'에. 1919년 적화된 크림반도를 탈출해 콘스탄티노플로 감. 최종 학위는—

✢ 원문은 coconut shell. 프닌이 영어의 관용어 '요약된in a nutshell'에서 '껍데기shell'의 어의에 집착한 경우. 유머를 의도한 듯하다.

"어머, 저도 정확하게 그 연도에 거기 있었는데." 조앤이 기쁜 듯 말했다. "아버지가 터키로 발령이 났을 때 우리를 데려갔거든요. 거기에서 우리 만난 적 있을지 몰라요! 단어 중에 물이라는 단어 기억나요. 거기에 장미 정원도 있었는데—"

"물은 터키어로 '수'입니다." 필요로 인해 언어학자가 되어야 했던 프닌은 이렇게 말한 뒤 본인의 흥미진진한 과거를 읊어나갔다. 최종 학위는 프라하에서 받음. 여러 연구 기관들과 연계했음.

그러다가—"그럼, 긴 이야기를 아주 짧게 줄이자면,* 1925년부터 파리 주거, 히틀러 전쟁의 시작기에 프랑스 포기, 지금 여기 있음. 미국 시민임. 반달** 대학에서 러시아어와 기타 과목들을 가르침. 하겐(독문과 학과장)으로부터 모든 추천사를 확보 가능. 혹은 독신 교원 기숙사로부터."

기숙사에서 불편한 점이라도 있었는지?

"너무 많은 사람들." 프닌이 말했다. "캐묻는 사람들. 한편, 특별한 프라이버시는 지금 나에게 절대로 필요합니다." 자기 주먹에 대고 기침 소리(예상치 못했던 횡뎅그렁한 소

---

* 원문은 to make a long story very short. 프닌이 영어의 관용어 '요컨대make a long story short'의 어의에 집착한 경우. 유머를 의도한 듯하다.
** 원문은 Vandal. 프닌은 웬델Waindell을 이렇게 발음한다.

리에 조앤은 예전에 만난 적이 있는 돈 카자크 직업 군인을 기억해냈다)를 낸 프닌은 결단을 내렸다. "내 임무는 경고하는 것입니다. 나의 모든 이[齒]가 제거당할 것입니다. 그것은 혐오스러운 수술*입니다."

"그럼, 위층으로 가요." 조앤이 밝은 목소리로 말했다.

프닌은 이저벨의 방(분홍색 벽지, 흰색 주름 장식)을 염탐하기 시작했다. 순수한 백금 하늘인데도, 눈이 돌연 내리기 시작한 뒤였고, 반짝거리는 느린 하강은 말 없는 거울에 비추어지고 있었다. 프닌은 침대 위쪽에서는 회커의 「고양이를 안고 있는 소녀」를, 그리고 책장 위쪽에서는 헌트의 「뒤늦게 돌아온 새끼 염소」를 꼼꼼하게 시찰했다. 그러고는 창문에서 좀 떨어진 지점에서 한 손을 들어 올렸다.

"온도는 통일적입니까?"

조앤이 라디에이터로 돌진했다.

"파이프가 뜨겁네요." 그녀가 신고했다.

"나의 의문점은——기류가 있습니까?"

"아, 그럼요, 많은 공기를 마실 수 있을 거예요. 그리고 여기가 욕실인데——작지만 혼자 쓸 수 있어요."

"그럼 *douche*[샤워 시설]는 없습니까?" 프닌이 위쪽을 보

✛ operation에 '수술'이라는 뜻과 함께 '작전'이라는 뜻이 있음을 이용한 말장난.

면서 의문을 표했다. "이렇게가 더 좋을지 모릅니다. 내 친구, 콜롬비아의 샤토 교수는 언젠가 한 다리를 두 지점에서 부러뜨렸습니다. 지금 나의 임무는 생각하는 것입니다. 당신은 어떤 가격을 요구할 각오가 되어 있습니까? 이것이 나의 의문입니다. 나는 일당 1달러를 초과하는 비용을 지불하지 않을 것이기 때문에──물론 영양소[*]는 불포함입니다."

"좋아요." 조앤이 그녀 특유의 상냥한, 재빠른 웃음소리와 함께 말했다.

당일 오후, 프닌의 학생 중 하나──찰스 맥베스(프닌이 종종 이야기했듯, "그의 작문으로 판단컨대, 광인이라고 생각되는")──가 프닌의 이삿짐을 정신병적 연자주색 승용차(좌측 펜더 두 개 없음)로 화끈하게 날라주었고, 우리 친구는 '달걀과 우리는[The Egg and We]'──최근에 개업한, 별로 성공을 거두지 못하고 있는 작은 식당(프닌이 순전히 실패에 대한 호의 때문에 자주 다니는)──에서 이른 정찬을 먹은 다음, 새 영토의 프닌화化라는 즐거운 과업에 전념했다. 이저벨의 청소년기는 주인과 함께 탈출했거나 주인의 엄마에 의해 절멸당했지만, 유년기의 흔적들은 어째서인지 거류를 금지당하지 않았고, 프닌은 자기의 태양등(정

---

[*] 원문은 nootrition. 프닌은 nutrition을 이렇게 발음한다.

교하게 만들어진), 거대한 러시아어 알파벳 타자기(스카치 테이프로 고정한 부서진 관 속에 들어가 있는), 근사한, 희한하게 작은 구두 다섯 켤레(구두 골 열 개에 끼워져 있는), 커피 분쇄·가열 장치(한 해 전에 폭발한 것만큼 성능이 좋지는 않은), 자명종 한 쌍(매일 밤 똑같은 경주를 벌이는), 도서관 책 74권(대부분 오래된 러시아어 정기 간행물을 WCL[+]에서 튼튼히 제본한)에게 가장 이익이 되는 자리를 마련해주기에 앞서서 『우리 고장의 새들』 『네덜란드에서의 행복한 날들』 『나의 첫 번째 사전』("동물원들, 인체 구조, 농장들, 화재들을 비롯한 6백 개 이상의 삽화—모든 항목을 학술적으로 엄선") 같은 버림받은 책 대여섯 권을 혼자 남은 묵주알 하나(중앙에 구멍이 뚫려 있는 나무 구슬)와 함께 층계참의 의자 위로 살그머니 추방했다.

조앤이("딱한"이라는 말을 조금 너무 많이 사용하는 것 같은데) 단언했다. 나는 지금 저 딱한 사방[++]한테 가서 이따 우리 손님들과 함께 한잔 마시자고 청하겠다고. 그러자 남편이 말했다. 나도 딱한 사방이라고. 당신이 그 위협을 실행한다면 나는 영화 보러 나갈 것이라고. 하지만 조앤

[+] 웬델[W] 대학[C] 도서관[L]의 약자.
[++] '학자'를 뜻하는 프랑스어에서 온 외래어.

이 올라와서 그렇게 청했을 때 프닌은 다소 간단하게 거절했다. 나는 더 이상 알코올을 사용하지 않을 결심을 했다고. 세 커플과 엔트위슬은 9시쯤 도착했고, 10시에는 그 작은 파티가 한창 무르익어 있었는데, 초록색 스웨터 차림의 프닌이 조앤의 시선을 끌기 위해 물잔을 높이 들고 충계 쪽 거실 문 앞에 서 있는 모습을 그녀가 갑작스럽게(예쁜 그웬 코커릴과 대화하는 중에) 보게 되었다. 그녀가 그를 향해 달려나가는 순간 그녀의 남편이 거실 반대 방향으로 달리다가 아내와 충돌할 뻔했다. 그의 달리기 목적은 프닌을 등지고 하겐 부인과 블로랑주 부인을 상대로 자기의 유명한 연기를 선보이고 있는 영문과 학과장 잭 코커릴—프닌 흉내 연기자 가운데 독보적인 최고는 아니라고 해도 최고 축에 드는—을 가로막는 것, 닥치게 하는 것, 제거하는 것이었다. 모방의 대상은 그 순간 조앤에게 이렇게 말하고 있었다. "욕실에서 이것은 깨끗한 잔이 아니고, 기타 애로 사항도 존재합니다. 그것이 바닥에서 불어오고, 그것이 벽에서 불어오고—" 하지만 하겐 박사—상냥한, 네모난 노인—도 그때 이미 프닌을 본 뒤였고, 어느새 그에게 반가운 인사를 건네고 있었다. 어느새 프닌은 (물잔 대신 하이볼 잔을 들고) 엔트위슬 교수와 통성명을 하고 있었다.

"*Zdrastvuyte kak pozhivaete horosho spasibo.*"* 엔트위슬이 러시

아어 회화의 훌륭한 모조품을 줄줄 읊어댔다. 실제로 그의 모습은 무프티[**] 차림의 온화한 러시아 제국군 대령과 비슷한 데가 있었다. "어느 날 밤 파리에서," 그가 눈을 반짝이면서 말을 이었다. "*Ougolok*[뒷골목] 카바레[***]에서 내가 이랬더니, 러시아인 술꾼들이 저를 자기네 동포로 알더라니까요─미국인인 척하지 말라면서─아시잖아요."

"2, 3년 뒤에는," 첫 번째 버스를 놓친 프닌이 다음 버스에 올라타면서 말했다. "나도 미국인이라는 오해를 받을 것입니다." 블로랑주 교수를 제외한 전원이 박장대소했다.

"전기 난방기를 놔드릴게요." 조앤이 프닌에게 올리브를 권하러 와서 살짝 귀띔했다.

"난방기는 무엇을 합니까?" 프닌이 의심스럽다는 듯 물었다.

"보면 알 거예요. 애로 사항 더 있어요?"

"있습니다─음향적 방해." 프닌이 말했다. "나는 모든 소리를, 아래층의 모든 소리를 듣습니다. 그러나 내가 생각할 때 지금은 그것을 논의할 자리가 아닙니다."

---

[*] 대강 '안녕 어떻게 지내 좋아 고마워'라는 뜻의 러시아어 모조품.
[**] '제복 생활자의 사복'을 뜻하는 아랍어에서 온 외래어.
[***] '극장 식당'을 뜻하는 프랑스어에서 온 외래어.

3

손님들이 돌아가기 시작했다. 프닌은 터덜터덜 위층으로 올라갔다. 손에는 깨끗한 잔이 들려 있었다. 마지막으로 포치로 나온 것은 엔트위슬과 집주인이었다. 젖은 눈[雪]이 검은 밤을 떠돌고 있었다.

"아쉽네요." 엔트위슬 교수가 말했다. "저희는 교수님을 골드윈 종신으로 모시고 싶었는데. 저희한테는 슈바르츠와 노老크라테스[old Crates]가 있어요. 교수님의 팬들 중에서도 가장 열성적인 축에 들잖아요. 저희한테는 진짜 호수가 있어요. 저희한테는 모든 것이 다 있어요. 저희 교원 중에도 프닌 교수가 있어요."

"알아요, 알지요." 클레멘츠가 말했다. "하지만 제가 계속 받고 있는 이런 제안들이 너무 늦게 오고 있거든요. 저는 곧 은퇴를 계획하고 있고, 그때까지 이 케케묵은, 하지만 익숙한 뒷구석에 그냥 남아 있는 편이 좋겠어요. 그런데 저 사람 어떠셨나요?" (목소리를 낮추면서) "무슈 블로랑주."

"아, 참 명물이더군요. 그 유명한 이야기에 나오는 인물, 샤토브리앙이 유명한 *chef*[주방장]인 줄 알았다는 불문과 학과장을 연상시킨다고 할 수밖에 없는 면이 있지만요.

"조심합시다." 클레멘츠가 말했다. "그 이야기의 원래 주인공이 블로랑주예요. 실화고요."

4

다음 날 아침, 용맹한 프닌이 시내로 행군하면서 지팡이를 유럽식으로(위아래, 위아래) 걷게 하고 시선을 다양한 오브제에 머물게 했다. 고난을 겪은 뒤에 그것들을 다시 본다는 것, 그리고 고난을 겪기 전─그것들을 다시 볼 수 있으리라는 기대의 프리즘을 통해 그것들을 지각하던 때─을 회상한다는 것은 어떤 것일까를 상상해보려는 철학적 노력에서였다. 두 시간 뒤, 그는 터덜터덜 귀가하면서 지팡이로는 몸을 지탱하고 시선으로는 아무것도 보고 있지 않았다. 그의 입안─해동 중인, 하지만 여전히 반쯤 죽어 있는, 끔찍하게 박해당한─에서는 통증의 열탕이 마취의 빙목을 서서히 대체하고 있었다. 그 뒤로 며칠간, 그는 자기 자신 중에서 친했던 부위를 위한 애도 기간을 가졌다. 자기가 자기 이[齒]를 얼마나 사랑했었나를 깨달으면서 그는 놀라움을 금치 못했다. 그의 혀─살찐 날렵한 물개─는 그 친숙한 바위들 사이에서 주저앉고 미끄러지면서(많이 깎

여나갔지만 여전히 안전한 국경선을 점검하면서, 동굴에서 해만으로 뛰어내리면서, 이 뾰족한 곳을 기어오르면서, 저 움푹한 곳에 코를 비비면서, 항상 같은 바위틈에서 달달한 해초를 발견하면서) 얼마나 행복해했는지. 하지만 이제는 주요 지형지물들이 모두 사라졌다. 아직 존재하는 것은 거대한 어두운 상처—공포와 혐오가 조사 금지 구역으로 만든 잇몸이라는 미지의 땅—뿐이었다. 틀니가 밀고 들어왔을 때는 타인의 싱긋 웃는 턱뼈가 불쌍한 얼굴뼈 화석에 맞추어진 것 같았다.

수업들은 계획대로 휴강되었고, 밀러가 그를 대신해서 출제한 시험들은 그의 감독 없이 진행되었다. 그렇게 열흘이 흘렀고—갑자기 그는 새 장치가 마음에 들기 시작했다. 그것은 계시였고 일출이었고 효율과 석고와 인애로 만들어진 딱딱한 한 입의 미국이었다. 밤에 그가 그 보물을 특수 용액이 담긴 특수 유리 용기에 넣어두면, 그것—분홍색과 진주색의, 사랑스러운 심해 식물 표본처럼 완벽한 보물—은 그 안에서 혼자 미소를 지었다. '고대 러시아'에 관한 위대한 연구—지난 10여 년간 애틋하게 계획해온 민속, 시, 사회사, *petite histoire*[미시사]의 원더풀한 꿈결 같은 융합 연구—를 이제는(두통이 사라졌으니까, 그리고 이렇게 반투명 플라스틱으로 지어진 새 원형 극장을 보면서 무대와 공연을 떠올려보게 되었으니까) 진행할 수 있을 것 같았다. 봄 학기가 시작되었을 때는 그의 학생들도 그 엄청난 변화를 알아채지 않을 도리가 없었다. 한 학생이 『기초 러시아어』(이 책의 저자는 혈색 좋은 노교수 올리버 브래드스트리트 만, 하지만 실제로 이 책을 처음부터 끝까지 써야 했던 사람들은 이제 세상을 떠나고 없는 두 명의 허약한 일꾼 존 & 올가 크로트키)의 한 문장(예컨대, "소년은 그의 유모와 그의 삼촌과 놀고 있다")을 번역하는 동안 그가 연필 끝에 달린 지우개로 그 가지런한, 너무나도 가지런한 앞니와 송곳니를 톡톡 두드리고 있었으니 어쩔 수 없었다. 그것뿐이 아니었다. 어느 저녁에 그는 로런스 클레멘츠(허둥지둥 서재로 올라가는 모습)를 불러 세우더니 의기양양함을 표현하는 두서없는 감탄사들과 함께 그 장치의 멋진 점(빼기와 다시 끼우기의 편리함)을 시연하기 시작했고, 나중에는 로런스(놀라고 있지만 비우호적이지는 않은 모습)에게 내일 당장 모든 이를 뽑을 것을 촉구하기까지 했다.

"당신은 나 마찬가지로⁺ 개혁된 인간일 것입니다." 프닌은 외쳤다.

로런스와 조앤이 프닌을 그의 프닌적 가치대로 평가하

⁺ 원문은 like I. 프닌의 의도는 '나와 마찬가지로like me'였던 듯하다.

기 시작했다는 점(그가 하숙인이라기보다 폴터가이스트라는 사실에도 불구하고 그렇게 했다는 점)은 두 사람을 위해 언급되어야 하겠다. 그는 새 난방기에게 어떤 치명적인 짓을 저지른 뒤 우울한 표정을 지으며 말했다. 괜찮으니까 신경 쓰지 말라고. 이제 곧 봄일 것이라고. 그는 좋은 아침마다 최소한 5분씩 층계참을 차지하고 옷솔질에 열중하는 짜증 나는 습관을 가지고 있었다. 옷솔이 단추에 부딪힐 때마다 짤랑거리는 소리가 났다. 그는 조앤의 세탁기와 내연 관계였다. 상대에게 접근하는 것은 금지되어 있었지만, 그는 번번이 위반의 현장을 들키곤 했다. 점잖음과 경계심을 전부 벗어던진 그는 그때그때 손에 잡히는 것들—자기 손수건, 행주들, 자기 방에서 몰래 가지고 내려온 속옷들과 셔츠들—을 상대에게 모두 먹여주곤 했다. 휘청거리는 돌고래들의 끝없는 재주넘기와 흡사한 광경을 현창으로 지켜보는 즐거움, 오직 그것을 위해서였다. 어느 일요일, 순수한 학적 호기심에 사로잡힌 그는 혼자임을 확인한 뒤 그 강력한 기계에게 장난감—고무 밑창에 점토와 엽록소를 묻힌 천 운동화 한 켤레—을 넣어주고야 말았고, 신발은 끔찍한 비운율적 소음—군부대가 다리를 건너가고 있는 듯한—과 함께 걸어나갔다가 밑창 없이 돌아왔다. 팬트리 뒤—혼자 쓰는 작은 거실이 있는 곳—에서 나타난 조앤은 그를 슬픈 듯 나무랐지만("또, 티모페이?"), 결국 용서했다. 그녀는 그와 함께 주방 테이블에 앉아 함께 견과를 까거나 차를 마시기를 좋아했다. 데스데모나—금요일에 오는 늙은 유색인 파출부, 한때 하느님과 매일 가십을 주고받는 사이였음("'있잖아, 데스데모나,' 주님이 나한테 늘 그랬거든, '그 조지라는 남자, 몹쓸 남자야'")—는 언젠가 프닌이 태양등의 기이한 연보라색 조명을 쪼이는 모습—반바지, 선글라스, 넓은 가슴에서 눈부시게 반짝이는 그리스 정교 십자가 이외에는 아무것도 안 걸친—을 언뜻 보게 되었는데, 그 뒤로 그녀는 그가 성인聖人이라는 주장을 굽히지 않았다. 로런스가 어느 날 자기 서재—다락방 일부를 교묘히 개조한 은밀하고 성스러운 동굴—로 올라왔을 때는 은은한 조명이 켜져 있는 것과 프닌—뚱뚱한 목뒤, 가느다란 두 다리로 지탱되는 몸통—이 한쪽 구석에서 유유히 책을 열람하고 있는 것을 보고 격분했지만("실례합니다, 나는 그저 뜯어 먹고* 있습니다." 영어 실력을 놀라운 속도로 향상시키고 있는 그 점잖은 불청객이 더 높이 솟은 쪽 어깨 너머로 돌아보면서 하는 말이었다), 바로 그날 오후에는 우연히 언급된 희귀 저자 하나, 무심결에 암시되어 중경

---

* 원문은 graze. 프닌의 의도는 '열람하다browse'였던 듯하다.

中景에서 암암리에 인정받은 아이디어 하나, 수평선 위에서 목격된 모험적인 돛 하나가 자발적 학술 활동이라는 훈훈한 세계에서라야 진정으로 안존하는 그 두 사람 사이에 다정한 정신적 화합을 가져다주었다. 인간에는 3차원 인간이 있고 마이너스 차원 인간이 있는데, 클레멘츠와 프닌은 둘 다 후자였다. 그날 이후, 두 마이너스 사이에서 종종 디바이스가 이루어졌다. 문지방, 층계참, 계단 중간(높낮이를 교환하고 서로를 새롭게 돌아보는 장소)에서 마주치면 발걸음을 멈추었고, 한 공간(프닌적 용어를 쓰자면, 그 순간에는 그들에게 그저 *espace meublé*[가구가 놓인 공간]로 존재할 뿐인 장소)에서는 서로 반대 방향으로 오고 갔다. 그러다가 곧 밝혀졌듯이, 티모페이는 러시아식 어깨 으쓱하기와 고개 가로젓기의 걸어 다니는 백과사전이었고, 러시아어 동작들의 활인화였으니, 로런스의 자료철—형태적, 비형태적 동작들, 국가별, 환경별 동작들에 대한 철학적 해석에 관한—에 뭔가를 추가해줄 수도 있었다. 두 사람이 전설이나 종교에 대해서 토론하는 모습—티모페이는 양손으로 둥근 항아리 모양을 만들고, 로런스는 한 손으로 쳐서 깨뜨리고—은 매우 재미있는 구경거리였다. 결국 로런스는 티모페이가 러시아식 '손목회전학'의 핵심이라고 생각한 것들을 가지고 영화까지 만들었다. 이 영화 속에서 프닌

—의상은 폴로셔츠, 입가에는 조콘다의 미소—은 러시아어 동사들—(1) *mahnut'* (2) *vsplesnut'* (3) *razvesti*—에 깔려 있는 손동작들을 시연했다. (1)은 한 손을 아래로 내리고 천천히 흔드는 동작으로 피로한 체념을 뜻하고, (2)는 양손을 물보라처럼 드라마틱하게 튀기는 동작으로 어이없는 괴로움을 뜻하고, (3)의 '분리' 동작은 두 손이 서로 멀어지면서 무력한 수동성을 뜻한다고. 이 영화의 결말에서 프닌은 국제적 '손가락 흔들기' 동작을 바탕으로 매우 느린 시연을 펼쳤다. 손목 각도 바꾸기(펜싱 선수의 손목 반회전 못지않은 섬세한 동작)를 통해 위를 가리키던 손가락(러시아어로 "심판자 하느님이 너를 보고 계신다!"를 뜻하는 경건한 상징)을 앞을 가리키는 지팡이(독일어로 "까불면 맞는다!"를 뜻하는 허공 그림)로 변형시키는 시연이었다. "하지만," 공평무사한 프닌은 덧붙였다. "그에 못지않게 러시아의 형이상학적 경찰은 물리학적 골격들을 아주 잘 깨뜨릴 수 있습니다."

프닌은 이 영화를 학생들에게 보여주면서 본인의 '허술한 화장[negligent toilet]'을 사과했고—프닌이 하겐 박사의 조교 역할을 하는 비교문학 협동 과정에서 대학원생 베티 블리스는 티모페이 파블로비치가 아시아학과에서 틀어주었던 어느 동양 동영상에 나오는 붓다와 완전히 똑같이 생겼다고 공언했다. 프닌의 늙어가는 몸에 박힌 부드러운 가시*가 바로 이 베티 블리스—대략 스물아홉 번의 여름을 경험한 통통하고 모성적인 여학생—였다. 10년 전 연애에서는 그 잘생긴 발뒤꿈치 녀석**이 나를 걷어차고 작은 떠돌이 녀석에게 가버렸다고. 다음 연애는 질질 끌었던, 엉망진창으로 꼬여버렸던, 도스토옙스키적이라기보다는 체호프적이었던 불륜 관계였다고. 지금 그 불구자는 간병인이었던 여자와 결혼했다고. 싸구려였고 귀여웠다고. 불쌍한 프닌은 결정을 내리지 못했다. 독신주의를 고집하는 것은 아니었다. 그가 새로운 치과적 긍지를 가지게 된 이후의 어느 날, 세미나 수업 때 다른 학생들이 모두 나간 뒤에, 그는 그녀의 손을 자기 손바닥에 올려놓고 쓰다듬기까지 했다. 그때 두 사람은 함께 앉아 투르게네프의 산문시—「참으로 어여쁜, 참으로 싱싱한 장미였건만」—에 대해 토론하는 중이었다. 그녀는 (한숨으로 터질 듯한 가슴으로, 잡힌 손을 가늘게 떨면서) 간신히 낭독을 마쳤다. "투르게네

---

* 「고린도 후서」 12장 7절 참고. "내가 받은 엄청난 계시들 때문에 사람들이 나를 과대평가할는지도 모릅니다. 그러므로 내가 교만하게 되지 못하도록, 하나님께서 내 몸에 가시를 주셨습니다. 그것은 사탄의 하수인이라고 할 수 있는데, 그것으로 나를 치셔서 나로 하여금 교만해지지 못하게 하시려는 것이었습니다."

** heel에 '발뒤꿈치'라는 뜻과 함께 '악역'이라는 뜻이 있음을 이용한 말장난.

프는," 프닌은 자기가 잡고 있던 손을 책상에 내려놓으면서 이렇게 말했다. "샤라드⁺와 *tableaux vivants*[활인화]에서 백치를 연기해야 했습니다. 못생겼던, 그럼에도 그가 사랑했던 가수 폴린 비아르도 때문이었지요. 푸시킨 부인은 말했습니다. '푸시킨, 당신의 자작시 낭독은 나를 짜증 나게 해요.' 거물, 거물 톨스토이의 아내는 노년에(노년이었는데!) 붉은 코⁺⁺를 가진 어리석은⁺⁺⁺ 음악가⁺⁺⁺⁺를 남편보다 훨씬 많이 좋아했습니다!"

프닌이 블리스 양을 싫어할 이유는 없었다. 그가 평화로운 고령기를 그려보고자 할 때는 그녀가 자기를 위해 무릎담요를 가져오는 모습, 그녀가 자기 만년필에 잉크를 새로 넣어주는 모습을 그런대로 선명하게 떠올리는 것도 가능했다. 그는 그녀를 좋아하는 편이었다―하지만 그의 마음은 다른 여자의 것이었다.

프닌이 자주 하던 말대로, 고양이를 가방에 넣어둘 수는 없다.⁺⁺⁺⁺⁺ 불쌍한 내 친구가 학기 중이었던 어느 날 저녁에

⁺ '제스처 게임'을 뜻하는 프랑스어에서 온 외래어.
⁺⁺ 원문은 noz. 프닌은 코nose를 이렇게 발음한다.
⁺⁺⁺ 원문은 stoopid. 프닌은 stupid를 이렇게 발음한다.
⁺⁺⁺⁺ 원문은 moozishan. 프닌은 musician을 이렇게 발음한다.
⁺⁺⁺⁺⁺ "고양이를 가방에서 꺼내다"라는 속담과 "올빼미를 가방에 넣어둘 수는 없다"라는 속담이 합쳐져 있다.

60

(누군가의 전보를 받고서 자기 방 안에서 최소한 40분 동안 왔다 갔다 하는 동안) 경험한 비루한 흥분을 설명하기 위해서는 프닌에게도 유부남 시절이 있었다는 것을 언급해야 할 것이다. 클레멘츠 부부가 따뜻한 벽난로 불꽃의 그림자들 사이에서 다이아몬드 게임를 하고 있던 그때, 프닌이 계단을 우당탕 내려와 미끄러지면서 넘어지나 싶었는데 (만약에 넘어졌더라면 불의로 가득한 고도古都의 탄원자인 듯 그들의 발 앞에 엎드렸을 텐데), 넘어지려는 찰나에 균형을 잡고는 부지깽이와 집게에 냅다 부딪혔다.

"내가 온 이유는," 그가 숨을 헐떡이면서 말했다. "정보를 알리기 위해서, 좀더 정확하게 말하자면, 문의를 위해서, 토요일 여성 접견자가 허용되는가에 대한 문의—접견은 물론 낮에 이루어집니다. 나의 전처이고, 지금은 리자 빈트* 박사입니다. 여러분이 정신 치료계에서 들어본 이름일 것입니다."

✢ 원문은 Wind. 프닌은 윈드가 미국에 살게 된 뒤에도 계속 '빈트'라고 발음한다.

5

　우리가 사랑하게 되는 여자들 중에는 눈동자 색깔과 눈구멍 형태의 우연한 조합으로 인해 간접적, 사후적 영향을 미치는 눈을 가진 여자들이 있다. 수줍은 지각의 순간에 영향을 미치는 것이 아니라, 뒤늦게 축적된 광채를 발하는 여자. 그 무정한 사람은 사라지고 없는데, 마술 같은 괴로움은 사라지지 않고. 그 두 렌즈*와 그 두 광원은 어둠 속에 설치되어 있고. 리자 프닌(현재 성姓은 윈드)이 그 눈의 본질,** 그 보석이 품은 물을 (그게 뭐든) 드러내는 때는 당신이 그 눈을 머릿속에 떠올리는 때뿐인 듯했다. 아무것도 보고 있지 않은 듯, 아무것도 보이지 않는 듯, 촉촉하게 바닷물색으로 타오르는 그 가늘게 떨리는 광채가 바로 그때 당신을 응시해 온다. 물거품으로 부서지는 태양과 바다가 바로 당신의 감은 두 눈 사이를 이미 밝혀놓기라도 한 듯. 하지만 현실 속 그녀의 두 눈은 밝고 투명한 푸른 눈동자, 그것과 대조를 이루는 검은 속눈썹과 쨍한 분홍색 홍채, 관자놀이 쪽에서 살짝 치켜올려진 눈꼬리, 양쪽 눈가에 부채처

＊　lense에 '렌즈'라는 뜻과 함께 '수정체'라는 뜻이 있음을 이용한 말장난.
＊＊　essence에 '본질'이라는 뜻과 함께 '진한 액체'라는 뜻이 있음을 이용한 말장난.

럼 펼쳐져 있는 고양이 같은 잔주름이었다. 짙은 갈색 머리를 매끈한 이마 위로 쓸어 넘기는 헤어스타일이었고, 백설-장미 피부색이었고, 사용하는 립스틱은 아주 밝은 적색이었고, 발목과 손목이 약간 두꺼운 것을 제외한다면, 거의 흠잡을 데 없는 미모, 활짝 피어 있는, 생동하는, 자연스럽게 힘 있는, 특별히 가꾸지 않은 미모였다.

프닌—성장하는 젊은 학자—과 그녀—인어로서 지금보다 싱싱한, 하지만 겉모습에서는 지금과 거의 차이가 없는—가 만난 것은 1925년경 파리에서였다. 그때 그는 듬성듬성한 적갈색 턱수염을 기르고 있었고(지금은 면도를 안 하면 흰 털 몇 가닥이 삐죽삐죽 날 뿐이다—불쌍한 프닌! 불쌍한 알비노 고슴도치!), 그 수도사 수염—길게 늘어져서 끝이 갈라지는—은 (그 위에서 반짝이는 살찐 코와 천진난만한 눈과 함께) 고답적 지식층 러시아의 피지크*를 깔끔하게 요약해주었다. 악사코프 연구소(베르베르가街)의 작은 일거리와 사울 바그로프의 러시아어 전문 서점(그레세가街)의 다른 작은 일거리가 그의 생계가 되어주었다. 리자 보골레포프—막 20대가 된 의대생, 검은색 실크 점퍼와 맞춤옷 스커트 차림으로 완벽한 매력을 발산—는 로제

* '외모'를 뜻하는 프랑스어에서 온 외래어.

타 스톤 박사—그 비범하고 어마어마한 늙은 숙녀, 그 시
절에 가장 파괴적인 정신 치료자 중 하나였던—가 운영하
는 뫼동 요양소에서 그때부터 이미 일하고 있었다. 또한 리
자는 시—주로 절뚝이는 약약강弱弱强—를 썼는데, 프닌
이 그녀를 처음 알게 된 것도 젊은 에미그레* 시인들—밝
게 빛났던 것도 아니고 호강했던 것도 아닌 사춘기에 러시
아에서 떠나온—이 자작시—자기네들에게는 거의 장난
감(저급하게 양식화된 모형 같은 것, 다락방에서 굴러다니
는 방울 장식 같은 것, 밖에서 흔들어주면 안에서 반짝이는
눈보라가 미니 전나무와 파피에 마셰** 통나무집 위로 포
근하게 내려앉는 스노볼 같은 것)에 불과할 수밖에 없는 나
라에 바치는 망향가—를 낭독하는 문학 수아레***에서였
다. 프닌은 그녀에게 어마어마한 연애편지를 써 보냈고(지
금 그 문서는 누군가의 개인 소장품이 되어 안전하게 보관
되어 있다), 약물 중독에서 회복 중이었던 그녀는 그것을
읽으면서 자기 연민의 눈물을 흘렸다(그녀가 처방 약을 통
해 자살을 기도했던 것은 조금은 철없는 관계 때문이었는

---

* '망명자'를 뜻하는 프랑스어에서 온 외래어.
** '종이 죽'을 뜻하는 프랑스어에서 온 외래어.
*** '저녁 모임'을 뜻하는 프랑스어에서 온 외래어.

데, 그 관계에서 상대방이었던 리테라퇴르*는 지금―아니, 거기에는 신경 쓰지 말자). 그녀의 친한 친구였던 다섯 분석가는 한목소리로 이렇게 말했다. "프닌―그러면 동시에 아기가."

그녀가 프닌의 누추한 아파트로 짐을 옮긴 것을 제외하면, 결혼은 두 사람의 생활 방식을 거의 바꾸지 않았다. 그의 슬라브어 연구는 계속되었고, 그녀의 사이코드라마 연기와 서정시 분만도 계속되었다. 그녀는 마치 부활절 토끼처럼 어디서나 분만했고, 그렇게 분만된 초록색, 연보라색 시―낳고 싶은 아이에 대한 시, 갖고 싶은 애인들에 대한 시, 상트페테르부르크에 대한 시(저작권자: 안나 아흐마토프)―의 모든 운율과 심상과 직유는 앞서 다른 압운 토끼들에 의해 사용된 것들이었다. 리자의 숭배자 중 하나―은행가 겸 단도직입적 예술 후원자―는 '파리의 러시아인들' 사이에서 조르지크 우란스키라는 영향력 있는 문학비평가를 간택했고, 이 선수에게 *Ougolok*[뒷골목]에서 샴페인을 곁들인 정찬을 대접하는 방식으로 그가 러시아어 신문 중 하나에 연재하는 *feuilleton*[문예면]의 다음 회를 리자 뮤즈 기리기에 할애하게 만들었다. 조르지크는 태연히 그

＋ '문인'을 뜻하는 프랑스어에서 온 외래어.

녀의 밤색 곱슬머리에 안나 아흐마토프의 보관寶冠을 씌웠고, 리자는 기쁨의 울음을 터뜨렸다──영락없는 리틀 미스 미시간, 아니면 오리건 로즈퀸이었다. 사정을 몰랐던 프닌은 그 파렴치한 극찬의 클리핑을 자기의 정직한 수첩에 넣어서 갖고 다니면서, 재미있어하는 이 친구 또는 저 친구에게 몇 대목씩(접힌 종잇장이 완전히 해어지고 지저분해질 때까지) 천진난만하게 읽어주곤 했다. 더 중대한 사정 또한 몰랐던 프닌은 1938년 12월 어느 날 리자가 뫼동에서 전화를 걸어왔을 때(나는 에릭 빈트 박사라는 나의 '유기적 자아'를 이해해주는 남자와 함께 몽펠리에로 갈 것이다, 나는 티모페이 당신을 두 번 다시 안 만날 것이다, 라고 전화로 말할 때) 실제로 그 클리핑의 남은 조각들을 스크랩하고 있었다. 빨강 머리의 낯선 프랑스 여자가 찾아와 리자의 짐을 내놓으라고 하더니, 당신 같은 지하실의 쥐새끼는 당신의 *taper dessus*[손찌검]에 당해줄 불쌍한 처녀를 더 이상 얻지 못할 것이라고 말했고, 한두 달 뒤, 빈트 박사의 호의와 사과가 담긴(*lieber Herr Pnin*[친애하는 프닌 선생님]에게 "귀하의 인생을 떠나 나의 인생에 들어온 여성"과 결혼하고 싶다는 것을 나, 빈트 박사가 장담하는) 독일어 편지가 흘러왔다. 물론 프닌은 리자가 원하는 것이라면 목숨이든 이혼이든 기꺼이 선물했겠지만(그리고 그 이혼은 긴 꽃가지들을 꺾어 약간의 양치류 잎과 함께 바스락거리는 종이로 포장한 꽃다발 같은 선물, 빗물을 통해서 회색 거울 또는 녹색 거울로 변신하는 부활절에 흙냄새 나는 꽃집에서 사 온 것 같은 선물이겠지만), 나중에 밝혀졌듯이 남미에는 빈트 박사의 아내가 있었다(그리고 그 아내는 복잡한 심리와 위조 여권을 소지한 여자, 혼자 세운 어떤 계획들이 구체화되기까지 방해받고 싶어 하지 않는 여자였다). 그 사이에 '신대륙'의 손짓이 프닌에게까지 닿았고, 뉴욕에 있는 그의 절친한 친구 콘스탄틴 샤토 교수가 이주 여정의 모든 것을 도와주겠다고 했다. 프닌은 빈트 박사에게는 자기의 계획들을 알려주었고, 리자에게는 에미그레 잡지 폐간호(202쪽에서 그녀를 언급)를 보내주었다. 유럽 관료층이 난센 여권(러시아 에미그레에게 발급되는 가석방증 비슷한 애물단지) 소지자를 위해 발명한(결과적으로 소비에트 사회에 큰 재미를 안겨주게 된) 생지옥을 프닌이 절반쯤 지나고 있을 때(1940년 4월 어느 궂은 날), 현관에서 힘찬 초인종 소리가 났고 리자가 터덜터덜 안으로 들어왔다(호흡이 가빴고, 임신 7개월 된 몸의 앞부분을 서랍장처럼 들고 있었다). 모든 것이 실수였다, 이제부터 나는 다시 프닌 당신의 충실하고 합법적인 아내로서 당신이 어디로 가든 기꺼이 따라가겠다, 필요하다면 바다를 건너서라도 따라가겠다, 라고 그녀는 말했다(그러면서 모자를 벗어 던지고 신발을 발로 차듯이 벗었다). 그 무렵의 나날들이 프닌의 삶에서 가장 행복한 나날이었던 듯(무거운 행복, 고통스러운 행복의 상시적 발열기였다), 비자 갱신, 이주 준비, 건강 검진(겹겹이 껴입은 상의로 단단히 조인 프닌의 심장에 놓인 의사가 가짜 청진기를 갖다 댔다), 큰 도움을 베풀어준 미국 영사관의 친절한 러시아 숙녀(나의 친척이었다), 보르도행 경로, 운치 있고 위생적인 배편 등등 모든 단계들이 여유 있는 동화적 색조를 띠었다. 그는 아이를 입양할 용의가 있었던 정도가 아니라 아이를 입양할 수 있기를 열렬히 바라고 있었고, 그가 교육자로서 계획을 밝힐 때면(아기가 가까운 미래에 들려줄 *vaginus*[고고성呱呱聲]와 첫 단어가 그에게는 미리 들리는 듯했다) 그녀는 흐뭇한(약간 암소 같은) 표정으로 경청하곤 했다. 당의糖衣 아몬드는 그녀가 그 전에도 좋아하던 간식이었지만 그때 그녀가 섭취한 양은 어마어마했고(파리에서 보르도까지 2파운드), 금욕적 프닌은 그녀의 식탐을 관측하면서 고개 가로젓기와 어깨 으쓱하기를 통해 경탄의 감정을 표현했다. 그 *dragées*[당과]의 매끄러운 표면이 주는 어떤 느낌이 그녀의 팽팽한 피부, 그녀의 혈색, 그녀의 흠잡을 데 없는 치열의 기억에 영원히 섞여 들어간 상태로 프닌의 뇌리에 남겨졌다.

68

그녀가 배에 오르자마자 일렁이는 바다 한 번 쳐다보고 *Nu, eto izvinite*(그럼, 실례)라고 말한 다음 곧장 선박의 자궁에 틀어박힌 것, 항해 중에 거의 내내 그렇게 선실—프닌과 같은 선실을 쓰는 세 명의 과묵한 폴란드인(레슬링 선수, 정원사, 이발사)의 수다스러운 아내들과 같이 쓰는—에 누워만 있었던 것은 다소 실망스러웠다. 항해 셋째 날 저녁, 리자가 자러 들어간 뒤로 한참 더 라운지에 남아 있던 프닌은 체스 한 판 두자는 전직 언론인—프랑크푸르트에서 모某 신문사의 편집장을 역임했던, 터틀넥 스웨터와 배기 반바지를 입은, 우울하고 눈 아래가 처진 가부장—의 제안을 기분좋게 수락했다. 둘 다 실력자가 아니었고, 둘 다 화려하되 불건전한 희생적 행마에 중독돼 있었고, 둘 다 승리에 과하게 집착했고, 그 재미있는 대국은 프닌 특유의 기상천외한 독일어(*"Wenn Sie so, dann ich so, und Pferd fliegt"**)* 덕분에 한층 더 재미있어졌다. 얼마 뒤, 다른 승객이 다가오더니, *entschuldigen Sie*[실례지만], 제가 구경을 해도 되겠습니까?라고 말했다. 그러고는 두 사람 옆에 앉더니(그의 불그스름한 머리카락은 아주 짧았고, 그의 길고 창백한 속

✢ 대강 '당신이 그렇게 한다면, 나는 이렇게 한다, 그러다가 말[馬]이 날아간다'라는 뜻의 독일어.

눈썹은 좀벌레를 연상시켰고, 그의 상의는 남루한 더블브레스트였다), 가부장이 한참 동안 근엄하게 숙고한 뒤 무모한 수를 두려고 상체를 앞으로 기울일 때마다 낮게 혀 차는 소리를 내면서 고개를 가로저었다. 결국 이 고마운 구경꾼은(필시 고수였다) 동포 가부장이 방금 전에 옮긴 폰[卒]을 원래대로 되돌리고 싶은, 그러면서 가늘게 떨리는 검지로 룩[車]을 가리키고 싶은 유혹을 이기지 못했다. 자제력을 잃은 프랑크푸르트 할아범이 그 룩을 프닌의 수비진 겨드랑이로 밀어 넣었고, 우리 편 선수는 당연히 패했다. 패자가 라운지를 막 떠나려는 찰나에 고수가 그의 걸음을 따라잡더니, *entschuldigen Sie*[실례지만], 프닌 선생님과 잠시 대화할 수 있을까요?라고 말하면서("이제 아셨지요, 저는 당신의 이름을 알고 있습니다"라는 말은 유용한 검지 세우기 동작과 함께 괄호 속에 넣어졌다), 바에서 한 쌍의 맥주를 마시자고 제안했다. 프닌은 제안을 수락했고, 예의 바른 낯선 사람은 두 사람 앞에 맥주잔이 놓였을 때 말을 시작했다.

"체스에서와 마찬가지로 인생에서도 타인의 동기와 의도를 분석하는 편이 좋습니다. 우리가 배에 탑승하던 날만 해도, 저는 장난치는 어린아이의 기분이었습니다. 그러나 다음 날 아침이 되면서 저는 벌써 걱정이 생기기 시작했습니다. 명민하신 부군(찬사가 아니라 사후 가정입니다)이라면 조만간 탑승객 명단을 연구하시지 않을까 하는 걱정이었지요. 오늘, 저의 양심이 저를 법정에 세웠고 제가 유죄임이 밝혀졌습니다. 이 기만을 저는 더 이상 견디지 못하겠습니다. 선생님의 건강을 위하여. 이것은 우리 독일인들의 신주神酒와는 전혀 다른 음료지만, 코카콜라보다는 낫네요. 제 이름은 에릭 빈트 박사입니다. 어이쿠, 선생님께서도 이 이름을 모르시지 않는군요." 프닌은 말없이, 얼굴을 실룩거리면서, 아직 한쪽 손바닥을 젖은 카운터에서 떼지 못한 채로, 불편했던 버섯 의자에서 어설프게 미끄러지기 시작한 상황이었지만, 빈트가 길고 예민한 다섯 손가락을 그의 소매에 얹었다.

"*Lasse mich, lasse mich.*"* 프닌은 이렇게 통사정하면서 힘없이 얹혀 있는 손을 털어내려고 했다.

"부탁한다!" 빈트 박사가 말했다. "바르게 살아라.** 죄수는 언제나 결정적 발언***을 가지며, 그것이 죄수의 권리

✢ 대강 '이거 놔라, 이거 놔라'를 뜻하는 독일어.
✢✢ 원문은 be just. 빈트의 의도는 '공정을 기하라be fair'였던 듯하다.
✢✢✢ 원문은 the last word. 빈트의 의도는 '최후 발언the last statement'이었던 듯하다.

다. 심지어 나치들도 그것을 시인*한다. 그리고 첫째로—
나에게 숙녀의 이동**의 최소한 반액을 지불하게 하라."

"*Ach nein, nein, nein.*"*** 프닌이 말했다. "이 악몽 대화(*diese koschmarische**** Sprache*)를 끝까지 해보자."*****

"당신이 원하는 대로 하자." 빈트 박사는 이렇게 말한 뒤, 핀에 꽂힌 프닌을 다음의 논점들로 계속 찔러나갔다. 이것이 전부 리자의 아이디어였다는 점—"그러면 간단해지니까, 아시잖아요, 우리의 아이를 위해서"("우리"는 세 사람을 가리키는 듯했다). 리자를 대할 때 중병 환자를 대하듯해야 한다는 점(임신은 곧 죽음 충동의 승화이기에). 본인(빈트 박사)이 미국에서 그녀와 결혼하겠다는 점("저도 그쪽으로 가게 됐거든요"). 오해가 없도록 빈트 박사가 덧붙였다. 본인(빈트 박사)에게 최소한 맥줏값이라도 지불하게 해달라는 점. 그때부터 항해—녹색과 은색에서 회색 일색으로 바뀌어버린—가 끝날 때까지, 외부로 나타난 프닌은 영어 교본들로 분주했다. 리자를 대할 때는 변함없이 온화

---

* 원문은 admit. 빈트의 의도는 '인정recognize'이었던 듯하다.

** 원문은 passage. 빈트의 의도는 '운임fare'이었던 듯하다.

*** 대강 '아, 아니, 아니, 아니'를 뜻하는 독일어.

**** '악몽'을 뜻하는 프랑스어 cauchemar를 독일어식으로 바꾸고 독일어식 형용사형 어미를 첨가한 괴어怪語.

***** 원문은 finish. 프닌의 의도는 '끝내자end'였던 듯하다.

하게 대했지만, 그녀의 의심을 사지 않을 수 있는 한도 내에서 가능한 한 그녀 옆에 있지 않으려고 노력했다. 때때로 빈트 박사가 어디선가 나타나서는 멀찌감치 감사와 격려의 신호를 보내오곤 했다. 그러다 드디어, 거대한 동상이 아침 안개—태양에게 매혹당해 기꺼이 타오르려고 하는 창백한 건물들이 막대그래프에서 백분율(천연자원별 비율, 신기루의 사막별 빈도)을 의미하는 불균등한 높이의 비밀스러운 직사각형들처럼 서 있는 곳—를 뚫고 솟아올랐을 때, 빈트 박사가 막무가내로 프닌 부부 앞에 서서 본인의 정체를 밝혔다—"자유의 땅을 밟을 때 우리 셋 다 깨끗한 마음이어야 하니까." 그렇게 티모페이와 리자는 엘리스섬에서 바토스적的 체류를 끝내고 헤어졌다.

복잡한 일들이 있었다—하지만 결국은 윈드가 그녀와 결혼했다. 프닌은 미국에 와서 처음 5년 동안 그녀를 뉴욕에서 여러 번 스치듯이나마 볼 수 있었지만(그와 윈드 부부는 귀화일이 같았다), 그가 웬델로 옮겨 간 1945년 이후 6년 동안은 만남이나 서신 왕래가 전혀 없었다. 하지만 그녀의 소식은 때때로 들려오곤 했다. 얼마 전만 해도(1951년 12월), 그의 친구 샤토가 「부부 상담에 적용된 집단 심리 치료」라는 논문(공동 저자: 알비나 둥켈베르크 박사, 에릭 윈드 박사, 리자 윈드 박사)이 게재된 정신 치료 저널 한 부를

보내왔다. 리자의 *'psihooslinïe'*('정신 어쩌고저쩌고')⁺는 프
닌에게 줄곧 거북함을 안겨주곤 했고, 이제는 무관심해졌
어야 마땅하겠건만 그는 아직 뼈저린 혐오와 연민을 느끼
고 있었다. 에릭과 그녀는 명사名士인 버나드 메이우드—
과잉 적응 증후군 환자인 에릭이 '보스'라고 지칭하는 상
냥한 거구—의 비호하에 '예비부모 센터'라는 기관에 딸
려 있는 '연구국'이라는 부서에서 일하고 있었다. 자기 부
부의 비호자가 격려해주는 데 힘입어, 에릭은 비교적 물렁
하고 어리석은 '센터' 고객들 가운데 일부를 심리 치료라
는 함정—퀼트 모임 계열의 '이완' 서클(그룹당 8명의 젊
은 기혼 여성들이 안락한 방에서 긴장을 풀고 서로의 퍼스
트 네임을 부르는 허물없는 분위기를 조성함, 그룹의 맞은
편 탁자에 의사들이 앉아 있음, 총무가 눈에 띄지 않게 메
모를 함, 트라우마 에피소드들이 각자의 유년기로부터 흘
러나옴)—으로 몰아넣는다는 기발한(아마도 본인의 것은
아닌) 아이디어를 구체화했다. 여성 참가자들은 프로그램
의 취지에 따라 각자의 배우자 부적응 문제를 다른 참가자
들과 함께 진짜 솔직하게 토론했고(여기에는 물론 각자의
남편을 경우별로 비교하는 과정이 수반되었다), 이후 남편

⁺ '정신psiho-'에 '치료' 대신 '당나귀oslinïe'를 합성한 단어. 프닌의 조어.

들에 대한 면담도 진행되었다(이렇게 따로 꾸려진 '남편 그룹'은 엽궐련을 돌려 피우고 인체도를 돌려 보면서 역시 매우 허물없는 분위기를 조성했다). 프닌은 논문에서 현장 기록과 사례 보고를 건너뛰었는데, 그 부분의 웃긴 디테일을 여기서 일일이 상술할 필요는 없겠다. 한 가지만 말하자면, 여성 그룹 3회 차—집에 가서 빛을 찾은 이 언니 또는 저 언니가 자기가 새롭게 발견한 감각을 아직 어둠 속에 있는, 하지만 열심히 귀를 기울이고 있는 동생들 앞에서 묘사하는 것이 가능해진 시점—에서 이미 강력한 부흥회 음조가 프로그램을 밝은 색조로 물들였다("애들아, 내 말 좀 들어봐, 조지가 어젯밤에 있잖아—"). 그것이 다가 아니었다. 에릭 윈드 박사는 남녀 참가자 전원의 조인트 그룹을 가능케 할 상담 기법을 마련할 생각이었다. 말이 나서 하는 말이지만, 그와 리자가 '그룹'이라는 단어 앞에서 입맛을 다실 때 그 소리가 듣는 사람을 얼마나 질리게 하던지. 뼈저린 프닌에게 보낸 긴 편지에서 샤토 교수가 확언하기도 했듯이, 윈드 박사는 샴쌍둥이를 가리킬 때조차 '한 그룹'이라고 하는 사람이었다. 진보주의자, 이상주의자 윈드는 아닌 게 아니라 1백 명짜리 샴쌍둥이들, 해부학적으로 결합된 사회들, 간肝이라는 커뮤니케이션 기관을 중심으로 세워진 주권 국가들로 이루어진 행복한 세상을 꿈꾸고 있었던 것이다.

"그저 공산주의의 소우주들이나 다름없습니다—그 정신 치료라는 것이 모두." 샤토에게 보낸 답장에서 프닌은 낮은 목소리로 흥분했다. "사람들이 자기의 은밀한 슬픔을 그냥 좀 가지고 있게 내버려둘 것이지. 안 그렇습니까? 이 세상에서 사람들이 진짜로 소유한 것이 슬픔 말고 뭐가 있습니까?"

6

"있잖아," 조앤이 토요일 아침에 남편에게 말했다. "티모페이에게 오늘 2시부터 5시까지 집이 빈다고 말해주기로 마음먹었어. 그 딱한 존재들에게 가능한 모든 기회를 주는 것, 그것이 우리의 의무야. 나는 시내에서 할 수 있는 일이 있고, 당신은 도서관에서 내리도록 해."

"그런데 어쩌나," 로런스가 대꾸했다. "오늘 나는 차로든 뭐로든 옮겨질 생각이 전혀 없군. 게다가 그들의 재회가 여덟 개의 방을 필요로 할 가능성은 거의 없어."

프닌은 새 갈색 정장(크레모나 강연료로 구입한)을 꺼내 입었고, '달걀과 우리는'에서 급한 점심 식사 뒤에 공원(눈이 퀼트 조각처럼 군데군데 남아 있는)을 가로질러 웬델 버스 터미널까지 걸어갔는데, 도착해 보니 너무 일찍, 거의 한 시간 일찍이었다. 리자는 왜 성 바르톨로메오(아들이 돌아오는 가을에 입학 예정인, 보스턴 근처의 명문고)를 방문하고 돌아가는 길에 그를 꼭 만나야겠다고 하는가? 이 퍼즐을 프닌은 굳이 풀려고 하지 않았다. 그가 아는 것이라고는, 보이지 않는 장벽 뒤에서 행복의 물살이 물거품을 튀기면서 점점 불어나고 있다는 것, 이제 언제라도 벌컥 열리리라는 것뿐이었다.

그는 버스 다섯 대의 도착을 지켜보았고, 그때마다 리자가 (줄지어 내리기 시작하는 다른 승객들 틈에서) 차창 너머로 자기에게 손을 흔드는 모습을 확실히 분간해냈지만, 다섯 대에서 승객이 다 내릴 때까지 그녀는 나타나지 않고 있었다. 갑자기 그의 등 뒤에서 그녀의 낭랑한 목소리 (*"Timofey, zdrastvuy!"*)가 들려왔고, 뒤돌아선 그는 그녀가 그레이하운드(그녀를 태웠을 리 없다고 판단했던 유일한 버스)에서 내리는 모습을 볼 수 있었다. 어디 변한 데가 있다 한들 우리 친구가 알아볼 수 있었겠는가? 어디가 변할 수 있었겠는가, 맙소사! 옛날 그대로였다. 그녀는 아무리 추운 날씨에도 떨거나 움츠러들지 않는 여자였고, 그녀가 그의 머리를 안는 순간에도 그녀의 물개 가죽 코트는 프릴 달린 블라우스 위에서 풀어 헤쳐져 있었다. 그는 그녀의 목에서

풍기는 자몽의 향기를 맡으면서 작은 목소리로 "*Nu, nu, vot i horosho, nu vot*"(별 뜻 없음, 단어들로 만들어진 심장 보호대)를 되풀이했고, 리자는 큰 목소리로 "이야, 이 남자, 훌륭한 새 이를 해 넣었네!"라고 했다. 그는 그녀가 택시에 탈 수 있게 뒤에서 도와주었고, 그녀의 화사한 아주 얇은 스카프가 뭔가에 걸렸고, 프닌이 보도 위에서 미끄러졌고, 택시 기사가 "조심해야지" 하면서 그가 들고 있던 그녀의 가방을 대신 옮겼고, 이것들은 모두 정확하게 이 순서로 전에 일어났던 일이었다.

택시는 파크가街로 진입했고, 그녀는 계속 이야기했다. 거기는 영국 전통의 학교야. 아니, 아무것도 먹고 싶지 않아, 앨버니에서 점심을 잔뜩 먹었어. 거기는 "very fancy"[최고급이야](그녀는 이 말을 영어로 했다), 애들이 맨손으로 벽 사이에서 테니스 경기 비슷한 것을 하던데, 같은 학년에 ****가 있을 거라더라(그녀는 짐짓 태연하게 유명한 미국인 이름 하나—시인 이름도 아니고 대통령 이름도 아니라서 프닌에게는 아무 의미도 없는 이름—를 댔다). "그건 그렇고," 프닌이 이야기 중에 끼어들어 목을 쑥 빼고 어딘가를 가리켰다. "딱 이 각도에서 보면 캠퍼스의 한쪽 모서리를 볼 수 있습니다." 이런 데를 어떻게 들어갈 수 있었느냐 하면("그러네, 알았어, *vizhu, vizhu, kampus kak* *kampus*──별거 없네"), 전부, 장학금도 포함해서, 메이우드 박사의 영향력 덕분이다("티모페이, 조만간 그 사람한테 당신이 한 줄 써서 보내, 그냥 짧은 감사 표시, 그런 거 있잖아"), 버나드가 거기 학생일 때 받은 트로피들을 거기 교장 목사가 보여주더라. 에릭은 당연히 빅터가 공립 학교에 가기를 바랐지만, 마음을 바꿀 수밖에 없었다고. 호퍼 목사의 아내는 영국 백작의 조카라고.

"목적지에 도착했습니다. 이곳이 나의 *palazzo*[대저택]입니다." 그녀의 빠른 이야기에 집중할 수 없었던 프닌이지만, 익살을 포기하지는 못했다.

그들은 집 안으로 들어왔고──갑자기 그는 그토록 열렬히 고대했던 이 하루가 너무나도 빨리 지나가고 있다는 느낌──가는구나, 가는구나, 몇 분 뒤면 다 가버리겠구나 하는──에 사로잡혔다. 이이가 나에게 무엇을 원하는 것인지 어서 말해주면, 오늘이 속도를 늦추어줄지도 모르고, 오늘을 정말 잘 보내게 될지도 모르는데, 하는 생각이 들었다.

"참 못생긴 집이다, *kakoy zhutkiy dom*." 그녀는 이렇게 말하며 전화 옆 의자에 앉아 덧신을 발로 차듯이 벗었다──너무나 친숙한 몸짓들!

"저 수채화, 미너렛 그린 거 좀 봐. 집주인들 때문에 힘들겠네."

"아니." 프닌이 말했다. "그들은 나의 친구들입니다."

"이봐, 티모페이," 그녀가 그의 에스코트를 받아 위층으로 가면서 말했다. "당신 옛날에 그 왜 꽤 지독한 친구들이 있었잖아."

"나의 방에 도착했습니다." 프닌이 말했다.

"나는 일단 당신의 총각 침대에 좀 누워야겠어, 티모페이. 당신한테 낭송해줄 시가 좀 있는데, 좀 이따 해줄게. 내 지독한 두통 있잖아, 그게 또 스멀스멀 돌아오네. 하루 종일 그렇게 말짱하더니."

"아스피린이 좀 있습니다."

"uhn-uhn[아니, 아니]." 그녀가 말했다. 이 외국어 부정문이 그녀의 모국어 사이에서 이상하게 두드러졌다.

그는 그녀가 신발을 발로 차내듯 벗기 시작하자 고개를 돌렸다. 신발이 바닥에 떨어질 때 나는 소리는 그에게 아주 오래된 옛날을 떠올려주었다.

그녀는 계속 누워 있었다. 검정 스커트, 흰색 블라우스, 갈색 머리, 분홍색 손으로 두 눈을 가린 자세.

"근황은 어떻습니까?" 프닌은 이렇게 물으며(이이가 나에게 무엇을 원하는 것인지 말하게 만들어야지, 어서!) 라디에이터 옆 흰색 흔들의자에 깊이 앉았다.

"우리 작업은 아주 흥미롭지만," 그녀는 계속 눈을 가린 채 말했다. "내가 에릭을 더 이상 사랑하지 않게 되었다는 것도 근황 중 하나야. 우리 관계는 파탄이 났어. 말이 나서 하는 말이지만, 에릭은 제 자식을 싫어해. 그러면서 자기는 흙-아빠, 티모페이 당신은 물-아빠라더라."

그가 껄껄 웃기 시작했다. 그의 몸이 웃음으로 들썩였고, 어른용보다 좀 작은 흔들의자가 그 밑에서 우지끈하는 소리를 냈다. 그의 눈동자는 반짝이는 별 같았고, 촉촉이 젖어 있었다.

통통한 손에 가려져 있던 그녀의 눈이 잠시 그를 신기한 듯 올려다보았다—그녀가 말을 이었다.

"에릭이 빅터를 대할 때 보면, 답답한 감정적 장벽 그 자체야. 애가 제 아비를 꿈에서 얼마나 죽이고 다닐지. 에릭을 상대로 언어화를 진행하다 보면(예전부터 알긴 알았지만), 문제가 명확해지는 게 아니라 오히려 혼란스러워져. 상대하기 아주 어려운 남자야. 티모페이, 당신 봉급 얼마 받아?"

정보가 전달되었다.

"음," 그녀가 말했다. "대단치는 않네. 그래도 당신이라면 얼마간 저축을 할 수도 있을 거 같은데—당신의 욕구, 당신의 그 미세한 욕구에 비하면 많이 남겠는데, 티모페이."

그녀의 복부—검정 스커트 안에서 거들로 단단히 조인

──가 아이러니한 웃음──소리 없는, 편한, 악의 없는, 회고
적인──과 함께 두세 번 들썩거렸고, 프닌은 (내내 고개를
가로저으면서) 관능적, 무아적 행복감 속에서 코를 힝 풀
었다.

"내가 제일 최근에 쓴 시야, 들어봐." 그녀는 이렇게 말하
며 아주 똑바로 누운 자세로 양손을 양 허리에 댔고, 그렇
게 운율을 살리는, 길게 끌리고 낮게 깔리는 그녀의 낭송이
시작되었다.

Ya nadela tyomnoe plat'e,

I monashenki ya skromney;

Iz slonovoy kosti raspyat'e

Nad holodnoy postel'yu moey.

No ogni nebïvalïh orgiy

Prozhigayut moyo zabïtyo

I shepchu ya imya Georgiy ──

Zolotoe imya tvoyo!

나는 검은색 드레스를 입었다

나는 수녀보다 정숙하다

82

상아 십자가가

내 차가운 침대 위에 걸려 있다

그러나 환상적 난교의 불빛이

나의 망각 저편에서 타오른다

나는 속삭인다 게오르기[George]의 이름을―

그대의 황금색 이름을!

"그이는 아주 흥미로운 남자야." 그녀는 곧바로 이야기로 넘어갔다. "실은 거의 영국인이야. 전쟁 때는 폭격기를 조종했고 지금은 어느 증권 회사랑 일하고 있는데 다들 그이를 안 좋게 보고 그이를 몰라주더라. 그이는 오래된 가문 출신이야. 그이 아버지는 몽상가였고, 선상 카지노를 갖고 있었는데, 알잖아, 그런 부자 있잖아, 그런데 플로리다에서 유대인 조폭들 때문에 파산했고, 다른 사람 대신 자진해서 감옥 갔어. 영웅 가문이지."

이야기가 잠시 끊어졌다. 그 작은 공간의 적막은 탁한 백색 오르간 파이프*의 두근두근과 디링디링으로 인해 깨졌다기보다 오히려 더 짙어졌다.

---

* 원문은 organ pipe. 악기 중 하나인 '오르간organ의 파이프pipe'라는 뜻과 함께 '인체 장기organ의 관pipe'이라는 뜻이 있음을 이용한 말장난.

"나는 에릭 앞으로 완벽한 보고서를 제출했어." 리자의 이야기가 한숨과 함께 이어졌다. "근데 지금 이 남자가 나한테 계속 뭐라느냐 하면, 내가 자기에게 협조해준다면 자기가 나를 치료해줄 수 있다는 거야. 안됐지만 나는 게오르기와도 협조하는 관계거든."

그녀는 조지를 러시아 이름인 것처럼 발음했다—g는 둘 다 경음, e는 둘 다 약간 장음.

"어쩌겠어, *c'est la vie*[그것이 인생]. 원래는 에릭이 버릇처럼 하는 말이지만. 저렇게 천장에서 거미줄이 내려오는데, 당신은 어떻게 잠이 와?" 그녀가 자기 손목시계를 들여다보았다. "맙소사, 나 4시 반 버스 타야 돼. 좀 이따 당신이 택시 불러줘야 돼. 이제부터 내가 당신한테 할 말이 있는데, 정말 중요한 말이야."

드디어 그 순간이 온 것이었다—이렇게 늦게.

그녀는 티모페이가 애를 위해 매달 얼마간의 돈을 마련해주기를 바랐다. 이제 와서 버나드 메이우드에게 부탁할 수는 없으니까—내가 죽을지도 모르니까—에릭은 무슨 일이 생겨도 신경 안 쓰니까—누군가는 애한테 가끔 돈을 좀 보내주어야 하니까, 엄마가 보내주는 것처럼 해서—용돈을 좀, 당신도 알잖아—부잣집 애들이랑 어울려 다닐 텐데—주소와 그 밖에 자세한 내용은 편지로 알려줄게

─그렇지─당신이 이렇게 친절하다는 걸(‘*Nu kakoy zhe tï dushka*’) 나는 한 번도 의심한 적이 없어─어디 보자, 화장실 어디야?─그럼 이제 전화로 택시 좀 불러주겠어?

"그런데 말이야," 그녀가 말했다(그동안 그는 코트를 입으려고 앞발로 더듬는 그녀 옆에서 소매 찾기라는 까다로운 일을 여느 때와 다름없는 찌푸린 얼굴로 거들고 있었다). "당신도 알잖아, 티모페이, 그 갈색 옷 입은 건 실수야. 신사는 갈색을 안 입어."

그는 그녀를 배웅했고, 돌아올 때는 걸어서 공원을 가로질렀다. 붙잡는다니, 곁에 둔다니, 있는 그대로의 그녀를, 그렇게 잔인한, 그렇게 저속한 그녀를, 그렇게 눈부신 푸른 눈, 그렇게 한심한 시, 그렇게 살찐 발, 그렇게 불순하고 건조하고 야비하고 유치한 영혼을 가진 그녀를 어떻게. 그는 갑자기 이런 생각을 하게 되었다. 만약에 사람들이 천국에서 재회한다면(내가 천국을 믿는 것은 아니니, 어디까지나 가정이지만), 그것이 나에게 기어오르려고 할 때, 내 위에서 기어다니려고 할 때, 내가 그것을 어떻게 막겠는가, 쭈글쭈글한, 무력한, 절룩거리는 그것을, 그녀의 영혼을 어떻게. 하지만 여기는 지상이고, 나는 신기하게도 왠지 살아 있고, 내 속에는, 삶 속에는 뭔가가 있어서─

그는 우주의 간단한 해결*을 눈앞에 둔 듯한 데까지 갔지만(인간의 절망이 중대한 진실로 인도해주는 경우는 거의 없는 만큼, 예상치 못한 진전이었다), 그의 생각은 다급한 요청 앞에서 중단되었다. 프닌이 걸어오는 것을 나무 밑에서 본 다람쥐가 있었던 것이다. 그 지성적 동물은 구불구불한 덩굴손 같은 한 번의 움직임으로 식수대 가장자리까지 올라갔고, 프닌이 가까워지자 그를 향해 타원형 얼굴을 쑥 내밀었다(다소 거친 식식 소리, 부풀려진 두 볼). 프닌은 사정을 이해했고, 잠시 어설프게 더듬거린 끝에 무엇을 눌러야 필요한 결과를 얻을 수 있는지를 알아냈다. 그 목마른 설치류는 그를 경멸하듯이 쳐다보면서 거품으로 반짝이는 땅딸막한 물기둥을 시음하기 시작했고, 그렇게 한참 물을 마셨다. "그이가 열이 나는 것 같던데." 프닌은 이런 생각을 하며, 소리 없이 흐르는 눈물을 그냥 내버려두었다(그러는 내내 자기에게 고정되어 있는 기분 나쁜 눈을 마주 보지 않으려고 노력하면서 급수 장치를 정중하게 누르고 있었다). 갈증을 해소한 다람쥐는 아무 감사 표시 없이 떠났다.

물–아빠는 다시 걷기 시작했고, 길이 끝나는 곳에 닿았

＊ solution에 '문제를 해결하다'는 뜻과 함께 '성분을 용해시키다'는 뜻이 있음을 이용한 말장난.

고, 어느 샛길—가넷 글라스로 여닫이 창문을 장식한 통나무집 양식의 작은 바가 있는—로 접어들었다.

7

식료품이 가득 담긴 가방 한 개, 잡지 두 권, 꾸러미 세 개를 든 조앤이 5시 15분에 집에 왔을 때, 딸이 보낸 특송 항공 우편물이 포치 우편함 안에 들어 있었다. 3주도 더 전에 이저벨이 부모에게 짧은 글을 써 보냈던 것은 애리조나 신혼여행 뒤에 남편의 고향 도시에 무사히 도착했다는 말을 하기 위해서였다. 조앤은 손에 든 것들을 저글링 하면서 편지를 뜯었다. 행복에 취한 편지였고, 그녀는 꿀꺽 삼키듯 단숨에 다 읽었다. 사방이 그녀의 안도감 속에서 환해지면서 살며시 살랑거렸다. 현관문 앞에 선 그녀는 프닌의 열쇠들이 가죽 케이스와 함께 내장—그가 제일 좋아하는 음식—처럼 열쇠 구멍에서 대롱거리고 있음을 처음에는 손으로 감지하고 나중에는 (잠깐의 놀라움과 함께) 눈으로 확인했고, 그 열쇠로 문을 연 그녀는 안으로 들어오자마자 팬트리 쪽에서 들려오는 무정부주의적 부딪힘 소리—찬장이 하나씩 여닫히는 소리—를 들었다.

조앤은 가방과 꾸러미들을 주방 사이드보드 위에 내려 놓은 다음, 팬트리 쪽에 대고 물었다. "뭐 찾아요, 티모페이?"

그가 어둡게 상기된 얼굴, 분노에 찬 눈빛으로 나타났고, 그녀는 눈물범벅이 된 그의 모습에 충격을 받았다.

"내가 찾는 것은, 존,* 점성과 톱밥**입니다." 프닌이 비극적 어조로 말했다.

"탄산수는 없을 텐데." 그녀는 명료하게 한정하는 앵글로색슨어로 대답했다. "위스키는 주방 캐비닛에 많이 있겠지만. 그러는 것보다 우리 같이 아주 따끈한 차를 좀 마시면 어때요?"

그는 러시아어로 '체념'을 뜻하는 동작을 선보였다.

"아니, 나는 원하는 것이 없습니다." 프닌은 이렇게 말하면서 지독한 한숨과 함께 주방 식탁에 앉았다.

그녀는 그 옆에 앉더니 방금 사 온 잡지 중 한 권을 펼쳤다.

"우리 같이 그림 봐요, 티모페이."

"싫습니다, 존. 당신도 아시다시피, 나는 광고와 광고가 아닌 것을 이해하지 못합니다."

✢ 원문은 John. 프닌은 '조앤Joan'을 이렇게 발음한다.
✢✢ 원문은 viscous and sawdust. 프닌은 '위스키와 탄산수whisky and soda'를 이렇게 발음한다.

"그냥 편하게 있어요, 티모페이, 내가 다 설명해줄게요. 우와, 이거—나는 이 그림이 좋은데요. 우와, 아주 기발한 그림이네요. 우리가 보는 이 그림은 두 아이디어의 조합이에요—'무인도' 아이디어와 '연기 속의 소녀' 아이디어. 여기, 이건, 티모페이—제발." 그는 마지못해 독서용 안경을 썼다. "이건 무인도와 외로운 야자수, 이건 부서진 뗏목의 파편, 이것은 조난당한 선원, 이건 그가 구조한 함재묘, 그리고 여기 바위 위에 있는 이건—"

"불가능합니다." 프닌이 말했다. "이렇게 작은 섬이, 게다가 야자수 섬이, 이렇게 큰 바다에 존재하는 것은 불가능합니다."

"근데 여기 존재하잖아요."

"불가능한 고립입니다." 프닌은 말했다.

"그래, 그렇긴 하지만—정말 이건 반칙이야, 티모페이. 당신도 너무 잘 알잖아, 머릿속 세계의 토대가 논리와의 타협이라는 로의 의견에 당신도 동의하잖아."

"나의 동의에는 단서 조항들이 있습니다. 첫째, 논리 그 자체는—"

"됐으니까, 우리 그렇게 멀리 나가지 말고, 웃긴 그림 다시 봐요. 이 그림 좀 봐요. 이건 선원, 이건 야옹이, 이건 그들 주변을 맴도는 인어네요. 그럼 이제 여기 이거 봐요. 선원과 야옹이 위에서 연기가 나네요.

"원자 폭탄의 폭발입니다." 프닌이 슬픈 목소리로 말했다.

"아니, 전혀 아니에요. 이건 그거보다 훨씬 더 웃겨요. 이 동그란 연기들은 머릿속 생각의 투영물이라는 뜻인데, 보면 알 거예요. 이제 여기 이거, 드디어 웃긴 부분이에요. 인어를 보면서 선원은 두 다리를 가졌을 거라고 상상하고, 고양이는 생선일 거라고 상상하고."

"레르몬토프는," 프닌은 두 손가락을 세우며 말했다. "단두 편의 시에서 인어와 관련된 모든 것을 설명하고 있습니다. 내가 미국 유머를 이해한다는 것은 내가 행복할 때조차 불가능하고, 지금 나는 이런 것을—" 프닌은 떨리는 손으로 안경을 벗고 팔꿈치로 잡지를 치우고 머리를 팔뚝에 얹었다. 그렇게 소리를 죽이고 흐느껴 울기 시작했다.

그녀는 현관문이 열리고 닫히는 소리를 들었고, 잠시 후 로런스가 주방 안을 염탐했고(우스꽝스러운 연기였다), 조앤의 오른손은 그를 휘휘 몰아냈지만, 그녀의 왼손은 무지개색 테두리의 봉투가 놓여 있는 꾸러미들 쪽을 가리켰다. 그녀가 내비친 은밀한 미소는 이저벨이 보낸 편지의 요약이었고, 그는 그것을 급히 거머쥐고는 까치발로 살금살금 빠져나갔다(완전 진지했다).

프닌의 쓸데없이 육중한 두 어깨는 계속 흔들렸다. 그녀는 펼쳐져 있던 잡지를 덮고 표지를 들여다보기 시작했다.
인형처럼 차려입은 어린이들(이저벨, 그리고 하겐의 딸).
아직 방학 중인 그늘나무. 하얀 첨탑. 웬델의 학교 종.

"그이가 돌아오기 싫대요?" 조앤이 나직이 물었다.

프닌은 머리를 한쪽 팔뚝에 얹은 채 느슨하게 쥔 다른 한
쪽 주먹으로 탁자를 치기 시작했다.

"나는 가진 것이 없습니다."[+] 프닌이 요란한, 축축한 콧
물 소리 사이에서 흐느끼듯이 말했다. "나는 이제 가진 것
이 아무것도 없습니다."

[+] 원문은 haf nofing. 프닌은 '가진 것이 없다have nothing'를 이렇게 발음한다.

3장

1

프닌은 웬델 대학에 와서 처음 8년 동안 거의 매 학기 이사를 다녔다(이유는 여러 가지였지만 대개 음향 관계였다). 그의 기억 속에 시간 순서대로 저장되어 있는 거주 공간들은 이제 가구 디스플레이 공간들과 비슷했다(전시 중인 안락의자들, 침대들, 조명들, 벽난로들이 은은한 가구점 조명 아래 모든 공간-시간 구분들을 무시하고 뒤섞이고, 그 너머에서는 눈이 내리고, 어스름이 깊어지고, 아무도 다른 누군가를 사랑하지 않는다). 그의 웬델기期 거주 공간들은 그가 업타운 뉴욕에 살던 때의 방—갓돌 옆 휴지, 누군가의 발을 헛디디게 만든 밝은색 개똥 덩어리, 갈색 포치 앞 계단을 향해 지칠 줄 모르고 공을 던지고 있는 아이로

92

기억되는, 센트럴 파크*와 리버사이드** 사이에 위치한 어느 블록—과 비교하면 더욱 깔끔해 보였고, 심지어 그 방도 프닌의 머릿속(작은 공이 아직도 튀어나오고 있는)에서 그 이전의 장소들—그의 길었던 중유럽 난센 여권기期의, 이제는 먼지로 뿌예진 오래된 거처들—과 비교하면 훨씬 더 깔끔해졌다.

하지만 프닌도 나이가 들면서 까다로워졌다. 홍하지 않은 붙박이 가구들은 더 이상 만족스럽지 않았다. 웬델은 조용한 작은 도시였고, 두 언덕 사이에 박혀 있는 웬델빌은 한층 더 조용했지만, 프닌에게 충분히 조용한 장소란 있을 수 없었다. 그가 이 도시에 처음 와서 살던 곳들 중에 가구들을 사려 깊게 갖춘 '독신 교원 전용 기숙사'의 원룸은 공유 공간의 몇몇 문제점들에도 불구하고("탁구 한 판, 프닌?" "나는 아동의 경기를 더 이상 하지 않습니다") 아주 살기 좋은 곳이었다. 단, 그것은 인부들이 와서 도로(도시명: 프닌그라드, 도로명: 브레인팬가街)에 구멍을 뚫었다 메웠다 하는 공사—딜딜 떠는 검은 지그재그 발작과 소스라치는 짧은 정적이 몇 주 동안 번갈아 되풀이되는—를 시작하

✢ 원문은 Tsentral Park. 프닌은 '센트럴 파크Central Park'를 이렇게 발음한다.
✢✢ 원문은 Reeverside. 프닌은 '리버사이드Riverside'를 이렇게 발음한다.

기 전까지의 이야기였다(그들이 실수로 매장한 값비싼 장비가 다시 발견되는 날은 영영 오지 않을 것 같았다). 특히 열악했던 곳들 중 하나를 꼽자면, 방음이 대단히 잘되는 것처럼 보이는 듀크스 로지(웬델빌)의 원룸이 있었다. 매일 저녁 그 쾌적한 *kabinet*[침실 겸 서재]의 위층에서 거대한 원시 석상 두 개가 콸콸 쏟아지는 욕실 폭포들과 쾅쾅 닫히는 문짝들 사이를 쿵쿵 배회하곤 했다. 위층에 실제로 살고 있는 것으로 밝혀진 미술학과 소속의 스타 부부("나는 크리스토퍼, 이쪽은 루이즈")—도스토옙스키와 쇼스타코비치에 지대한 관심이 있는, 천사처럼 다정다감한 커플—의 날씬한 체형과 화해시키기는 어려운 이미지였지만. 원룸들 중에는 거기보다 훨씬 더 아늑한 침실 겸 서재도 있었지만(여기에는 러시아어를 공짜로 배우겠다고 불쑥 찾아오는 사람도 없었다), 혹독한 웬델의 겨울이 날카로운 웃풍들—창문으로만 들어오는 것이 아니라 벽장과 콘센트 구멍으로도 들어오는—을 대동하고 아늑함에 침투하기 시작하자마자 방에서는 모종의 광란 증세, 기이한 망상 증세—다시 말해, 프닌의 은색 라디에이터를 근거지로 삼고 집요한 음악적 속삭임(클래식 비슷한)을 전송하는 이상한 증세—가 발현되기 시작했다. 프닌은 그 안에서 들려오는 소리가 새장에 갇힌 새의 노랫소리이기라도 하다는 듯 그 위에 담요를 뒤집어씌워서 소리를 죽여보려고 했지만, 세이어 부인의 노모가 병원으로 옮겨질 때까지 그 노랫소리가 계속 들리다가(노환자는 병원에서 사망했다), 그때를 기점으로 라디에이터 언어가 캐나다 프랑스어로 변환되었다.

그는 또 다른 유형—자가 주택 거주자로부터 집의 일부분을 임대하는 유형—의 거주지를 시험해보기도 했는데, 여러모로 서로 다른 집들이었지만(예를 들어 미늘 판자 건물들만 있었던 것이 아니라 스투코 건물 아니면 최소한 부분적 스투코 건물이 간간이 있었다), 모든 집이 공유하는 한 가지 장르적 특징이 있었으니, 그것은 응접실 책장이나 층계참 책장에 헨드릭 빌럼 판론과 크로닌 박사가 반드시 꽂혀 있다는 것이었다. 두 사람 사이에 한 무리의 잡지, 아니면 윤기가 흐르는 풍만한 역사 로맨스, 아니면 흉내 연기자 가넷 부인이 끼어 있는 경우는 있었지만(그리고 이런 집에는 꼭 어딘가에 툴루즈 로트레크의 포스터가 걸려 있었다), 두 사람이 없는 경우는 없었다(두 사람 사이에 누군가가 끼어 있을 경우, 두 사람은 붐비는 파티에 참석한 오랜 친구 사이인 듯 상대를 알아보았다는 다정한 눈빛을 교환하곤 했다).

2

그가 다시 교원 기숙사로 돌아갔던 시기는 굴착 작업이 다시 시작되었던 시기이자 그 밖에도 여러 소란이 발생했던 시기였다. 지금 프닌은 클레멘츠의 자가 주택에서 2층 침실(분홍색 벽지, 흰색 주름 장식)을 임대해 살고 있었고, 이 집은 그가 정말로 마음에 들어 한 첫 집이자 그가 1년 이상 거주한 첫 방이었다. 지금은 그가 이전 거주자의 흔적들을 전부 퇴출시킨 뒤였다. 어쨌든 그는 그렇게 생각하고 있었다. 침대 헤드로 가려진 곳에 그려진 낙서 하나(웃긴 얼굴), 그리고 문설주에서 반쯤 지워진 연필 자국들(1940년에 표고 4피트에서 시작된 키 재기 표시들)을 그는 미처 보지 못했던 것이다(영영 보지 못할 가능성도 농후했다).

지금 프닌은 일주일 이상 집 전체를 혼자 쓰고 있었다. 조앤 클레멘츠는 결혼한 딸을 만나기 위해 항공편으로 서부 어디로 떠나 있었고, 그로부터 이틀 뒤에는 봄 학기 철학 과목 개강 직후였던 클레멘츠 교수까지 전보로 호출되었다. 우리 친구 프닌은 느긋한 아침 식사—계속 배달되고 있는 우유 위주로 입맛에 맞게 구성한—를 했고, 9시 반에는 언제나처럼 캠퍼스까지 걸어갈 준비를 했다.

그의 외투 착용법(러시아-인텔리겐츠키*)—앞으로 숙

여진 머리통을 통해 그가 완전무결한 대머리라는 것을 입증해줌, '이상한 나라의 공작 부인'[**] 턱을 닮은 큰 턱으로 녹색 머플러의 교차된 양 끝을 단단히 누름으로써 머플러를 가슴 위에 고정해줌, 그러는 동시에 넓은 양어깨를 한 번 들썩임으로써 양팔을 각각의 소매에 동시에 집어넣음, 또 한 번 들썩이면 착용 완료──은 내 심장을 따뜻하게 해주었다.

그는 *portfel'*(서류 가방)을 집어 들어 내용물을 확인한 뒤 밖으로 나왔다.

그렇게 집을 나서서 그리 멀리 가지 않았을 때(신문을 던지면 포치에 닿을 거리), 그는 대학 도서관이 다른 이용자를 위해 긴급히 반납해줄 것을 요청해 온 한 권의 책을 기억해냈다. 그는 잠시 자기를 상대로 싸웠지만(자기도 그 책이 필요했다), 친절한 프닌은 또 한 명의 (모르는) 학자의 절실한 호소에 너무나 공감한 나머지 그 두껍고 무거운 책──*Sovetskiy Zolotoy Fond Literaturï*(『소비에트 문학 금고』), *Moskva-Leningrad, 1940* 전집 중 주로 '톨스토이에 관한 것들'을 다루는 제18권──을 챙기기 위해 발길을 돌리지 않을 수 없었다.

──────────

* '러시아 지식인식式'이라는 뜻의 러시아어에서 온 외래어.
** 원문은 Duchess of Wonderland. 저자 블라디미르 나보코프는 『이상한 나라의 앨리스*Alice in Wonderland*』를 러시아어로 번역했다.

3

영어 말하기의 발성에 관여하는 기관들은 후두, 연구개, 입술, 혀(극단에서 펀치넬로 역할)가 있고, 순서는 마지막이지만 중요도는 마지막이 아닌 아래턱이 있다. 예컨대 프닌은 수업 시간에 러시아어 문법책이나 푸시킨의 시에서 몇 대목을 번역할 때 주로 아래턱의 지나치게 정력적인(되새김질과도 비슷한) 움직임에 의지했다. 그의 러시아어가 음악이었다면, 그의 영어는 살인이었다. 그는 탈脫구개음화에서 엄청난 어려움[difficulty](프닌국 영어로 ‘dzeefeecooltsee’)을 겪었다. 예컨대 ‘t’와 ‘d’를 발음할 때는 불필요한 러시아적 습기를 제거하는 데 늘 실패했고, 뒤에 오는 모음을 발음할 때는 기이하게 탈경음화하곤 했다. 그의 폭발하는 ‘hat’[모자](“나는 겨울에도 결코 모자를 사용하지 않습니다”)가 보통 미국인의 ‘hot’(예컨대 웬델 주민들의 일반적인 발음)과 다른 점은 더 짧다는 것 외에는 없었으니 독일어 동사 hat(갖다)와 거의 같은 소리로 들렸다. 그가 장모음 ‘o’를 발음하면 늘 단모음이 되어버렸다. 예컨대 그의 ‘no’는 영락없는 이탈리아어라고 느껴졌고, 그 느낌은 그의 삼중 단순 부정 용법(“차 태워줄까요, 프닌 씨?” “no-no-no[아니-아니-아니], 나는 여기서 다만 두 걸음을 갖고 있습니다")으로 인해 더욱 강해졌다. 그는 장모음 'oo'를 소유하지 못한 사람, 그 결핍을 의식하지도 못하는 사람이었다. 예컨대 'noon'[정오]을 발음해야 하는 때가 왔을 때 그가 낼 수 있는 최선의 발음은 독일어 '*nun*'[지금]의 이완 모음뿐이었다("나는 화요일 오후[after*nun*]에는 수업을 갖지 않습니다. 오늘은 화요일입니다").

정말 화요일일까?—그렇다. 하지만 우리가 알고 싶은 것은 날짜다. 예를 들어 1898년에 상트페테르부르크에서 태어난 프닌의 생일은 율리우스력 2월 3일이었다. 요즘 그는 전혀 생일을 챙기지 않았다. 그가 러시아를 떠나온 뒤로 날짜가 그레고리로 변장하고 다른 날짜의 자리(13일 뒤—아니, 12일 뒤)로 가기 때문이기도 했지만, 그가 학기 중에 주로 워롸수목 금토[motuweth frisas] 단위로 존재하기 때문이기도 했다.

지금 그는 분필 구름 흑판—그가 재치를 발휘해 회색판이라고 부르는—에 날짜 하나를 썼다. 팔꿈치의 안쪽에서 *Zol. Fond Lit*의 부피감이 아직 느껴졌다. 그가 쓴 날짜는 웬델의 오늘과 아무 상관 없는 날짜였다.

1829년 12월 26일

크고 하얀 마침표가 공들여 찍혔고, 밑에 이렇게 적혔다.

3:03 PM 상트페테르부르크
·

이 판서는 프랭크 배크먼, 로즈 발사모, 프랭크 캐럴, 어빙 D. 헤르츠, 아름답고 총명한 메릴린 혼, 존 미드 주니어, 피터 볼코프, 앨런 브래드버리 윌시에 의해 착실히 필기되었다. 판서를 마친 프닌이 소리 없는 웃음으로 작게 부들거리면서 자리에 앉았다. 그가 할 이야기가 무엇이었느냐 하면, 그 부조리한 러시아어 문법책의 그 문장——"*Brozhu li ya vdol' ulits shumni*"(내가 소란한 거리를 헤맬 때든)——이 실은 어느 명시의 첫 행이라는 것이었다. 이 '초급 러시아어' 과목의 교수자는 어학 훈련("*Mama, telefon! Brozhu li ya vdol' ulits shumnï. Ot Vladvostoka do Vashingtona 5000 mil'*"✤)을 고수해야 했지만, 프닌은 기회 있을 때마다 학생들을 끌고 문학 및 역사 관광에 나섰다.

4보 4행 8연으로 되어 있는 이 시에서 푸시킨은 그가 평생(어디에 있거나, 무엇을 하고 있거나) 가지고 있던 병적

✤ 대강 "엄마, 전화! 내가 소란한 거리를 헤맬 때든. 블라디보스토크에서 워싱턴까지 5천 마일"이라는 뜻.

인 습관들, 곧 죽음에 대한 생각에 오래 머무는 습관과 현재의 암호에 숨겨진 '미래의 기념일'—어딘가에서, 언젠가 자신의 묘비에 새겨질 날짜—을 알아내기 위해 지나가는 하루하루를 철저하게 사찰하는 습관을 묘사했다.

"'운명이 나에게 전송할 죽음은,' 미완료 미래입니다." 감정에 몰입한 프닌이 머리를 젖히고 용감한 직역을 외쳤다.

"'어디에? 전쟁터에? 여행지에? 파도에? 아니면 이웃한 산골짝에'—동의어는 *dolina*[산과 산 사이의 움푹 팬 곳], 지금 우리는 '골짜기'라는 말을 씁니다—'나의 냉장된 재[灰]들을 접수할 것인가'—*poussière*[분말], '차가운 먼지를' 이라고 하면 더 정확합니다. '그리고 그것은 무감각한 육체에는 무관심하지만⋯⋯'"

이렇게 끝까지 직역한 프닌은 그때까지 들고 있던 분필 토막으로 흑판을 드라마틱하게 가리키면서, 푸시킨이 이 시를 정서精書한 날짜를, 심지어 시각을 기록하는 데 얼마나 세심했는지를 말했다.

"하지만," 프닌은 의기양양하게 외쳤다. "그러나 사망은 매우, 매우 다른 날짜였습니다! 그의 사망일은—" 프닌이 힘껏 기대고 있던 의자 등받이가 우지끈하는 불길한 소리를 냈고, 학생들은 용서받을 만한 긴박감을 요란한 젊은 웃음소리 속에 녹였다.

(언젠가, 어딘가에서—페테르부르크에서? 프라하에서? —두 어릿광대가 피아노에서 랩소디를 치고, 한쪽이 다른 한쪽의 의자를 빼고, 의자를 잃은 쪽은 계속 의자에 앉은 자세로 흐트러짐 없는 연주를 이어나가고. 어딘가에서? 베를린 '서커스 부슈'에서!)

4

프닌은 '초급 러시아어' 수업 학생들이 해산하고 '중급 러시아어' 수업 학생들이 하나둘씩 흘러 들어오는 빈 시간에 굳이 강의실을 떠나지 않았다. 연구실은 강의실과 다른 층, 소리가 울리는 복도 끝, 교원용 화장실 바로 옆이었다(*Zol. Fond Lit*는 지금 그곳에서 프닌의 녹색 머플러에 반쯤 싸인 상태로 서류함 위에 놓여 있었다). 그가 밀러—비교적 젊은 강사들 중 한 명—와 독문과 연구실 하나를 공유하다가 R호—창고였다가 그때 완전히 수리된—를 단독 연구실로 배정받은 것이 1950년이었다(올해는 1953년이었다—시간이 얼마나 빠른지!). 그는 그해 봄이 다 가도록 새 영토의 프닌화 작업에 몰두했다. 애초에 공간에 딸려온 집기는 하찮은 의자 두 개, 코르크 게시판, 수위가 미처

챙기지 못한 바닥 왁스 한 통, 수종樹種 불명의 미천한 양수
兩袖책상 하나였다. 그는 행정 부서와의 입씨름을 통해 소
형 철제 서류함—황홀감을 불러일으키는 잠금장치가 설
치된—을 확보했다. 강사 밀러가 프닌의 지휘에 따라 조립
식 책장 중 프닌 쪽 선반을 두 팔로 안아서 운반했다. 프닌
은 한때 터키산産이었던 퇴색한 러그를 고령의 매크리스틸
부인—그가 그리 쾌적하지 않은 겨울(1949~50)에 살았던
흰색 목조 주택의 집주인—에게서 3달러에 구입했다. 그
는 수위의 도움을 받아 책상 측면에 나사못으로 연필깎이
—노란색 도료와 향긋한 나무를 연료로 티콘데로가-티콘
데로가가 작동하다가 소리 없이 빙글빙글 도는 어느 텅 빈
공간에서 작동을 멈추는(그렇게 우리 모두의 피할 수 없는
운명을 시연하는) 지극히 요긴한, 지극히 철학적인 사무용
품—를 박아 넣었다. 그는 훨씬 더 원대한 다른 계획들—
예컨대 안락의자와 플로어 스탠드—도 가지고 있었다. 여
름에 워싱턴에서 강의하느라 자리를 비웠던 프닌이 연구실
에 돌아왔을 때는 비만견 한 마리가 그의 러그에서 잠들어
있었고, 빛이 잘 드는 쪽에 있던 그의 집기들이 빛이 잘 안
드는 쪽으로 옮겨져 있고 빛이 잘 드는 쪽에는 우람한 스테
인리스 스틸 책상, 그리고 그것과 잘 어울리는 회전의자—
보도 폰 팔테른펠스 박사(오스트리아에서 새로 수입된 학

자)가 글을 쓰면서 혼자 웃고 있는 자리─가 놓여 있었으니, 그날 이후 R호는 프닌에게는 망국이나 마찬가지였다.

5

정오가 되었고, 프닌은 다른 날과 다름없이 손과 머리를 물로 씻었다.

그는 R호에서 외투, 머플러, 책, 서류 가방을 집어 들었다. 팔테른펠스 박사는 글을 쓰면서 웃고 있었고, 그의 샌드위치는 포장지가 반쯤 벗겨져 있었고, 그의 개는 죽고 없었다. 프닌은 어두운 층계를 내려와 '조각 박물관'─어딘가 로코코 양식을 닮은 듯한 갤러리─을 가로질렀다. '인문관'─그럼에도 '조류학과'와 '인류학과'까지 슬며시 들어와 있는 벽돌 건물─과 '프리즈 홀'─식당들과 교수 휴게실이 들어와 있는 벽돌 건물─을 이어주는 것이 그 투조透彫 갤러리─곧은 오르막은 급하게 꺾이고 구불구불한 내리막은 정례적 감자칩 냄새와 균형 잡힌 식단의 슬픔을 향하는─였다. 여름에는 격자 구멍들이 떨리는 꽃들로 살아 있었지만, 지금은 벌거벗은 구멍들로 얼음장 같은 바람이 불어 들어왔다. 총장 사택 방향을 향하는 갤러리 곁길에 서 있는 죽은 분수의 주둥이에는 누군가가 잃어버린 빨간 손모아 장갑 한 짝이 걸려 있었다.

푸어 총장—선글라스를 쓰고 다니는 키 크고 동작이 느리고 나이 많은 남자—은 2년 전부터 시력을 잃기 시작해서 이제 거의 실명 상태였다. 하지만 그는 매일 떠오르는 해처럼 규칙적으로 매일 조카 겸 비서의 안내를 받아 프리즈 홀까지 왔다. 케케묵은 위엄을 과시하는 인물이 자신의 사적 암흑 속에서 비가시적 오찬으로 이동하는 장면이 연출되었으니, 그의 비극적인 입장 장면에는 다들 익숙해진 지 오래였지만, 그가 자기 의자—조각 장식이 있는—까지 밀려가서 식탁 모서리를 짚으려고 더듬대는 동안에는 변함없이 숨죽임의 그림자가 감돌았고, 그의 바로 등 뒤 벽에 그의 양식화된 닮은꼴—연자주색 더블브레스트 정장을 입고 마호가니색 구두를 신고 반짝이는 마젠타색 두 눈으로 리하르트 바그너, 도스토옙스키, 공자가 자기에게 건네주는 두루마리를 응시하는—이 있다는 것은 이상한 기분을 자아냈다. 10년 전에 랑의 유명한 벽화(1938년 작품)—역사적인 인물들과 웬델 교수들의 행렬—에 이 그룹을 그려 넣은 것이 미술학과의 올레크 코마로프였다.

이 동포에게 묻고 싶은 것이 있었던 프닌이 그의 옆에 자리를 잡았다. 이 코마로프—카자크 병사의 아들—는 키가 아주 작은 남자─바짝 깎은 머리, 해골 콧구멍─였다.
그와 세라피마─그의 아내, 몸집이 크고 성격이 밝은 모
스크바 태생, 티베트 부적을 긴 은사슬에 걸어 크고 부드러
운 복부까지 늘어뜨린─는 러스키* 오르되브르, 기타 연
주, 가짜에 가까운 민요가 등장하는 러스키 파티─수줍음
많은 대학원생들이 보드카 음용 의식과 그 밖에 퀴퀴한 러
시아 의식을 배울 기회─를 열곤 했고, 그런 파티를 치른
직후의 세라피마와 올레크는 퉁명스러운 프닌을 만나자마
자(전자는 하늘을 올려다보면서, 후자는 한 손으로 두 눈
을 가리면서) 감격에 젖은 셀프 감사의 인사말을 속삭이곤
했다. "*Gospodi, skol'ko mï im dayom!*"(주여, 우리가 저들에게
얼마나 베푸는지!)("저들"은 무지몽매한 미국인들을 가리
킴). 보수 반동의 색깔과 소비에트 애호의 색깔이 섞여 있
는 코마로프 부부의 사이비 색깔은 다른 러시아인이 아니
고서는 이해하기가 불가능했다(그들에게 이상적인 러시아
는 적군赤軍, 신이 뽑은 왕, 집단 농장, 인지학人智學, 러시아
정교, 수력 발전 댐으로 이루어진 나라였다). 프닌과 올레
크 코마로프는 대개 은은한 내전 상태에 놓여 있었지만 수
시로 마주칠 수밖에 없었고, 두 사람의 미국인 동료들 가운

---

* '러시아식'이라는 뜻의 러시아어에서 온 외래어.

데 일부—코마로프 부부를 '대단하신 분들'이라고 생각하면서 익살꾼 프닌을 흉내 내는 부류—는 화가와 프닌이 더없는 친구 사이라는 확신을 가지고 있었다.

프닌과 코마로프 중에 어느 쪽이 영어 회화를 더 못하는지 대단히 특수한 테스트를 해보기 전에는 알기 어렵다고는 해도, 프닌이 얼추 더 못하는 듯했다. 하지만 그는 나이가 많고 교양 학력이 높고 미국 시민권자로 살아온 시간이 약간 더 길다는 이유로 자기가 코마로프의 빈번한 영어 음소 첨가를 교정할 자격이 있다고 믿었고, 코마로프는 그렇게 당할 때마다 격하게(심지어 프닌의 *antikvarniy liberalizm*[케케묵은 자유주의]에 당할 때보다 더 격하게) 분노하곤 했다.

"여보게, 코마로프"(*Poslushayte, Komarov*—상대방을 약간 하대하는 표현), 프닌이 말했다. "여기에서 자네 말고 이 책을 탐할 자가 누가 있겠는가. 나의 학생들 중에는 아무도 없을 터인데. 하지만 자네가 대체 왜 이 책을 탐하는지 나는 그 이유를 도통 모르겠네."

코마로프는 책을 힐끔 쳐다보며 대꾸했다. "저 아니에요." 그러고는 영어로 덧붙였다. "Not interested"[관심 없어].

프닌은 위아래 입술과 아래턱을 소리 없이 한 번, 아니면 두 번 움직였고, 하고 싶은 말이 있었는데 하지는 않았고, 씹던 샐러드를 다시 씹어나갔다.

6

오늘은 화요일이었으니, 그는 점심 식사를 끝내자마자 최애 장소로 가서 저녁 식사 시간까지 머물 수 있었다. '웬델 대학 도서관'을 타 건물과 이어주는 갤러리는 전혀 없었지만, 그곳과 프닌의 심장은 내밀하게 그리고 안전하게 이어져 있었다. 그는 초대 총장 알피오스 프리즈의 대형 청동상―스포츠 캡에 배기 반바지 차림으로 청동 자전거의 경적 부분을 붙잡고 있는(영원히 왼쪽 페달에 접착돼 있는 왼발의 위치로 판단해보건대 영원히 자전거에 타려고 하고 있는)―을 지나갔다. 안장 위에도 눈이 있었고 최근에 나타난 장난꾸러기들이 핸들 바에 걸어놓은 터무니없는 바구니 안에도 눈이 있었다. "*Huligani*"[훌리건들]. 프닌은 격분하면서 고개를 가로젓다가 포장로―잎이 다 떨어진 느릅나무들 사이의 잔디 경사로를 구불구불하게 내려오는―의 판석에서 살짝 미끄러졌다. 커다란 책을 오른팔에 끼고 있었을 뿐 아니라 왼손으로 서류 가방―오래된, 중유럽산인 듯한, 검은색의 *portfel'*[가방]―을 들고 있던(보고 싶은 책을 볼 수 있는 그곳, 책장들 사이에 경건한 필사 공간이 있는 그곳, 러시아 전통을 보존하고 있는 낙원 같은 그곳으로 행군하면서 가죽 손잡이가 달린 가방을 앞뒤로 리드미

컬하게 흔들던) 그였다.

대학 도서관 위에 펼쳐져 있는 환하고 창백한 하늘에서 타원형 비둘기 떼가 원형 비행—회색으로 날아오르고, 흰색으로 날갯짓하고, 다시 회색이 되는—을 하고 있었다. 멀리서 기차가 광활한 초원을 달리는 듯 구슬픈 기적을 울렸다. 그늘에서 튀어나온 야윈 다람쥐가 양지쪽의 눈 부분을 휙 지나가고 양지쪽의 풀 부분에 드리워져 있는 녹황색 나무 그림자에 회청색 직선이 그려질 때, 그림자의 끝에 서 있는 나무는 하늘로 올라가면서 벌거숭이가 되었고, 나무가 가 닿은 하늘에서는 비둘기들이 세 번째(마지막) 원을 그리고 있었다. 이제 나무에서 가지가 갈라져 나오는 부분에 몸을 숨긴 다람쥐는 자기를 노리고 나무를 흔들어대곤 하는 문제아들을 야단치기라도 하듯 딱딱거렸다. 프닌은 포장로의 더러운 검은 빙판에서 또 한 번 미끄러졌지만 이번에는 한쪽 팔을 급히 들어 올려 균형을 잡았고, 떨어지면서 활짝 펼쳐진 *Zol. Fond Lit*를 줍기 위해 상체를 숙이면서는 혼자 웃음을 짓기도 했다. 펼쳐져 나온 면은 러시아 초원을 배경으로 료프 톨스토이—카메라를 향해 터덜터덜 걸어오고 있는—와 긴 갈기를 휘날리는 말들—그의 뒤에서 그 순진한 머리통을 같은 방향으로 돌리고 있는—을 찍은 스냅 사진이었다.

V boyu li, v stranstvii, v volnah? 전쟁터에, 여행지에, 파도에? 아니면 웬델 캠퍼스에? 프닌은 아직도 코티지치즈의 끈적 끈적한 막에 감싸여 있는 틀니를 우적거리면서 미끄러운 도서관 계단을 올라갔다.

늙어가는 많은 교직원들과 마찬가지로 프닌도 캠퍼스에 서, 복도에서, 도서관에서(한마디로, 집단 수용 시설로 사 용되는 강의실을 제외한 모든 곳에서) 학생들의 존재를 의 식하지 않게 된 지 오래였다. 초반에는 일부 학생들의 모습 ─젊은 머리통을 팔뚝에 얹은 채 지식의 잔해들 틈에서 깊 이 잠든─이 그의 심기를 심히 거스르기도 했지만, 지금 열람실에서는 여학생의 예쁜 목뒤 한두 개를 제외하면 그 어떤 인체도 그의 시선을 끌지 못했다.

대출 반납 창구에는 세이어 부인이 있었다. 그녀의 모친 과 클레멘츠 부인의 모친이 사촌 간이었다.

"오늘은 안녕하신지요, 프닌 교수님?"

"매우 안녕합니다, 파이어 부인."

"로런스랑 조앤은 돌아왔나요?"

"아니. 나는 이 카드를 수령했으므로 이 책을 반납하고─"

"불쌍한 이저벨, 이혼한다는 말이 정말일까요?"

"나는 그 말을 듣지 않았습니다. 파이어 부인, 나의 말 을─"

"그 애가 정말 집으로 돌아온다면, 교수님한테는 다른 방을 찾아드려야겠지요."

"파이어 부인, 나의 말을 들어주십시오. 이것은 내가 어제 수령한 카드—이것이 말하는 다른 이용자가 누구인지 알 수 있습니까?"

"확인해볼게요."

확인해본 결과, 카드가 말하는 다른 이용자는 티모페이 프닌이었고, 그가 18권 대출을 신청한 것은 지난 금요일이었다. 이 18권을 이미 대출해간 이용자—크리스마스 이래로 이 책을 가지고 있다가 지금 마치 조상 초상화 속 치안판사처럼 이 책에 두 손을 올리고 서 있는—가 이 프닌이라는 것 또한 사실이었다.

"그럴 리가 없습니다!" 프닌이 외쳤다. "내가 금요일에 신청한 것은 19권, 1947년이고 18권, 1940년이 아닙니다."

"하지만 보세요—이렇게 18권이라고 쓰셨잖아요. 어쨌든 19는 아직 수서 중이에요. 그럼 반납 안 하시겠어요?"

"십팔, 19." 프닌이 낮게 중얼거렸다. "큰 차이가 없고! 내가 연도를 정확하게 썼다는 것, 그것이 중요하고! 그래, 나는 아직 18을 반납할 수 없고—19가 가능할 때 나에게 더욱 효율적인* 카드를 보내주십시오."

낮게 으르렁거리는 소리를 내면서, 그는 거추장스러운

(겸연쩍어하는) 책을 들고 최애 알코브로 가서 들고 온(머플러에 싸여 있는) 책을 내려놓았다.

글을 못 읽어, 이 여자들은. 연도가 딱 써 있는데.

여느 날과 다름없이 그는 정기 간행물 열람실까지 행군해 1918년 이래 시카고의 모 에미그레 단체가 매일 러시아어로 발행하는 신문의 최근 호(발행일은 2월 12일 토요일이었고—오늘은 화요일이었고, '오, 부주의한 독자여!')의 뉴스를 훑어보았다. 여느 날과 다름없이 그는 광고들을 유심히 살폈다. 포포프 박사는 새 흰색 가운 차림의 사진 속에서 새 체력과 새 성공을 고령자들에게 약속했다. 한 음반 회사는 「부서진 삶: 왈츠」와 「운전병의 노래」를 비롯한 러시아 음반 목록을 소개했다. 어딘가 고골을 닮은 장의사는 행락객에게도 대여하고 있는 호화 영구차의 장점들을 소개했다. 마이애미에서는 고골을 닮은 또 다른 사람이 "과일나무들과 꽃들에 둘러싸인 투룸을 술 마시지 않는 사람들에게(*dlya trezvih*)" 권하고 있었고, 해먼드에서는 "작은 조용한 가족"이 애석한 듯 방 하나를 세놓고 있었고—신문을 보던 독자가 별 이유도 없이 갑자기 자기 부모님의 모습을 (감정이 격해질 정도로, 어처구니없을 정도로 선명하게) 보고 있

✢ 원문은 effishant. 프닌은 efficient를 이렇게 발음한다.

었다. 파벨 프닌 박사와 발레리아 프닌. 각각 의학 저널과 정치 평론을 읽으며. 서로 마주 보게 놓인 안락의자에 앉아서. 작은 응접실을 환히 밝혀주는 조명 아래에서. 상트페테르부르크 갈레르나야가街에서. 40년 전에.

계속해서 그는 세 갈래의 에미그레 분파 사이에서 진행 중인 어마어마하게 길고 지루한 논쟁 아이템을 정독했다. 논쟁이 시작된 것은 A파가 관성에 젖은 B파를 비난하면서 비난의 근거로 "전나무에 올라가고 싶다면서 정강이 까지는 것은 싫단다"라는 속담을 들면서였다. 여기에 반발한 것이 '어느 늙은 낙관주의자'의 신랄한 독자 편지였다(제목: 「전나무와 관성」, 첫 문장: "'유리로 된 집에 사는 사람은 돌멩이 한 개로 새 두 마리를 죽이려고 해서는 안 된다'* 라는 오래된 미국 속담이 있다"). 이번 호에는 C파 대표가 쓴 「전나무, 유리로 된 집, 낙관주의에 관하여」라는 글— 2천 자짜리 *feuilleton*[문예면]—이 실려 있었고, 프닌은 상당한 관심과 호의를 가지고 이 글을 읽었다.

이제 그는 본인의 연구를 하기 위해 본인의 자리로 돌아왔다. 그는 러시아 문화 *Petite Histoire*[미시사]—'러시아 유

✢ "유리로 된 집에 사는 사람은 돌을 던져서는 안 된다"와 "돌멩이 한 개로 새 두 마리 죽이기"의 혼합.

품들, 관습들, 문학적 일화들'을 선별 소개함으로써 *Grande Histoire*[통사]('큰 사건들의 큰 연관 관계들')의 미니어처가 되어줄—의 집필을 고려 중이었다. 그는 아직 자료 수집이라는 행복한 단계에 있었고, 많은 착한 학생들은 프닌이 카드 목록 서랍장의 드넓은 품에서 서랍 하나를 빼들고 마치 큼직한 견과를 은신처로 가져가듯 그 서랍을 구석 자리까지 가져가는 모습, 그리고 거기서 그것을 조용히 정신의 먹잇감으로 삼는 모습—소리 내지 않고 입술만 움직여 비판, 수긍, 당혹을 표명하는 모습, 또는 희미한 눈썹을 높이 치켜올렸다가 그 자리에 두고 잊어버리는 모습(그렇게 널찍한 이마에 남겨진 눈썹은 불만이나 의심이 완전히 사라진 뒤에도 오랫동안 그 자리에 남아 있곤 했다)—을 보는 것을 재미있고 명예로운 일로 간주해주었다. 그에게는 웬델에서 지내는 것이 행운이었다. 저명한 애서가 겸 슬라브 전문가 존 서스턴 토드가 환대의 나라 러시아를 방문했던 것이 90년대였고, 그때 그가 거기서 모은 책들이 서고 한구석에 슬며시 쌓이게 된 것은 그가 죽은 이후였다(음수대 상좌에 놓여 있는 수염 난 흉상이 그였다). 금속 책장의 *amerikanski*[미국식] 정전기에 찔리는 사태를 방지하기 위해 고무장갑을 낀 프닌은 바로 그 책들이 있는 데로 가서 흐뭇하게 둘러보곤 했다. '포효하는 60년대'*의 알려지지 않은

114

잡지들―표지가 대리석 무늬인―이 있었고, 한 세기 전에 나온 역사적 학술 논문들―수면을 유도하는 글자들이 곰팡이 얼룩에 가려져 있는―이 있었고, 흉측하고 애처로운 카메오 장정의 러시아 고전문학 전집―표지에 양각된 시인들의 옆얼굴이 젖은 눈시울의 티모페이를 그의 소년 시절(약간 까진 푸시킨의 구레나룻, 또는 손때 묻은 주콥스키의 콧등을 한가하게 문지를 수 있던 시절)로 데려다주는―이 있었다. 러시아의 신화들을 다룬 코스트롬스코이의 두꺼운 저서(모스크바, 1855년)―도서관에서 가지고 나갈 수 없는 희귀 도서―를 가져온 오늘의 프닌은 이교 시대로부터 전래된 놀이들―저자가 이 책을 쓰던 시대에도 볼가강 상류 삼림 지대 전역에 아직 남아 있던(기독교 의식의 가장자리에서 행해지던)―을 언급하는 대목을 (기쁜 듯 한숨을 한 번 내쉬고는) 필사하기 시작했다. 5월 축제 주간―이른바 '녹색 주간'에서 그러데이션을 거쳐 성령 강림 주간[**]으로 넘어가는―에는 농가 처녀들이 미나리아재비와 개제비난을 엮어 화환을 만든 다음, 예로부터 전해 내려오는 사랑 찬가들을 몇 소절씩 부르면서 강가의 버드나

---

[*] 러시아의 1860년대를 가리킨다.
[**] 원문은 Whitsuntide. 의미소 whit의 어원은 white(흰색).

무에 걸었다. 성령 강림 주일에 나무를 흔들어 화환을 강에 떨어뜨리면 화환들은 똬리를 푼 뱀들처럼 떠내려갔고, 처녀들은 그 사이로 떠내려가면서 노래했다.

어떤 단어 연상 같은 것이 프닌의 머리를 스쳐 간 것이 그때였는데, 인어 꼬리 같은 그것을 잡을 수 없었던 그는 색인 카드에 메모 하나를 남기고 다시 코스트롬스코이라는 강물에 뛰어들었다.

프닌이 다시 눈을 들었을 때는 저녁 식사 시간이었다. 그는 자기 안경을 한 손으로 벗어 들고 그 손의 손가락 관절로 자기 눈—피로에 지친 맨눈—을 문질렀다.

그가 모종의 상념에 잠긴 채 그 약한 시력으로 창문 윗부분을 응시할 때, 사물의 윤곽을 흐리는 그 상념 속에서, 청보라색의 어스름 공기는 천장 형광등의 반사광 덕분에 은색 무늬를 갖게 되었고, 나란히 서 있는 책들을 환하게 비추는 거울은 거미 같은 검은 잔가지들을 배경으로 갖게 되었다.

그는 도서관을 떠나기에 앞서 interest[관심]의 정확한 발음을 찾아보기로 했는데, 찾아본 결과 웹스터—열람실의 한 책상에 놓여 있는 너덜너덜한 1930년 판본—의 발음이 강세를 세 번째 음절에 두는 그의 발음과 다르다는 것을 알게 되었다. 맨 뒤에서 정오표를 찾아보았지만 찾을 수 없었던 그는 그 거대한 사전을 덮자마자 자기가 그 안에 색인 카드—자기가 계속 들고 있던 메모지—를 가두어버렸다는 것을 뼈아프게 깨달았다. 이제 해야 하는 일은 2,500쪽 (일부 찢겨 나감)의 박엽지를 넘기고 또 넘기는 것! 그의 장탄식을 듣자마자, 정중한 케이스 씨—가녀린 체구, 분홍색 얼굴, 매끄러운 백발, 나비넥타이—가 걸어와서 그 거물의 양 끝을 붙잡더니 뒤집어서 살짝 흔들었다. 거기서 떨어진 것이 휴대용 빗, 크리스마스카드, 프닌의 메모지, 유령처럼 얇고 투명한 박엽지였다(박엽지는 한없이 나른한 속도로 프닌의 발치에 내려앉았고, 케이스 씨는 그것을 원래 자리인 '합중국 주州/준주準州 옥새' 위에 올려놓았다).

프닌은 색인 카드를 포켓에 넣었다. 아까 기억해낼 수 없었던 그것이 그 어떤 힌트도 없이 떠오른 것이 바로 그때였다.

      ······*plila i pela i plila*······
      ······떠내려가면서 노래했다네, 노래하면서 떠내려갔다네······

과연! 오필리아의 죽음! 『햄릿』! 좋았던 옛날의 안드레이 크로네베르크의 러시아어 번역본(1844)—프닌이 어렸을 때 애독했던, 그의 아버지와 할아버지의 어린 시절에도 애독했던! 그 책에도 코스트롬스코이의 그 대목에서 본 버드나무와 화환이 나온다는 것을 우리는 기억하고 있다. 그런데, 어이쿠, 확인할 길이 없다. 그 *Gamlet*,[+] *Vil'yama Shekspira*[++]는 토드 씨가 모아온 책 중에 없었고, 웬델 대학 도서관에 소장된 책 중에 없었으니, 영어본 안에서 뭔가 찾으려고 할 때마다, 평생 기억해온 이 시행 또는 저 시행—훌륭한 벤게로프 전집에 포함된 크로네베르크의 텍스트에 나오는 아름다운, 웅장한, 낭랑한 시행—을 찾는 데는 매번 실패했다.[+++] 슬픈 일이었다!

[+] 러시아어 사용자는 Hamlet(햄릿)을 이렇게 발음한다.

[++] 러시아어 사용자는 William Shakespeare(윌리엄 셰익스피어)를 이렇게 발음한다.

[+++] 프닌이 영어본에서 찾은 부분은 다음과 같다.

> There is a willow grows askant the brook
> That shows his hoary leaves in the glassy stream.
> Therewith fantastic garlands did she make
> Of crow-flowers, nettles, daisies, and long purples,
> That liberal shepherds give a grosser name,
> But our cold maids do dead men's fingers call them.
> There, on the pendent boughs her crownet weeds
> Clambering to hang, an envious sliver broke;
> When down her weedy trophies and herself

슬픈 캠퍼스에서는 날이 꽤 저물어 있었다. 저 멀리 더 슬
픈 언덕들 위에서는 별갑 하늘의 심원함이 강둑 구름 아래

Fell in the weeping brook. Her clothes spread wide,
And, mermaid-like, awhile they bore her up;
Which time she chanted snatches of old lauds,
As one incapable of her own distress,
Or like a creature native and indued
Unto that element; but long it could not be
Till that her garments, heavy with their drink,
Pull'd the poor wretch from her melodious lay
To muddy death.

버드나무 한 그루가 작은 강물 위로 드리워져
거울 같은 수면 위에 백발 같은 잎새들이 어른거리는 곳,
그곳에서 꿈결 같은 화환을 엮었어,
까마귀발톱꽃, 쐐기풀꽃, 데이지꽃, 자주색의 길쭉한 꽃,
자유로운 양치기들은 더 무례한 이름으로 부르지만
싸늘한 처녀들은 죽은 남자 손가락이라고 부르는 풀꽃들로.
그 꽃관 잡초들을 걸어놓으려고
줄기를 타고, 늘어진 가지들 쪽으로 다가갈 때
질투 많은 가지 하나가 툭 하고 부러져
그 잡초 전리품도, 전리품을 들고 있던 그이도, 눈물 같은 강에 떨어졌지.
하지만 펼쳐진 옷자락 덕분에 잠시 인어처럼 물 위로 떠올라
옛날의 성가를 몇 소절 불렀어, 자기의 고통에 무감각한 사람처럼,
물에서 나서 물에서 사는 미물처럼. 하지만 오래는 들을 수 없었지,
물을 잔뜩 마신 탓에 무거워진 옷자락이
그 불쌍한 녀석을 아름다운 노래에서 끌어 내려
진흙탕의 죽음 속에 처박았으니까.

서 시간을 끌고 있었다. 웬델빌의 가슴 아픈 불빛들은 두 어스름 언덕 사이에서 두근두근 반짝거리면서 여느 때와 다름없는 특별한 매력을 발하고 있었다. 프닌도 잘 알고 있었듯, 그곳에 실제로 가보면 벽돌집들이 한 줄로 늘어서 있고 주유소가 있고 스케이트장이 있고 슈퍼마켓이 있을 뿐이었다. 상당량의 버지니아햄을 안주 삼아 좋은 병맥주를 마실 생각으로 라이브러리 레인에 있는 작은 술집으로 걸어가던 프닌은 갑자기 심한 피로감을 느꼈다. 공연한 도서관 방문을 마친 뒤에 *Zol. Fond Lit*가 훨씬 더 무거워졌을 뿐 아니라, 그날 프닌이 어딘가에서 들었던(하지만 더 알아보고 싶지 않았던) 어떤 말이 이제야 그의 마음을 괴롭히고 짓누르기 시작했다. 우리가 저지른 불찰이나 우리에게 저질러진 무례한 언행이나 우리가 못 본 척 무시한 위험은 이렇게 회상됨으로써 우리의 마음을 괴롭히고 짓누른다.

7

프닌은 두 번째 병을 느긋하게 비우면서 이후의 행보를 놓고 자기 자신과 논쟁을 벌여나갔다. 아니, 뇌 피로에 지친 프닌—최근에 잠을 잘 못 자고 있는—과 학구열에 불타는 프닌—집에 가서 책을 펴고 2 AM 화물 열차가 골짜기 오르막에서 신음 같은 기적을 울릴 때까지 계속 읽고 싶은—이 벌이는 논쟁을 중재해나갔다. 논쟁의 결론은 열정적 크리스토퍼 & 루이즈 스타가 '뉴 홀'에서 화요일 격주로 마련하는(하이브라우 경향의 음악을 들려주거나 좀처럼 관람하기 힘든 영화를 틀어주는) 프로그램—작년에 제기된 어처구니없는 비판에 대한 푸어 총장의 반론에 따르면, "아카데미 커뮤니티 전체에서 가장 고무적인 동시에 가장 고무되어 있는 벤처 사업"—에 참석한 뒤에 침대로 직행하겠다는 것이었다.

*Zol. Fond Lit*는 지금 프닌의 무릎에서 잠들어 있었다. 그의 좌측에는 힌두교도 학생 두 명이 앉아 있었다. 그의 우측에는 하겐 교수의 딸—말괄량이 드라마 전공생—이 있었다. 코마로프는 천만다행히도 멀리 뒤쪽에 있어서, 그의 재미없는 논평이 들려올 걱정은 없었다.

프로그램 전반부—옛날 단편 영화 세 편—는 우리 친구에게는 그저 지루했다. 그 지팡이도, 그 중산모도, 그 허연 얼굴도, 그 검은 아치형 눈썹도, 그 실룩거리는 콧구멍도 그에게는 아무 의미가 없었다. 최고의 희극 배우[+]가 채플릿

[+] 찰리 채플린Charlie Chaplin을 가리킨다.

을 쓴 님프들과 야외에서 춤을 출 때도(선인장에 찔리기 직전), 원시인일 때도(손에는 날씬한 지팡이 대신 날씬한 방망이), 맥 스웨인에게 눈 부라림 당할 때도(장소는 빽빽한 나이트클럽), 고풍스러운 프닌은 웃지 않았다. "어릿광대." 그가 혼자 코웃음을 쳤다. "차라리 글루피시킨 아니면 막스 린더가 한 수 위였지."

프로그램 후반부는 감동적인 소비에트 다큐 영화 한 편—40년대 후반 작품—이었다. 작품 설명에 따르면, 일말의 프로파간다도 포함되지 않은, 오직 예술성, 흥겨움, 자랑스러운 육체노동의 행복으로 이루어진 영화였다. 옛날 옛적부터 전해 내려오는 '봄 축제'에서 외모를 전혀 꾸미지 않은 잘생긴 소녀들이 러시아 옛 민요 한 소절—*"ruki proch ot korei"*⁺ *"Bas les mains devant la Corée"*⁺⁺ *"La paz vencera a la guerra"*⁺⁺⁺ *"Der Friede besiegt den Krieg"*⁺⁺⁺⁺ 등—을 적은 플래카드들을 들고 행군하는 장면이 있었다. 타지키스탄에서 응급 헬기 한 대가 눈 덮인 산맥을 넘는 장면도 있었다. 키르기스 배우들은 야자수 숲속의 탄광 노동자 요양원을 방문해 즉석 공연을 선

+ '한국에서 손을 떼라'라는 뜻의 러시아어.
++ '한국에서 손을 떼라'라는 뜻의 프랑스어.
+++ '평화가 전쟁을 이긴다'라는 뜻의 스페인어.
++++ '평화가 전쟁을 이긴다'라는 뜻의 독일어.

보였다. 전설적 오세티야의 고원 목장에서는 양치기가 새끼 양의 탄생을 자치 공화국의 '농무부'에 무전으로 보고했다. '모스크바 메트로'가 어른거렸다(기둥들과 동상들, 열차를 기다리는 듯한 여섯 명의 여행자가 앉아 있는 세 개의 대리석 벤치). 공장 노동자 가족이 집에서 조용한 저녁을 보냈다(모두 정장 차림, 장식용 식물로 질식할 것 같은 응접실, 조명을 장식한 넓은 비단 갓). 8천 명의 축구 팬이 토피도 팀 대 디나모 팀의 경기를 관람했다. '모스크바 전기설비공장'[*]에서 8천 명의 시민이 만장일치로 스탈린을 '모스크바의 스탈린 선거구' 후보로 공천했다. ZIM 승용차 최신형이 공장 노동자 가족과 그 외 몇 사람을 태우고 시골로 소풍을 떠났다. 다음 장면은—

"나 이러면 안 되는데, 으흐, 바보같이." 프닌이 혼잣말을 했다. 그의 눈물샘이 뜨거운, 어린애 같은, 걷잡을 수 없는 액체를 공연히, 어처구니없이, 창피하게 분출하고 있었다.

햇빛의 안개가 자욱한(햇빛이 하얀 자작나무 줄기들 사이로 수증기의 화살처럼 직선으로 내려오거나, 나무에 매달린 푸른 잎을 흠뻑 적시거나, 수피에서 아일릿처럼 아른거리거나, 스컴블링 기법으로 그린 듯한 귀룽나무 총상꽃

---

[*] 이 공장의 이름도 '디나모'다.

차례의 꽃 유령들 사이에서 밝고 뿌연 빛을 덧칠하는) 러시아 원시림이 행인을 감쌌다. 숲에는 오래된 오솔길이 나 있었다(두 줄로 세워진 연한 고랑, 끊임없이 달려가는 버섯과 데이지). 행인이 여전히 머릿속 그 길을 따라가면서 과거 속의 거처들로 발길을 옮기던 그때, 그가 한 팔에 두툼한 책을 끼고 그 숲속을 걷는 청년이던 그때, 그 길이 풍성한 들판—시간의 낮에 베이지 않은—의 환한 빛—낭만적이고 자유롭고 사랑스러운—으로 이어지던 그때(키 큰 꽃들 사이에서 질주하며 은색 갈기를 휘날리는 말들), 졸음이 프닌—이제는 아늑한 침대로 들어온(각각 7:30과 8에 맞추어져 침대 옆 탁자 위에서 째깍거리고 똑딱거리는 두 자명종)—을 이겼다.

하늘색 셔츠를 입은 코마로프가 고개를 숙이고 기타 튜닝을 하고 있었다. 생일 파티가 한창이었고, 정부 운구인 선거에 나온 태평한 스탈린이 투표용지를 철퍽 집어 던졌다.＊ 전쟁터, 여행지…… 파도[waves], 웬델[Waindell]…… "원더풀[wonderful]!" 보도 폰 팔테른펠스 박사가 책상에서 고개를 들면서 외쳤다.

＊ 원문은 cast a ballot with a thud. '투표하다'의 어원이 '표를 던지다'임을 이용한 말장난.

프닌이 보드라운 실념의 상태에 거의 빠져들었을 때, 밖에서 뭔가 무서운 일이 일어났다(끙 신음하면서 이마를 움켜쥔 동상이 깨진 청동 바퀴 앞에서 소란을 피우고 있었다)—프닌은 그렇게 정신을 차렸다(불빛들과 어슴푸레한 혹[峰]들의 대상단大商團이 창문 블라인드를 가로지르고 있었다). 어떤 자동차의 문이 쾅 닫혔고, 어떤 자동차가 붕 떠났고, 어떤 열쇠가 약하고 투명한 집을 열고 들어왔고, 세 목소리가 크게 떠들었고, 집이(프닌의 문에서 아래쪽 틈새가) 환해졌다. 점등 때 떨림이 있었다. 열이 나는구나, 옮았구나, 생각했다. 두려움과 무력함 속에서, 치아 없이, 잠옷 바람으로, 프닌은 외다리로 (하지만 신속하게) 쿵쿵 올라오는 여행 가방의 소리를, 그리고 너무나 익숙하게 아는 계단들을 휙휙 밟아 올라오는 젊은 두 발의 소리를 듣고 있었다. 어느새 뜨거운 호흡 소리까지 들려왔다…… 이저벨의 머릿속에서는 끔찍한 여름 캠프에서 집으로 돌아왔을 때의 행복한 기억이 자동 재생되고 있었으니, 그녀의 엄마가 제때에 경고의 비명을 질러주지 않았다면 그녀의 발이 프닌의 문을 걷어차 버렸을 것이다.

4장

1

　그 왕—그의 아버지—은 목 단추를 풀어 헤친 새하얀 셔츠에 새까만 블레이저를 입고 넓은 책상에 앉아 있었다 (책상의 매우 반질반질한 표면이 그 왕의 상반신을 거꾸로 비추자 일종의 그림 카드가 만들어졌다). 선조들의 초상화가 어마어마하게 넓은 방의 패널 벽에 그림자를 드리웠다. 나머지는 대서양 연안에 위치한 성聖 바르트 남학교의 교장실—상상 속 왕궁에서 서쪽으로 약 3천 마일 떨어져 있는—과 거의 비슷했다. 쏟아지는 봄비는 유리문을 계속 후려쳤고, 유리문 너머의 신록—이제 다 눈을 뜬—은 이리저리 흔들렸다. 며칠째 이 도시를 뒤흔들고 있는 혁명으로부터 왕궁을 절연하고 보호하는 것은 이렇게 내리는 비의 장막뿐인 것 같았다······ 빅터의 현생 아빠는 까칠한 난민 박사였다. 이 남학생은 아버지를 한 번도 좋아한 적이 없었고, 아버지를 안 만난 지도 거의 2년이었다.

그 왕—진짜 아버지보다 더 진짜 같은 아버지—은 퇴위하지 않겠다고 마음먹은 상태였다. 어떤 신문도 나오지 않고 있었다. 오리엔트 특급은 승객들과 함께 교외 무정차역에 발이 묶였다(웅덩이에 비친 플랫폼에서는 풍속화 속 농민들이 길고 비밀스러운 기차의 커튼 쳐진 창문들을 멀뚱히 쳐다보았다).

언덕 위의 왕궁, 경사진 정원들, 언덕 밑의 도시, 도심의 광장(궂은 날씨에도 불구하고 광장에서는 이미 참수와 민속 무용이 한창이었다)—그것들은 모두 트리에스테, 그라츠, 부다페스트, 자그레브를 네 팔의 끝에 둔 십자가의 심장 자리에 있었다(『랜드 맥널리 세계 지도』참고). 그리고 그 심장 자리의 심장 부분에 그 왕이 창백하고 태연한 모습으로, 전체적으로 자기 아들을 꼭 빼닮은 모습(그 저학년 남학생이 40세의 자기 모습이리라고 상상한 모습)으로 앉아 있었다. 창백하고 태연한 모습으로, 커피 잔을 손에 들고 에메랄드-그레이색 창문을 등지고 앉아서, 복면을 쓰고 젖은 망토를 걸친 전령—포위된 의사당에서 반란과 우천을 뚫고 고립된 왕궁까지 올라오는 데 간신히 성공한 육중한 노귀족——에게 귀를 기울이고 있었다.

"Abdication!* 알파벳의 1/3!" 그 왕은 외국인 억양이 약간 섞인 영어로 냉정하게 말장난을 했다. "나는 '아니'라고 답하겠다. 나는 망명의 미지수를 선호한다."

그러면서 그 왕——홀아비——은 죽은 미녀의 탁상 사진——그녀의 커다란 푸른 눈, 그녀의 진홍색 입술——을 힐끗 쳐다보았다(컬러 사진이라 왕에게는 안 어울리지만, 상관없다). 갑자기 때 이른 꽃을 피운 라일락들이 잠긴 문 앞의 복면 괴도들처럼 빗물 흐르는 통유리를 마구 후려쳤다. 허리를 굽히고 광활한 서재 전체를 뒷걸음질로 물러나면서 노老전령은 은밀하게 반문했다. 왕은 괜히 역사에 끼어들지 말고 서둘러 빈으로 가는 편이 현명하지 않겠는가. 왕의 재산이 빈에 좀 있잖은가…… 물론 빅터의 엄마는 실은 죽기는커녕 그의 현생 아빠——에릭 윈드 박사(현재 거처는 남아메리카)를 떠나 버펄로에서 처치라는 남자와 결혼할 예정이었다.

빅터는 밤이면 밤마다 이 가벼운 공상들에 탐닉했다. 어수선한 공동 침실의 온갖 소음에 노출된 냉랭한 칸막이 공간에서 잠을 청하기 위해서였다. 그가 그 결정적 탈출 에피

✦ '폐위'를 뜻한다.

소드까지 가는 일은 드물었다. 혼자가 된 왕—*solus rex*(체스 용어로 로열 솔리튜드)—이 보헤미아해海에 면한 템페스트곶串에서 서성거리는 모습—명랑한 미국인 모험가 퍼시벌 블레이크가 고성능 모터보트를 타고 만나러 오기로 약속한 상태—그 짜릿하고 위안이 되는 에피소드가 그만큼 뒤로 미뤄진다는 것, 그 에피소드에 접근하는 시간이 그만큼 길어진다는 것은 (공상이 반복적이라는 것과 함께) 공상의 수면 유도 메커니즘에서 중요하게 작용하는 요소였다. 구겨진 반바지를 입은 사나운 눈빛의 소년이 다중 간첩의 추적을 피해 슬럼들로, 폐허들로, 한두 군데의 성매매업소로 도망치는 내용의(미국 배급용으로 베를린에서 제작한) 이탈리아 영화, 최근에 성 마르타—가장 가까운 여학교—에서 연극으로 각색한 『스칼렛 핌퍼넬』, 수업 시간에 페넌트 씨—과거가 있는 우울한 영국 남자—가 낭독해준 (*ci-devant*[왕년의] 아방가르드 잡지에 실린) 작가 미상의 카프카적 단편소설, 그리고 마지막으로, 35년 전에 러시아 지식인들이 레닌 정권으로부터 탈출했던 것과 관련된 갖가지 해묵은 집안 이야기의 어렴풋한 기억—빅터의 판타지가 이런 원료들로 만들어진 것은 분명한데, 한때는 강력한 감동이 있었을지 모르지만, 지금은 노골적으로 실용주의적인 판타지가 되어 단순히 기분좋아지는 약으로 쓰이고 있었다.

2

빅터는 이제 열네 살이었지만 나이보다 두세 살 많아 보였는데, 거의 6피트까지 자란 멀쑥한 키 때문이 아니라 거동의 무심함, 상냥하게 시큰둥한 표정(얼굴은 잘생긴 편이 아닌데 이목구비는 뚜렷), 어설프거나 억지스러운 데가 전혀 없는 무난함(그의 조심스럽고 내성적인 성격과 모순되기는커녕 그의 수줍음에 밝은 느낌을 주고 그의 조용조용한 행동거지에 초연하고 원만하다는 느낌을 주는 성격) 때문이었다. 그의 왼쪽 눈 밑에 거의 1센트짜리 동전만 한 갈색 반점이 찍혀 있어서 그의 뺨의 창백함은 더욱 강조되었다. 나는 그가 다른 누군가를 사랑했다고는 생각지 않는다.

그가 엄마를 대하는 태도에서, 어린아이의 격한 사랑이 온유한 선심으로 변한 것이 이미 오래전이었다. 엄마가 그를 힘들게 할 때, 예컨대 그가 있는 자리에서 엄마가 낯선 손님들을 위해 유창하고 현란한 엄마 특유의 뉴욕 영어—요란한 금속성 비음에서 러시아어 특유의 털가죽 같은 발음으로 부드럽게 탈선하는—로 그가 이미 무수히 들었던 이야기─과하게 윤색된, 또는 사실이 아닌─를 다시 차려낼 때 그가 자기 자신에게 허용하는 최대의 반항은 운명에 복종하되 미소를 잃지 않는 내적 한숨이었다. 하지만 그런 낯선 손님들과 함께 있는 자리에서 그가 더 힘들어지는 때는 에릭 윈드 박사─독일 고등학교에서 배운 자기 영어가 전혀 틀린 데가 없는 완벽한 영어라고 믿는 철저하게 재미없는 현학자─가 바다라고 말해야 하는 대목에서 'pond'[작은 호수]라고 말하는 퀴퀴한 익살을 입에 올릴 때─청중에게 걸쭉한 입말이라는 귀중한 선물을 주고 있는 연기자로서 은밀히 재미있어하는 기색을 내비칠 때─였다.

부모는 심리 치료사로서의 역량을 토대로 라이오스와 이오카스테의 흉내 연기에 최선을 다했지만, 아들은 어린 오이디푸스의 역할에 그다지 재능이 없었다. 한창 유행 중인 프로이트 로맨스의 삼각관계(아빠, 엄마, 아이)가 복잡해져서는 안 되었으니, 리자의 첫 남편이 언급되는 일은 한 번도 없었다. 윈드 부부의 결혼 생활이 와해되기 시작한 시점─대충 빅터가 성 바르트에 입학한 시점─에서야 비로소 리자는 빅터에게 자기가 유럽을 떠나기 전에 프닌 부인이었다는 사실을 알려주었다. 전남편인 그 사람 역시 미국으로 이민 와 있다는 것, 그 사람이 실은 곧 빅터를 만나게 되리라는 것을 함께 알려주면서. 리자가 어떤 대상을 넌지

시 언급하면서 눈을 부릅뜨면(치켜 올라간 검은 속눈썹, 반짝거리는 푸른 눈동자) 그 대상에는 늘 신비와 광채가 덧발라졌으니, 티모페이 프닌이라는 위대한 인물—학자이자 신사, 성 바르트에서 북서쪽으로 약 3백 마일 떨어져 있는 유명한 웬델 대학에서 거의 죽은 언어를 가르치는—은 대상을 늘 환대하는 빅터의 정신을 묘한 매력—나비 연구 또는 조개껍데기 연구로 종종 세계적 명성을 떨친 불가리아 왕들 또는 지중해 공국 대공들과의 가족 유사성—으로 사로잡았다. 그래서 그는 프닌 교수와 재미없고 예의 바른 서신 왕래가 시작된 것을 즐거워했다. 처음에 온 것은 편지(유려한 프랑스어, 매우 조잡한 타이핑)였고, 다음에 온 것은 '회색 다람쥐'를 소개하는 그림엽서였다. '우리 고장의 포유류와 조류'를 설명하는 교육용 시리즈 중 하나가 이 엽서였다(오직 그와의 서신 왕래를 위해 이 시리즈 전체를 구입한 프닌이었다). 빅터는 'squirrel'[다람쥐]이 '그림자-꼬리'를 뜻하는 그리스어*에서 유래했다는 것을 알게 되어 기쁘다고 했다. 프닌은 빅터 학생에게 다음 방학에 자기를 방문해줄 것을 요청하면서 자기가 웬델 버스 터미널로 마중 나갈 것임을 알렸다. 그러면서 영어로 이렇게 덧붙였다.

---

* skiouros를 가리킨다.

"인정받기 위해, 나는 어두운 안경 속에 나타나 나의 은제 모노그램과 함께 어느 검은 서류 가방을 잡을 것입니다."

3

에릭 & 리자 윈드는 유전을 병적으로 우려하는 부모였고, 빅터의 예술적 재능에 기뻐하는 대신 그것의 유전적 원인을 심각하게 걱정하곤 했다. 조상들의 과거에는 예술과 학문의 징후가 꽤 선명했다. 빅터의 물감 애호증은 한스 안데르센(머리맡의 덴마크인과는 무관)—한때는 뤼베크* 스테인드글라스를 그릴 정도로 유명한 화가였음, 하지만 사랑하는 딸이 늙은 함부르크 보석상(사파이어에 대한 학술 논문의 저자, 에릭의 외조부)과 결혼한 직후에 실성함(자기가 대성당이라고 믿게 됨)—으로 거슬러 올라가야 했을까? 빅터가 연필이나 펜을 사용할 때 거의 병리적인 정밀함을 드러내는 것은 보골레포프 과학의 부작용이었을까? 빅터의 엄마의 증조부—시골 사제의 일곱째 아들—가 다름 아닌 페오필락트 보골레포프—가장 위대한 러시

---

* '뤼베크 대성당'을 가리킨다.

아 수학자라는 칭호 앞에서 니콜라이 로바쳅스키의 유일한 라이벌이었던 독보적 천재—였던 것. 유전일까.

천재성은 비순응성이다. 두 살 때, 빅터는 나사형 곡선을 대충 휘갈기는 방식으로 단추나 비행기 창문을 표현하는 많은 다른 아기들—당신 포함?—과는 달랐다. 정성스러웠던 그는 원을 그릴 때는 완벽하게 동그랗고 완벽하게 닫힌 원을 그렸다. 세 살짜리한테 사각형 그림을 주고 따라 그려보라고 하면, 모서리 하나를 각지게 그린 다음 윤곽선의 나머지를 구불거리는 선이나 곡선으로 대충 그리는 데 비해, 세 살 때 빅터는 연구원(리자 윈드 박사)이 그린 전혀 완전하지 않은 사각형을 정확하게(불완전함에 대한 경멸과 함께) 따라 그렸을 뿐 아니라 그 옆에다 사각형을 작게 하나 더 그렸다. 그는 유아 미술의 첫 단계—*Kopffüßlers*(올챙이 인간들)를 그리거나 험프티 덤프티(다리 끝은 L자처럼 구부러짐, 팔 끝은 갈퀴 모양으로 갈라짐)를 그리는 단계—를 아예 거치지 않았다. 사실 그는 인체를 아예 안 그리려고 했고, '아빠'(에릭 윈드 박사)로부터 '엄마'(리자 윈드 박사)를 그리라는 압박이 가해졌을 때는 귀여운 물결 그림으로 대응했다(새로 산 냉장고에 비친 엄마의 그림자라는 것이 그의 설명이었다). 네 살 때 그는 자기만의 점묘법을 개발했다. 다섯 살 때 그는 원근감—단축법이 잘 적용된 측벽, 거리가 멀수록 작아지는 나무, 한 오브제로 가려진 다른 오브제—을 표현하기 시작했다. 여섯 살 때, 빅터는 그 많은 어른들이 평생 분간할 줄 모르는 것—그림자의 색 (오렌지의 그림자와 자두 또는 아보카도의 그림자 사이에 어떤 색조 차이가 있는지)—을 이미 분간하고 있었다.

윈드 부부에게 빅터는 문제아이기를 거부하는 바로 그만큼 문제아였다. 윈드 부부의 관점에 따르면, 모든 남자아이는 아빠를 거세하고 싶다는 강렬한 욕망과 엄마의 몸 안으로 돌아가고 싶어 하는 귀향 충동을 가지고 있었다. 그런데 빅터는 그 어떤 행동 장애도 보여주려고 하지 않았다. 코를 후비지도 않았고 엄지손가락을 빨지도 않았고 심지어 손톱을 깨무는 버릇도 없었다. 윈드 박사는 '연구소'에서 이 철벽같은 아들의 정신 연령을 측정하면서, "인간관계의 잡음"—라디오 애호증 환자인 그의 표현—을 제거할 목적으로 외부인 부부(젊은 스턴 박사와 웃고 있는 그의 아내: "나는 루이스, 이쪽은 크리스티나")의 도움을 받았다. 하지만 일곱 살짜리 피험자의 정신 연령 측정치는 어처구니없거나 형편없거나 둘 중 하나였다. 예를 들면, '고두노프 동물그림검사'라는 데서는 열일곱 살이라는 경이로운 기록을 세웠지만, '페어뷰 성인검사'를 받자마자 두 살까지 떨어졌다. 이 훌륭한 검사 기법들을 고안하느라 얼마나 많은 정성과 기술과 창의성을 쏟아부었는데! 환자들이 이렇게 협조를 안 해주다니 부끄러운 줄을 알아야지! 어떤 검사들이 있냐 하면, 우선 '켄트-로자노프 절대자유연상검사'가 있다. 여기서 조 어린이 또는 제인 어린이는 식탁, 오리, 음악, 아픔, 두꺼움, 낮음, 깊음, 길쭉함, 행복, 과일, 엄마, 버섯 같은 '자극어'에 반응해야 한다. '비에브르 관심-태도 놀이'라는 멋진 검사도 있다(비 오는 오후에 어울린다). 여기서 샘 어린이 또는 루비 어린이는 죽는 것, 높은 데서 떨어지는 것, 꿈, 폭풍, 장례식, 아빠, 밤, 수술, 침실, 욕실, 한데 섞이는 것 등등 무서운 느낌을 주는 것들 앞에 표시해야 한다. '아우구스타 앙스트 추상검사'도 있다. 여기서 어린이(*das Kleine*)는 목록에 포함된 단어들('신음' '기쁨' '어둠')을 한 줄 그림으로 표현해야 한다. 인형 놀이 또한 빠뜨릴 수 없다. 여기서 패트릭 또는 퍼트리샤는 똑같이 생긴 고무 인형 두 개와 앙증맞은 점토 조각 한 개를 받게 된다. 팻이 인형 놀이를 하려면 먼저 두 인형 중 한 인형에 점토 조각을 붙여야 한다. 인형의 집은 또 얼마나 예쁜지. 방은 또 얼마나 많은지. 기발한 미니어처도 많다. 도토리깍정이만 한 요강도 있고, 약장도 있고, 부지깽이도 있고, 2인용 침대도 있다. 주방에는 작디작은 고무장갑까지 있다. 침실 불이 꺼졌을 때 '아빠 인형'이 '엄마 인형'을 때리고 있다는 생각이

든다면, 얼마든지 못된 아이가 되어 얼마든지 '아빠 인형'
에게 못된 짓을 해도 된다. 하지만 나쁜 빅터 어린이는 루
와 티나의 놀이에 어울려주지 않았고, 인형들을 무시했고,
단어를 주면 다 줄을 그어 지웠고(규칙에 어긋나는 행동이
었다), 그림을 그려보라고 하면 인간의 바닥을 절대 내보이
지 않는 그림만 그렸다.

　로르샤흐 검사지—어린이의 눈앞에서 바다, 탈출, 망토,
저능한 벌레들, 신경증적 나무둥치, 성애적 덧신, 우산, 아
령, 그 모든 것이 될 수 있는, 아니, 될 수 있어야 하는, 그 아
름다운, 아름다운 잉크 반점들—를 보여주어 봤자, 빅터는
거기서 치료사들의 관심을 끌 만한 것을 전혀 발견해주지
않았다. 빅터의 낙서들 중에 소위 만다라—(산스크리어
로) 마술 반지를 뜻한다는 단어이자 융 박사와 그외 논자들
이 대충 네 방향으로 뻗어나가는 구조물 형태로 되어 있는
모든 이미지, 예컨대 반으로 가른 망고스틴, 또는 십자가,
또는 에고를 모르포처럼 납작하게 짓누르는 수레바퀴, 좀
더 정확하게 말하자면 결합가結合價 4의 탄소 분자(뇌의 상
당 부분을 구성하는 화학 성분이 종잇장에 자동으로 확대
반영)를 가리킬 때 사용하는 단어—를 그린 것이 하나라
도 있었느냐 하면 그런 것도 아니었다.

　스턴 부부는 "유감스럽게도 빅터의 '생각 그림'과 '단어

연상'의 심리적 가치는 상기 아동의 예술가적 성향들로 인
해 철저히 모호해진다"라는 보고서를 제출했다. 그때부터
윈드 부부는 취침 문제가 있고 식욕이 부진한 어린이 환자
에게 자정 너머까지 침대에서 책을 읽는 것과 아침에 오트
밀을 먹지 않는 것을 허락했다.

4

　리자의 아들 교육 계획은 두 리비도 사이의 망설임이었
다. 한편으로는 '현대 아동 심리 치료'의 최신 혜택들을 제
공해주어야 했지만, 다른 한편으로는 미국적 종교 레퍼런
스 프레임들 가운데서 최선의 것—그리스 정교회(얻을 수
있는 위안은 많은 데 비해 양심에 얹히는 부담은 덜한 온건
한 종교 공동체)의 쾌적하고 건전한 설비들에 가장 가까운
것—을 찾아내야 했다.

　빅터 어린이는 우선 뉴저지에서 진보적인 유치원에 갔
고, 나중에는 몇몇 러시아인 친구들의 조언에 따라 거기서
통학 학교에 다녔다. 학교장은 미국 성공회 목사였는데, 알
고 보니 현명하고 재능 있는 교육자—아이가 아무리 괴상
하고 난폭해도 성적이 우수하면 호의를 보이는—였고, 빅

터는 확실히 좀 별난 데가 있었지만 다른 방향에서 보면 매우 조용한 아이였다. 열두 살 때, 그는 성 바르톨로메오로 갔다.

물리적인 관점에서, 성 바르트는 엄청나게 많은 양의 붉은 벽돌—모종의 효과를 노린 재료—을 가지고 1869년에 매사추세츠 크랜턴 외곽에 세운 건물이었다. 넓은 사각 중정의 세 모서리는 본관이었고, 네 번째 모서리는 수도원의 회랑 같은 연결 통로였다. 누각 부분에서 두 면 중 한 면은 반지르르한 털가죽 같은 아메리카담쟁이덩굴로 뒤덮여 있었고, 박공 부분은 켈트 양식의 돌 십자가를 다소 무겁게 쓰고 있었다. 바람 앞의 담쟁이는 말 잔등의 피부처럼 찰랑거렸다. 붉은 벽돌은 세월과 함께 색이 깊어진다는 허황된 말도 있지만, 좋았던 옛날의 성 바르트의 색은 점점 더러워지는 데 그쳤다. 누각 중앙 부분—십자가의 아래쪽이면서 중정 입구(소리가 울리게 생겼지만 실제로는 그렇지 않은 아치형 관문)의 바로 위쪽—에는 단검 같은 것—성 바르톨로메오가 『빈 미사 경본』에서 그토록 원망스러운 표정으로 손에 들고 있던 도살용 칼을 표현하기 위한 노력의 결과—이 새겨져 있었다. 열두 사도 중 하나인 그는 기원후 65년 여름을 전후로 러시아 남동부 알바노폴리스(현재 지명: 데르벤트)에서 산 채로 피부가 벗겨져 파리 떼의 먹이가 되었다. 그의 시신이 든 관—격노한 왕이 카스피해에 빠뜨린—은 흘러흘러 시칠리아 연안의 리파리섬까지 갔다고 하는데, 카스피해가 홍적세 이래 철저히 내해였음을 감안하면, 그 이야기는 그저 전설인 것 같다. 학교 문장紋章의 일부인 이 무기—위쪽이 뾰족한 당근을 닮은 것 같기도 한 도살용 칼—의 아래에는 금속판에 흑자체로 'Sursum'[드높이]+이라는 글자가 새겨져 있었다. 본교의 교사 중 한 명이 키우는(항상 서로 붙어 다니는) 순한 영국 양치기 개 두 마리는 평소에는 아치형 관문 앞 잔디밭—자기들만의 아르카디아—에서 꾸벅꾸벅 조는 모습을 보여주었다.

리자는 첫 학교 방문 때 학교의 모든 것에(파이브스 코트와 채플에서 시작해서 연결 통로를 장식하는 석고상과 교실을 장식하는 대성당 사진들에 이르기까지) 크게 감탄했

✛ 미사의 감사 기도 참고.

> 집전자: 주님께서 여러분과 함께.
> 회중: 또한 사제의 영과 함께.
> 집전자: 마음을 드높이[Sursum corda].
> 회중: 주님께 올립니다.
> 집전자: 우리 주 하느님께 감사합시다.
> 회중: 마땅하고 옳은 일입니다.

다. 1학년부터 3학년까지 저학년에게는 창문 알코브가 딸린 공동 침실이 배정되었고, 끝에는 교사의 침실이 있었다. 방문객들은 고급 실내 체육관에 감탄을 금치 못했다. 채플—양모업자 줄리어스 숀버그('메시나 지진' 때 사망한 세계적 명성의 이집트학자 새뮤얼 숀버그와는 형제간)가 반세기 전에 기부한 로마네스크 건축—의 오크 좌석들과 해머빔 지붕 또한 큰 감탄을 자아냈다. 25명의 교사와 교장—한더위에 품위 있는 회색 성직복을 갖춰 입고 맡은 바 의무를 다하는(얼마 후 자기를 축출할 음모에 대해서 까맣게 모른 채 밝게 미소 짓는) 아치볼드 호퍼 목사—이 있었다.

5

빅터의 눈은 그의 최고 기관이었지만, 성 바르트가 별로라는 인상을 그의 의식에 주입한 것은 냄새들과 소리들이었다. 공동 침실의 광택 목재에서는 퀴퀴한 악취가 풍겼고, 알코브에서는 밤의 소리들이 들렸고(시끄러운 위장 내 폭발음, 시끄러움을 겨냥한 침대 스프링의 특별한 삐걱거림), 6:45 AM이 되면 복도에서, 두통 동굴에서 종이 울렸다. 채플의 궁륭형 천장에서 내려오는(사슬들과 사슬 그림자들

끝에 매달려 있는) 향로에는 우상을 섬기고 향을 피우는 냄새가 있었고, 호퍼 목사의 (저속함에 세련됨을 그럴싸하게 섞어 넣은) 농익은 음성이 있었고, 신입생이 암기해야 하는 찬송가 166장 「영혼의 햇빛 예수님」이 있었나. 탈의실에는 태곳적 땀이 배어 있는 수레 바구니가 있었다. 그 안에 공용 낭심 보호대를 넣어두었으니, 경기 기간이 오면 그 역겨운 회색 뭉치로부터 자기가 착용할 스트랩 하나를 풀어내야 했고, 경기장 네 곳에서는 너무나도 귀에 거슬리고 마음을 상하게 하는 고함들이 한 뭉치씩 들려왔다.

IQ 180 정도에 평균점 90이었던 빅터는 36명의 동급생 중에서 쉽게 1등을 했고, 실은 학교에서 가장 공부 잘하는 세 명 중 한 명이었다. 대부분의 교사들을 거의 존경하지 않는 그였지만, 레이크—탄탄한 몸과 장밋빛 뺨을 가진 소년들 앞에서 음침하게 당황하는 텁수룩한 눈썹과 털투성이 손등의 엄청난 비만남—에 대해서는 존경심을 넘어 경외심을 가지고 있었다(빅터에게는 탄탄한 몸과 장밋빛 뺨 둘 다 없었다). 레이크는 작업실보다는 미술관 안내실에 가까워 보이는 묘하게 깔끔한 스튜디오 안에 붓다처럼 모셔져 있었다. 연회색 벽면을 장식하고 있는 것은 두 개의 똑같은 액자에 끼워진 두 장의 그림—한 장은 천사 같은 아기가 그리운 표정으로 어딘가를 올려다보는(어딜 보는 걸까?)

거투르드 케시비어의 걸작 사진 「엄마와 아이」(1897) 복제품, 또 한 장은 렘브란트의 「엠마오의 순례자들」 중 그리스도의 머리 부분 복제화(사진과 비슷한 색조, 사진 속 아기에 비해서 신성한 존재의 느낌은 약간 덜하지만 눈가와 입가의 표정은 사진 속 아기와 똑같음)—뿐이었다.

레이크는 오하이오에서 태어났고, 파리와 로마에서 공부했고, 에콰도르와 일본에서도 가르쳤다. 미술 전문가로 인정받는 그가 왜 지난 열 번의 겨울 동안 성 바르트에 파묻혀 있기를 자청했는지 사람들은 알 수 없었다. 그는 천재의 시무룩한 기질을 타고났음에도 독창성은 부족했고 스스로도 그런 부족함을 잘 알고 있었다. 그가 그리는 그림은 늘 멋지게 기발한 모작의 느낌을 주었지만, 누구의 양식을 흉내 내고 있는지 콕 집어 말하기는 불가능했다. 무수한 기법들에 대한 심층적 지식, '유파들'과 '사조들'에 대한 무관심, 돌팔이들에 대한 염증, 지난날의 점잖은 수채화 장르와 그에 상응하는 오늘날의 장르(이를테면, 관습적 신조형주의나 진부한 비즉물주의) 사이에 그 어떤 차이도 없다는 확신과 중요한 것은 개인의 재능뿐이라는 확신—이런 지점들이 그를 평범하지 않은 선생으로 만들었다. 성 바르트가 레이크의 교수법이나 그의 교육 성과를 크게 마음에 들어 한 것은 아니었지만, 학교가 유명한 괴짜를 최소한 한 명은 데리고 있는 것이 유행이라 그를 계속 데리고 있었다. 레이크가 가르친 여러 가지 짜릿한 내용들 가운데 하나에 따르면, 태양광 스펙트럼은 닫힌 동그라미—그러데이션을 거쳐 다시 적색이 되는 시퀀스—가 아니라 카드뮴레드색과 오렌지색들에서 시작해 스트론튬옐로색과 창백한 파라다이스그린색을 거쳐 코발트블루색들과 바이올렛색들로 가는 소용돌이—라벤더그레이와 비슷한 색에서 시작해 인간의 지각을 초월하는 신데렐라 색조들로 넘어가는 다른 나선의 일부가 되는 흐름—다. 그가 가르친 내용을 더 소개해보자면, '애시캔 유파' 같은 것도 없고, '카슈 카슈 유파' 같은 것도 없고, '캉캉 유파' 같은 것도 없다. 노건, 우표, 좌파 신문, 비둘기 똥을 가지고 창조한 예술 작품은 그 토대에 일련의 고리타분한 클리셰들이 있다. 이 세상에 피해망상만큼 진부하고 부르주아적인 것도 없다. 달리는 실은 노먼 록웰의 쌍둥이 형제로, 아기 때 집시들에게 유괴당했다. 반 고흐는 이류, 피카소는 상업적이라는 약점에도 불구하고 일류다. 드가가 *calèche*[마차]를 불멸케 할 수 있었다면, 빅터 윈드가 자동차를 불멸케 할 수도 있지 않겠는가?

자동차가 주변 경관을 머금고 있도록 하는 것도 그 한 방법일 수 있었다. 광택 있는 검은 세단은 좋은 소재였다. 이왕이면 가로수 도로와 무거워 보이는 봄 하늘이 교차하는 곳—흐리터분한 느릅나무들과 어물거리는 포장도로보다는 불룩한 회색 구름들과 아메바 같은 파란 반점들이 더 실체적으로 느껴지는 곳—에 주차돼 있을 것. 그가 할 일은 차체를 굴곡과 판금에 따라 분할한 뒤 각 부분에 반사된 형상을 조합하는 것. 반사된 형상은 어느 부분이냐에 따라 다를 것이다. 지붕에는 나무가 거꾸로 서 있는 형상(윤곽이 희미한 나뭇가지들이 물이 번진 듯한 하늘에 뿌리 내린 형상), 그리고 그 옆에서 고래 같은 건물들이 헤엄치는 형상(건축학적 후일담)이 찍혀 있을 것이다. 후드 한쪽에는 그윽한 코발트색이 입혀져 있을 것이다. 뒷유리 바깥 면에는 검은 잔가지들의 대단히 섬세한 패턴이 나타나 있을 것이다. 범퍼 전체에는 놀라운 사막 풍경—팽창한 지평선, 이쪽에는 먼 건물 한 채, 저쪽에는 쓸쓸한 나무 한 그루—이 펼쳐져 있을 것이다. 이 모사와 통합의 과정을 레이크는 인공물들의 불가피한 "자연화"라고 불렀다. 크랜턴 길거리에서, 빅터는 적당한 자동차 표본을 찾아내 그 주변을 얼쩡대곤 했다. 갑자기 태양—절반쯤 복면에 가려졌음에도 눈부시게 밝은—이 그를 도와주기도 했다. 빅터가 감행을 고려하는 종류의 절도에서 태양 이상의 공범은 있을 수 없었다. 크롬 번호판에서, 햇빛 테를 두른 전조등 유리 커버에서, 빅터는 매우 특별하고 매우 마술적인 소형 볼록 거울—

5백 년 전에 반에이크, 페트루스 크리스투스, 멤링이 언짢은 표정의 상인이나 가정주부 같은 성모 마리아의 뒤에 인테리어 디테일로 그려 넣곤 했던—에 비쳐서 극도로 작아진 공간(그리고 아주 작은 사람들의 뒷모습)에 비견될 만한 풍경—길거리, 그리고 자기 자신—을 발견하곤 했다.

교지 최근 호에 실린 빅터의 시를 보면, 소재는 화가들이었고, *nom de guerre*[필명]는 '무아네[Moinet]'였다. 제사題詞 전문을 인용하자면, "나쁜 적색은 모두 피해야 한다. 아무리 정성을 기울여도 좋게 바꿀 수 없다"(회화 기법을 다룬 고서의 인용이지만, 정치적 잠언 느낌을 준다). 시는 이렇게 시작되었다.

> 레오나르도! 알 수 없는 병마들이
> 납을 섞은 꼭두서니들을 공격하니,
> 당신이 그렇게 빨갛게 칠했던 모나리자의 입술이
> 지금은 수녀의 입술처럼 창백하다.

빅터는 물감을 부드럽게 할 때 '옛 거장들'처럼 꿀, 무화과 즙, 양귀비 기름, 분홍 달팽이 점액을 사용해볼 날을 꿈꾸었다. 그는 수채화 물감과 유화 물감을 사랑했지만, 너무 무른 파스텔과 너무 거친 디스템퍼에는 경계심을 가지고 있었다. 그렇게 만족을 모르는 어린아이처럼 정성과 끈기를 가지고 재료 공부를 하는 모습은──그때 화가의 도제들이 저런 모습이었다(지금은 레이크가 꿈꾸고 있다!), 찰랑거리는 단발머리와 반짝이는 눈을 가진 그 소년들이 어느 이탈리아 명암화가의 작업장에서, 호박琥珀과 천상의 유약들로 이루어진 세계에서, 몇 년씩 저렇게 색료를 빨았다. 그가 엄마에게 공기를 그리고 싶다고 말한 것은 여덟 살 때였다. 그가 그러데이션 번짐의 감각적 기쁨을 안 것은 아홉 살 때였다. 명도를 낮추고 투명도를 높인 그 온화한 키아로스쿠로가 추상 미술이라는 철창 감옥에서, 흉측한 원시주의라는 빈민 수용소에서 죽은 지 오래라는 것이 빅터에게 무슨 의미가 있었겠는가! 그는 물잔 뒤에 다양한 오브제──사과, 연필, 체스의 폰, 머리빗──를 한 번에 하나씩 놓았고, 그렇게 물잔을 통해서 각각의 물체를 열심히 들여다보았다. 적색 사과는 가로 직선으로 잘린 적색 끈, 반半 잔의 홍해, 아라비아 펠릭스가 되었다. 짧은 연필을 사선으로 세우면 양식화된 뱀처럼 구불거렸지만, 수직으로 세우면 괴상하게 뚱뚱해졌다(피라미드와 비슷해졌다). 검은 폰을 앞뒤로 옮기면 한 쌍의 검은 개미로 양분되었다. 머리빗을 세로로 세우면 잔에 담긴 물이 아름다운 줄무늬 액체로, 얼룩말 칵테일로 변하는 듯했다.

6

빅터가 도착하기로 되어 있던 날을 하루 앞둔 저녁, 프닌은 웬델 중심가의 운동 용품점에 들어가서 풋볼[+]을 달라고 했다. 제철이 아닌 주문이었지만, 점원은 물건을 내왔다.

"아니, 아니," 프닌이 말했다. "나는 달걀을, 예컨대 어뢰를 원하지 않습니다. 나는 단순한 풋볼 공[++]을 원합니다. 동그라미!"

그러면서 두 손목과 두 손바닥으로 휴대용 지구의 윤곽을 그렸다. 그가 강의 시간에 푸시킨의 '화성악적 총체성'을 말할 때 사용한 동작과 똑같은 동작이었다.

점원은 한 손가락을 세우더니 말없이 축구공을 가지고 왔다.

"맞아, 이것을 나는 구입할 것입니다." 프닌은 이렇게 말하며 위엄 있는 만족을 표했다.

그렇게 상품──갈색 종이와 스카치테이프로 포장된 물건──을 받아 들고, 그는 서점에 들어가서 『마틴 에덴』을 달라고 했다.

[+] 원문은 football. 프닌은 '축구공soccer ball'을 의도한 듯하다.
[++] 원문은 football ball. 프닌은 이번에도 '축구공'을 의도한 듯하다.

"에덴, 에덴, 에덴." 키가 크고 피부가 어두운 주인 여자가 급히 되뇌며 이마를 문질렀다. "어디 보자, 영국 정치가에 대한 책 말인가요? 아닌가요?"

"내가 말한 책은," 프닌은 말했다. "유명한 미국 작가 잭런던의 유명한 작품입니다."

"런던, 런던, 런던." 여자는 이렇게 말하며 두 손으로 관자놀이를 짚었다.

그녀의 남편——시사적인 시를 쓰는 트위드 씨——이 파이프를 손에 들고 도와주러 왔다. 얼마 동안 책을 찾던 그는 장사가 아주 잘되지는 않는 서점의 먼지 쌓인 구석에서 『늑대의 아들』의 옛날 판본을 가지고 왔다.

"그 작가의 책은," 그가 말했다. "우리 서점에는 이것밖에 없는 거 같네요."

"이상합니다!" 프닌은 말했다. "명성의 흥망성쇠! 내 기억에 러시아에서는 모두가——어린아이들도, 다 큰 어른들도, 의사들도, 변호사들도——모두가 그를 읽고 또 읽었습니다. 이것은 그의 최고작이 아니지만, 오케이, 오케이, 나는 이것을 살 것입니다." 프닌 교수는 집——그해에 입주한 하숙집——에 오자마자, 위층에 있는 손님방 책상에 공과 책을 올려놓았다. 그는 고개를 갸우뚱하며 이 선물들을 살펴보았다. 공의 무정형 포장은 별로 좋아 보이지 않았고, 그는 공이 입고 있던 포장지를 벗겨냈다. 이제 근사한 가죽이 드러났다. 방은 깔끔하고 아늑했다. 남학생이라면 이 방의 그림―눈 뭉치가 교수의 신사모를 맞혀 떨어뜨리는―을 좋아할 것이었다. 침대는 방금 청소하는 여자가 정리하고 갔고, 빌 셰파드 노인이 아래층에서 올라오더니 심각한 얼굴로 책상 스탠드에 새 전구를 끼우고 내려갔다. 덥고 습한 바람 한 줄기가 열린 창문으로 밀려 들어왔고, 힘차게 흐르는 냇물의 소음이 위층까지 올라왔다. 비가 내리기 직전이었다. 프닌은 창문을 닫았다.

그의 방―같은 층―에 메모가 놓여 있었다. 빅터의 간략한 전보를 전화로 옮긴 내용, 예정보다 정확히 24시간 늦을 것이라는 내용이었다.

7

빅터는 다락에서 시가를 피웠다는 이유로 다른 학생 다섯 명과 함께 부활절 방학의 귀한 하루 동안 억류 상태에 놓여 있었다. 빅터에게는 약한 비위와 수많은 냄새 공포증―윈드 부부에게 들키지 않도록 소중하게 감추어진―이 있었고, 인상 쓴 얼굴로 두 번 뻐끔거린 것을 제외하면 흡

150

연에 실제로 동참한 것은 아니었지만, 가장 친한 친구 두 명—토니 브레이드 2세와 랜스 보크, 모험적이고 시끌벅적한 소년들—을 따라 출입이 금지된 다락에 올라갈 정도의 의리가 있었다. 그곳까지 가기 위해서는 우선 창고 건너편에 있는 쇠사다리를 타고 지붕 바로 밑에 있는 캣워크에 올라서야 했다. 건물의 매혹적이면서 묘하게 허약한 비밀—건물의 각종 버팀목들, 공간을 나누는 벽들의 미로, 작게 조각난 그림자들, 발밑에서 푹 꺼지는 얇은 라스(눈에 보이지 않는 라스 아래 플라스터 천장에서 탁탁 떨어지는 박편들)—을 전부 볼 수 있고 느낄 수 있는 곳이었다. 그 미로의 끝에 작은 삼각 천장 공간—박공의 꼭대기 부분—이 있었다. 오래된 만화책들과 최근의 시가 재가 어지럽게 널려 있는 곳이었다. 재가 적발되었고, 소년들은 자백했다. 토니 브레이드—한때 성 바르트의 교장이었던 유명인의 손자—는 가족 관련 사유—토니를 아끼는 친척이 유럽으로 가는 배에 타기 전에 그를 보고 싶어 한다는—로 풀려날 수 있게 되었다. 현명하게도 토니는 자기도 다른 죄수들과 똑같이 잡혀 있게 해달라고 사정했다.

내가 이미 말한 것처럼, 빅터 학교의 지금 교장은 호퍼라는 목사—보스턴 어머님들의 존경을 한 몸에 받는, 검은 머리와 젊은 얼굴의 예의 바르고 별 볼일 없는 남자—

였다. 빅터와 동료 죄수들이 호퍼 가족이 다 있는 저녁 식탁에 끼어 앉았을 때, 이 자리 저 자리로부터, 특히 감미로운 목소리의 호퍼 부인—백작과 결혼한 이모를 둔 영국 여자—으로부터 갖가지 빤한 암시들이 흘러나왔다. 목사의 화가 누그러질 수도 있을 것 같았고, 여섯 소년들이 그 마지막 저녁에 일찍 자러 가야 하는 대신 시내 영화관에 가게될 수도 있을 것 같았다. 저녁 식사가 끝난 뒤, 그녀는 급히현관 쪽으로 걸어 나가는 목사를 따라가라는 뜻으로 소년들에게 친절한 윙크를 보냈다.

훗날 고답적인 경영진은 호퍼가 교장으로서 짧고 성과 없는 임기 중에 특정 교칙 위반자들에게 가한 체벌을 묵인해도 괜찮으리라고 여겼을지 모르지만, 그날 소년들이 결코 참아 넘길 수 없었던 것은 교장이 현관으로 걸어 나가다가 단정히 개어진 사각 천—그의 수단과 중백의—을 집어들기 위해 걸음을 멈추었을 때 그의 빨간 입술을 슬쩍 일그러뜨린 음흉한 미소였다. 문 앞에 스테이션왜건 한 대가 서 있었고, 가식적 목사는 러드번—12마일 거리—에서 그들에게 초대 공연을 보여주었다. 공연장은 추운 벽돌 건물 교회였고, 나머지 관객은 몇 명 되지 않는 신도들이었다. 소년들의 표현에 따르면, "처벌의 완성"이었다.

8

이론적으로, 크랜턴에서 웬델까지 가는 가장 간단한 방법은 택시로 프레이밍햄으로 가서 급행열차로 올버니까지 간 다음 거기서 북서쪽으로 꺾이는 완행으로 갈아타고 비교적 짧은 구간을 가는 것이었지만, 그 가장 간단한 방법이 가장 비실용적인 방법이기도 했다. 두 철도 사이에 오래된 심각한 불화가 있는 것인지, 아니면 다른 교통편에게 승산 있는 기회를 주기 위한 결탁이 있었던 것인지, 열차 시간표들을 아무리 저글링 해도, 올버니 환승 대기가 최소 세 시간이라는 사실은 바뀌지 않았다.

11 AM에 올버니에서 출발해 3 PM 전후로 웬델에 도착하는 버스가 있었지만, 그것은 프레이밍햄에서 6:31 AM 기차를 탄다는 뜻이었다. 안 늦게 일어날 자신이 없었던 빅터는 그 기차보다 약간 늦은 시간에 출발해서 훨씬 느린 속도로 달리는 기차를 탔다. 그렇게 해서 그가 올버니에서 탈 수 있었던 웬델행 마지막 버스는 그를 저녁 8시 반에 목적지에 내려놓았다.

내내 비가 내렸다. 그가 웬델 터미널에 도착했을 때도 비가 내리고 있었다. 어딘가 몽상적이고 살짝 딴생각에 빠져 있는 성격이었던 빅터는 무슨 줄을 서건 항상 맨 뒤였다.

누군가가 약한 시력이나 저는 다리에 익숙해지듯 그가 이 핸디캡에 익숙해진 것도 오래전이었다. 키를 낮추려고 상체를 수그리면서, 그는 버스 통로를 지나 번들거리는 아스팔트에 내려서는 승객들을 급하지 않게 뒤따라갔다. 빈투명 우비 차림의 울퉁불퉁한 노부인 두 명이 내리고(감자를 셀로판지로 싼 것 같은 모습), 일고여덟 살 정도의 작은 남자아이가 내리고(바짝 깎은 머리, 약하고 잘록한 목선), 모서리가 많고 자신감이 없는 고령의 불구가 내리고(모든 도움의 손길을 사양하고 여러 부분으로 분리되어 하차), 반바지 차림의 웬델 여대생 세 명이 내리고(장밋빛 무릎), 작은 남자아이의 지친 엄마가 내리고, 다른 많은 승객들이 다 내린 뒤, 한 손에 가방 손잡이를 쥐고 한 팔에 잡지 두 권을 낀 빅터가 내렸다.

버스 터미널의 아치 통로에서, 선글라스를 쓰고 검은 서류 가방을 든 남자(완전한 대머리, 갈색에 가깝게 그을린 얼굴)가 따뜻한 질문으로 환영을 표하면서 상체를 숙이고 있었고, 그 앞에 서 있는 작은 체구의 남자아이(가느다란 목)는 계속 고개를 가로저으면서 엄마를 가리켜 보이고 있었고, 그 엄마는 그레이하운드의 배 속에서 짐이 나오기를 기다리고 있었다. 수줍어하면서, 즐거워하면서, 빅터가 그들의 *quid pro quo*[주고받기] 사이에 끼어들었다. 갈색 머리통의 신사는 선글라스를 벗어 들었고, 상체를 펴면서 시선을 위, 위, 위로 옮겨 빅터의 큰, 큰, 큰 키, 그의 푸른 눈, 그의 적갈색 머리를 보았다. 프닌의 잘 발달된 광대 근육이 그의 구릿빛 뺨을 끌어 올리면서 둥글렸고, 그렇게 지어진 미소에 그의 이마, 그의 코, 심지어 그의 크고 멋진 귀까지 동참했다. 하나부터 열까지, 극히 만족스러운 만남이었다.

프닌은 짐을 두고 한 블록 걷기를 제안했다─빅터가 비를 두려워하지 않을 경우에 한해서(비가 쏟아지는 중이었고, 어둠 속의 아스팔트가 크고 시끄러운 나무들 밑에서 호수처럼 번들거리고 있었다). 소년이라면 다이너에서의 늦은 저녁 식사를 특별한 대접으로 여기리라는 것이 프닌의 추측이었다.

"잘 도착했습니까? 불쾌한 모험을 하지 않았습니까?"

"안 했어요, 교수님."

"배가 매우 고픕니까?"

"안 고파요, 교수님. 그렇게까지는 아니에요."

"내 이름은 Ti-mof-ey[티-머프-에이]," 두 사람이 허름한 다이너 창가 테이블에 자리 잡은 뒤에 프닌이 말했다. "두 번째 음절은 muff로 발음합니다. 강세*는 마지막 음절

✜ 원문은 ahksent. 프닌은 accent를 이렇게 발음한다.

'ey'에 있는데, prey에서와 비슷하게, 하지만 약간 길게 발음합니다. '티모페이 파블로비치 프닌,' 풀이하면 '폴의 아들 티모시'라는 뜻입니다. 부칭父稱은 강세가 첫 음절에 있고, 나머지는 연음되어＊ 티모페이 팔치입니다. 나는 오랜 시간 동안 나 자신과 토론했습니다——이 나이프와 포크를 닦읍시다——그리고 내가 내린 결론은 당신이 나를 부를 때 나의 극히 호의적인 동료들 중 몇몇과 마찬가지로 짧게 팀씨라고 부르거나 더 짧게 팀이라고 불러야 한다는 것입니다. 자연스럽게——당신은 무엇을 먹기를 원합니까? 빌 커틀릿? 오케이, 나도 빌 커틀릿을 먹을 것입니다——자연스럽게 나의 양보를 얻는 나의 새 나라, 원더풀 미국은 때로는 나를 놀라게 하지만 언제나 존경을 자극합니다. 초기에 나를 크게 당황시킨 것은……"

초기에 프닌을 크게 당황시킨 것은 미국에서 퍼스트 네임을 주고받는 것의 수월함이었다. 빙산과 한 방울의 위스키가 담긴 잔으로 시작해 다량의 위스키와 약간의 수돗물이 담긴 잔으로 끝나는 독신 파티에 다녀왔다면, 당신은 관자놀이가 희끗희끗한 낯선 사람을 영원히 '짐'이라고 불러야만 했다(그가 영원히 기억할 당신의 이름은 '팀'이었다).

＊　원문은 sloored. 프닌은 slurred를 이렇게 발음한다.

다음 날 아침에 당신이 깜빡하고 그를 에버렛 교수(당신이 기억하는 그의 진짜 이름)라고 불렀다면, 그것은 (그에게) 지독한 모욕이었다. 유럽과 미국에 와 있는 자기의 러시아인 친구들을 하나하나 떠올려보면서, 티모페이 팔치는 최소한 60명의 친애하는 사람들을 헤아릴 수 있었다. 그가 그들과 친하게 지내기 시작한 것이, 어디 보자, 1920년부터인데, 그들을 만나서 강하고 뜨거운 악수를 나눌 때면, 그는 상대가 누구냐에 따라 바딤 바디미치, 또는 이반 흐리스토포로비치, 또는 사무일 이즈라일레비치라고밖에 안 불러보았고, 상대도 그를 그의 이름과 부칭으로 부르면서 똑같이 강렬한 호의를 표시하곤 했다. "아, 티모페이 팔치! *Nu kak?*(어떻게 지내셨습니까) *A vï, baten'ka zdorovo postareli*(아, 영감님, 못 만난 사이에 젊어지지는 않은 모양입니다)!"

프닌의 말이었다. 러시아인의 영어를 많이 들어본 빅터에게는 크게 놀라운 말은 아니었고, 프닌이 family를 발음할 때 첫 음절을 '여자'라는 뜻의 프랑스어*처럼 발음한다는 것도 그에게는 신경이 쓰이는 일은 아니었다.

"나는 영어에서보다 프랑스어에서 훨씬 수월하게 말합니다." 프닌이 말했다. "당신은—*vous comprenez le français?*

✦ femme를 가리킨다.

Bien? Assez bien? Un peu?"[당신은 프랑스어를 알아듣습니까? 수월하게? 웬만큼? 조금?].

"*Très un peu*,"[많이 조금] 빅터가 말했다.

"유감스럽지만 불가피합니다. 이제 나는 당신에게 스포츠에 관해 말할 것입니다. 러시아 문학에서 상자⁺에 대한 최초의 묘사를 우리는 미하일 레르몬토프, 탄생 1814년, 피살 1841년(기억하기 쉽습니다)의 시에서 발견합니다. 다른 방향에서 보면 테니스에 대한 최초의 묘사는 『안나 카레니나』, 톨스토이의 소설에서 발견되고, 1875년과 관련됩니다. 어린 시절의 어느 날, 러시아의 시골, 래브라도와 같은 위도에서, 라켓이 나에게 안겨졌고, 근동학자 고톱체프 가족과 경기를, 당신도 들어보았을 이름입니다. 내 기억에 그날은 화창한 여름날이었고, 우리의 경기는 계속, 계속, 계속, 열두 개의 공이 전부 사라질 때까지 계속했습니다. 당신도 늙으면 과거의 기억에 관심 있을 것입니다."

"또 하나의 종목은," 프닌은 커피에 설탕을 아낌없이 퍼넣으며 말을 이었다. "자연스럽게 *kroket*[크로케]였습니다. 나는 *kroket*의 챔피언이었습니다. 그러나 국가가 가장 사랑한 경기는 이른바 *gorodki*[고로드키], 풀이하면 '작은 도시

⁺ 원문은 box. 프닌의 의도는 '권투boxing'였던 듯하다.

들'이라는 뜻입니다. 기억나는 것은 정원의 한쪽과 청춘의 원더풀 분위기입니다. 나는 강했습니다. 나는 러시아 자수 셔츠를 입었습니다. 지금은 아무도 그렇게 건강한 경기들을 하지 않습니다."

프닌은 커틀릿 접시를 비우고 화제를 이어나갔다.

"땅바닥에 큰 사각형을 그리고," 프닌이 말했다. "원통 모양의 나무들을 먼 곳에 세웠습니다. 기둥을 세우는 것처럼 말입니다. 그런 다음 그것들을 향해 두꺼운 막대기를 던졌습니다. 매우 힘껏, 부메랑을 던지는 것처럼, 팔을 넓게, 넓게 펼치면서―미안합니다―다행히 소금이 아니라 설탕입니다."*

"내 귀에는 아직 그 소리가 들립니다." 스프링클러를 일으켜 세우고 기억의 놀라운 집요함 앞에서 고개를 살짝 가로저으면서 프닌은 말했다. "*trakh*[쾅]! 하는 소리, 막대기가 기둥들을 치고 기둥들이 공중으로 튀어 오를 때 나는 그 소리가 들립니다. 당신은 고기를 남길 것입니까? 당신은 그것을 좋아하지 않습니까?"

"너무 좋은 고기예요," 빅터는 말했다. "근데 배가 별로 안 고파요."

✢ 소금을 쏟으면 상대와 싸우게 된다는 것이 러시아의 속설이다.

"아아, 당신이 풋볼리스트[*]가 되기를 원한다면, 더 많이, 훨씬 더 많이 먹어야 합니다."

"풋볼 별로 안 좋아하는데. 실은 풋볼 싫어해요. 사실 아주 잘하는 운동이 하나도 없어요."

"당신은 풋볼의 애호가가 아닙니까?" 프닌이 이렇게 말할 때, 넓고 표정 많은 그의 얼굴에 경악의 기색이 어렸다. 그가 입을 오므렸다. 그는 입을 열고—아무 말도 하지 않았다. 아무 말 없이 그는 바닐라를 함유하지도 않았고 크림으로 제조되지도 않은 바닐라 아이스크림을 먹었다.

"이제 우리는 당신의 짐과 택시를 마련할 것입니다." 프닌이 말했다.

두 사람이 '셰파드 하우스'에 도착하자마자, 프닌은 빅터를 응접실로 데리고 들어가 집주인 빌 셰파드 노인—전직 대학 부지 관리인(청력을 완전히 상실, 한쪽 귀에 흰 단추)—과 그의 동생 밥 셰파드—버펄로에 살다가 최근에 홀아비가 되어 빌이 사는 집으로 이사 온—에게 급히 소개했다. 빅터를 잠시 그들에게 맡기고, 프닌은 육중한 발걸음으로 서둘러 계단을 올랐다. 집은 허술한 건물이었고, 아래층에 흩어져 있는 오브제들이 위쪽 층계의 쿵쿵거림과 손님

---

[*]   원문은 footballist. 프닌의 의도는 '축구 선수soccer player'였던 듯하다.

방 창문의 갑작스러운 열림에 다양한 정도의 떨림으로 반응했다.

"이제 저 그림을 보렴." 청력을 잃은 셰파드 씨가 설교용 손가락으로 벽에 걸린 커다란 흙물 수채화를 가리키면서 말하고 있었다. "50년 전에 내 동생과 나는 그림 속에 있는 저 농장에서 여름을 보내곤 했단다. 저 그림을 그린 화가는 내 어머니의 동급생이었던 그레이스 웰스란다. 그분의 아들인 찰스 웰스는 웬델빌에 있는 그 호텔의 소유주—넌 박사도 그분을 만난 적이 있을 터인데—아주, 아주 좋은 분이란다. 내 죽은 부인도 화가였거든. 그 그림들은 좀 이따 보여주마. 저기 저 나무를 좀 보렴, 저 헛간 뒤에 있는—그러지 말고 자세히 보렴—"

끔찍한 우당탕 소리와 철퍼덕 소리가 계단에서 들려왔다. 내려오던 프닌이 발을 헛디딘 것이었다.

"1905년 봄에," 셰파드 씨가 그림에 대고 검지 끝을 흔들며 말했다. "저 미루나무 아래서—"

셰파드 씨는 동생과 빅터가 계단 밑으로 달려나가고 없다는 것을 알아차렸다. 마지막 계단 몇 개를 발 대신 등으로 내려온 불쌍한 프닌이었다. 그는 잠시 드러누워 눈알을 굴렸다. 그리고 부축을 받아 일어났다. 뼈가 부러진 데는 없었다.

프닌은 미소를 지으며 말했다. "톨스토이의 훌륭한 단편*에 비슷한 내용이 있습니다—빅터, 당신은 언젠가 읽어야 합니다—거기서 이반 일리치 골로빈은 추락으로 인해 암癌의 콩팥을 얻었습니다. 빅터는 이제 나와 함께 올라갈 것입니다."

빅터는 손잡이를 쥐고 따라갔다. 층계참에 반 고흐의 「유모」 복제화가 있었고, 빅터는 지나가면서 아이러니한 목례를 했다. 열린 창문이라는 액자의 어둠 속에서 향기로운 나뭇가지 위로 떨어지는 빗소리가 손님방을 가득 채우고 있었다. 포장된 책과 10달러짜리 지폐가 책상 위에 놓여 있다. 빅터는 무뚝뚝하지만 친절한 초대자를 향해 환한 표정으로 고개를 숙였다. "포장을 벗기십시오." 프닌이 말했다.

빅터는 예의 바르게 기뻐하면서 시키는 대로 했다. 그러고는 침대 모서리에 걸터앉아 열의를 가지고 책을 폈다(그의 적갈색 머리카락은 그의 오른쪽 관자놀이 위로 윤기 있고 뻣뻣하게 흘러 내려왔고, 그의 줄무늬 넥타이는 그의 회색 재킷 앞섶에서 삐져나와 덜렁덜렁했고, 그의 거추장스러운 두 무릎은 회색 플란넬 바지를 팽팽하게 늘리면서 서로 벌어졌다). 빅터는 책에 찬사를 보내고자 했다—첫째,

* 「이반 일리치의 죽음」을 가리킨다.

선물 받은 책이기 때문에, 둘째, 프닌의 모국어를 번역한 책이리라는 생각 때문에. '심리치료연구소'에 야코프 런던 박사라는 러시아 출신이 있었다는 것이 그의 기억이었다. 다소 운이 나쁘게도, 빅터는 유콘 인디언 추장의 딸 자린스카가 나오는 대목에 시선을 두었고, 그녀를 아무 의심 없이 러시아 처녀로 오해했다. "공포심과 반항심에 사로잡힌 그녀의 크고 검은 눈은 부족 남자들에게 고정되어 있었다. 숨 쉬는 것조차 잊을 만큼 극심한 긴장 속에서 그녀는……"

"이 책도 좋을 거 같아요." 예의 바른 빅터가 말했다. "작년 여름에 그 책 읽었는데, 『죄와—』." 아이에게 어울리는 하품이 성실한 미소를 띠고 있는 그의 입을 둥글게 넓혔다. 공감하면서, 찬성하면서, 심장의 통증을 느끼면서, 프닌은 하품을 하는 리자를 바라보았다. 길고 즐거웠던 파티가 끝나고 난 뒤였다. 아르베닌가家에서였나 폴랸스키가家에서였나. 15년 전, 20년 전, 25년 전에 파리에서.

"오늘은 그만 읽으십시오." 프닌은 말했다. "이 책이 매우 흥미진진한 책이라는 것은 나도 알고 있지만, 내일 당신은 읽고 또 읽을 것입니다. 나는 당신이 좋은 밤을 보내기를 바랍니다. 욕실은 층계참 건너편에 있습니다."

그는 빅터와 악수를 나눈 뒤 행군하듯 자기 방으로 갔다.

9

아직 비가 내리고 있었다. 셰파드 하숙집 조명은 다 꺼져 있었다. 평소에는 가느다란 물줄기가 졸졸 흐르는 정원 저편 도랑에서 오늘 밤에는 급류가 콸콸 넘쳐흘렀다. 중력 앞에서 탐욕스럽게 굽실거리는 모습. 너도밤나무와 가문비나무의 회랑을 통과하면서 지난해의 잎들, 앙상한 가지들, 산 지 얼마 안 된, 필요 없어진 축구공—아까 프닌이 창밖으로 내던지기* 방식으로 폐위한, 그리고 방금 비탈진 잔디밭에서 물속으로 굴러 들어간—을 휩쓸어 가는 모습. 그는 등에 약간의 통증을 느끼면서 결국 잠든 상태였다. 30여 년 전에 볼셰비키들로부터 탈출한 러시아인들이 아직 꾸는 꿈들 중 하나가 펼쳐지는 중이었다. 프닌은 엄청나게 멋진 망토 차림으로 괴이한 궁전을 빠져나와 구름에 가려진 달 아래서 넓은 잉크 웅덩이들을 뛰어넘어 도망치는 모습, 그러다가 죽은 친구 일랴 이시도로비치 폴랸스키와 함께 인적 없는 바닷가를 서성거리는 모습, 모종의 신비한 구원이 희망 없는 바다 저편에서 부르릉부르릉 쾌속정을 타고 오기

---

* defenestration에 '창밖으로 내던지다'라는 뜻과 함께 '자리에서 쫓아내다'라는 뜻이 있음을 이용한 말장난.

를 기다리는 모습으로 등장했다. 셰파드 형제는 서로 가깝게 배치된 두 침대 위에서, 각자의 뷰티레스트 매트리스 위에서 깨어 있었다. 동생은 어둠 속 빗소리에 귀를 기울이면서 지붕이 이 정도로 시끄럽고 정원이 이 정도로 진창이면 집을 팔아야 하지 않을까 자문해보고 있었고, 형은 적막에 대해, 푸른 잔디로 덮인 축축한 교회 묘지에 대해, 옛 농장에 대해, 예전에 존 헤드라는 어슴푸레한, 먼 친척을 죽게 한 벼락불을 맞은 포플러에 대해 생각하면서 누워 있었다. 빅터는 머리통을 베개 밑에 넣기라는 최근에 완성된 수면법—에릭 윈드 박사(에콰도르의 키토에서 분수 옆 벤치에 앉아 있는 상태)가 절대 알아내지 못할 방법—을 사용한 뒤 바로 잠든 상태였다. 1시 반쯤, 셰파드 형제가 코를 골기 시작했다. 모든 날숨 끝에 드르렁드르렁 소리를 내는 형은 조심스럽고 우울한 씨근씨근 소리를 내는 동생보다 몇 곱절 시끄러웠다. 프닌이 아직 서성거리고 있는 모래사장(불안해진 친구는 지도를 가지러 집에 가고 없는 상황), 거기에 찍히는 발자국이 한 발 한 발 그의 눈앞으로 다가왔고, 프닌은 헉 하고 깨어났다. 등이 아팠다. 시간은 4시를 지나 있었다. 비는 그쳐 있었다.

프닌은 러시아어 한숨—'어호-어호-어호'—을 토하며 더 편한 자세를 찾았다. 빌 셰파드 노인은 터덜터덜 아래층

욕실로 내려가 집을 떠내려 보낸 뒤 터덜터덜 돌아갔다.

잠시 후 모두 다 또다시 잠들어 있었다. 약한 새벽바람이 크고 반짝이는 웅덩이에 잔물결을 일으킴으로써 수면에 반사된 전선들을 알아볼 수 없게 휘갈겨 쓴 검은 글줄들로 만들었다. 그렇게 발휘된 솜씨를 텅 빈 거리에서 아무도 안 보고 있다니 딱한 일이었다.

5장

1

아름다운 뉴잉글랜드, 거기서 가장 아름다운 주州 가운데 하나, 에트릭산山이라는 8백 피트 높이의 산 숲, 거기에 세워진 전망대──낡고 이용객이 거의 없는, 한때 '관측대'라고 불렸던──의 꼭대기 층에 모험적인 여름 관광객(난간에 남은, 거의 지워진 연필 자국에 따르면, 미란다 아니면 메리, 톰 아니면 짐)이 있었다면, 주로 단풍나무, 너도밤나무, 향포플러, 소나무로 이루어진 광활한 녹색의 바다를 관측할 수 있을 것이다. 서쪽으로 약 5마일 지점, 날씬한 백색의 교회 탑이 온퀘도──한때 약수터로 유명했던 소도시──의 위치를 알리고 있었다. 북쪽으로 3마일 지점(산 숲에서 강가의 평지로 바뀌는 곳), 관찰자는 꾸밈 많은 저택──'소나무숲'이라는 최초의 이름에 이어 '쿡네' '쿡네 장원' '쿡네 궁전' 등 다양한 이름을 갖게 된 건물—의 박공들을 알아볼 수 있었다. 온퀘도를 통과하는 주립 고속 도로가 에트릭산 남쪽 면을 따라 동쪽으로 이어져 있었다. 수많은 비포장 도로와 오솔길이 직각 삼각형—온퀘도에서 북동쪽 '소나무숲'으로 가는 좁은 포장도로는 다소 삐뚤빼뚤한 빗변, 방금 말한 주립 고속 도로는 긴 직각변, 에트릭산 바로 앞 철조 교각에서 '쿡네' 바로 앞 목조 교각까지의 강줄기는 짧은 직각변—의 세 변으로 둘러싸인 벌목지를 이리저리 교차하고 있었다.

1954년 여름의 무더운 어느 날, 만약에 그 전망대에 메리, 또는 알미라—또는 어느 아재 농담꾼이 자기 이름이랍시고 난간에 파 넣은 볼프강 폰 괴테—가 있었다면, 고속도로를 달리던 차 한 대가 교각 직전에서 좌회전해 미로처럼 엉킨 도로들을 우왕좌왕하는 장면을 구경할 수 있었을 것이다. 차는 자신 없이 허둥댔고, 생각이 바뀔 때마다 느려지면서 뒷발질하는 개처럼 먼지를 피워 올렸다. 우리가 방금 상상했던 관찰자에 비해 덜 호의적이었을 누군가에게는, 그 차—연식이 불확실하고 상태가 좀 안 좋은 연청색 달걀형 투도어 세단—의 운전자가 백치라고 느껴지는 때가 종종 있었을 것이다. 현실 속 운전자는 웬델 대학의 티모페이 프닌 교수였다.

프닌이 '웬델 운전학원'에서 교습을 받기 시작한 것은 그
해 초였지만, "진정한 이해"(그의 표현)가 그를 찾아온 것
은 그로부터 두 달 뒤에 등 통증 때문에 누워서 지내게 되
었을 때—40페이지짜리 『운전자 매뉴얼』(주지사가 또 한
명의 전문가와의 협업으로 발행)과 『인사이클로피디아 아
메리카나』「자동차」 항목(변속기 일러스트, 기화기 일러스
트, 제동기 일러스트, 암울한 느낌을 자아내는 시골길 진창
에 처박힌 *circa*[대략] 1905년 '글리든 투어' 참가 차량 일러
스트 포함)을 연구하면서 깊은 즐거움을 맛보는 것이 하는
일이 전부였을 때—였다. 그의 어렴풋한 짐작들의 이중성
이 마침내 정반합된 것은 나중에 그렇게 병상에 누워서 발
가락을 꼼지락꼼지락하고 상상의 기어를 변환하던 바로 그
때였다. 가혹한 강사가 학생의 스타일을 억압하고, 전문적
은어를 으르렁대면서 불필요한 지시들을 남발하고, 모퉁
이를 돌 때마다 학생의 운전대를 억지로 뺏으려고 하고, 저
속한 비하의 표현들로 차분하고 총명한 학생의 심기를 계
속 거스르는 현실 속 교습 시간에는 머릿속에서 운전 중인
차에 대한 지각과 도로 위에서 운전 중인 차에 대한 지각을
결합하는 데 철저히 실패했던 프닌. 그가 결국 양자의 결
합에 성공한 것이다. 그가 첫 운전면허 시험에서 떨어졌다

면, 그 가장 큰 이유는 채점자를 상대로 상황에 안 맞는 반론—이성적 동물에 대한 모욕 중에 발이나 바퀴가 달린 것이 주위에 하나도 없을 때 빨간불 앞에서 멈춰 섬으로써 저급한 조건 반사의 형성을 장려하라고 하는 것보다 더 심한 모욕은 있을 수 없다는 점을 논증하는—을 제기했다는 것이었다. 그는 다음번 시험에서 좀더 신중을 기했고, 결과는 합격이었다. 그의 러시아어 과목을 수강하는 메릴린 혼이 자기 고물차를 1백 달러에 그에게 팔았다(그 거부할 수 없는 졸업반 학생은 훨씬 더 대단한 차량의 소유주와 결혼을 앞두고 있었다). 웬델에서 온퀘도까지는 (게스트 하우스에서의 1박을 포함해) 느리고 힘겨운, 하지만 무탈한 여정이었다. 시골 공기를 맛보기 위해 주유소 앞에서 하차했던 것은 온퀘도에 진입하기 직전이었다. 불가해한 백색 하늘이 클로버 풀밭 위로 낮게 내려와 있었고, 창고 옆 장작더미에서 들려오는 것은 수탉의 울음소리—삐쭉삐쭉하고 야하고—음향적 교태. 이 약간 허스키한 조류가 내는 어떤 우연한 음정—관심을, 인정을, 또 다른 뭔가를 기대하며 프닌에게 치근덕거리는 후끈한 바람에 실려 온—이 어떤 날을 기억나게 해주었다. 그날(희미하게 먼 날, 죽고 없는 날)은 그(페트로그라드 어느 대학교 신입생)가 발트해 연안 어느 여름 휴양지의 작은 기차역에 내린 날이었다. 그 소리, 그 냄새, 그 슬픔……

"좀 후텁지근하지요." 종업원*이 털북숭이 팔로 앞 유리를 닦기 시작하면서 말했다.

지갑에서 편지 한 통을 꺼내고 거기서 아주 작은 등사본 약도를 꺼내 펼친 프닌은 교회—지도에 따르면, '쿡네 장원'으로 가기 위해 좌회전해야 하는 곳—까지 얼마나 머냐고 종업원에게 물었다. 프닌의 웬델 대학 동료인 하겐 박사를 정말 충격적일 만큼 많이 닮은 남자—객쩍은 닮은꼴, 저질 말장난 같은 괜한 닮은꼴이었다.

"음, 거기 가려면 더 좋은 길이 있어요." 유사類似 하겐이 말했다. "이 길은 트럭들 때문에 엉망이 됐는데, 그게 아니라도 손님 차는 커브 돌 때 안 좋을 거예요. 그냥 쭉 가세요. 시내에서 꺾지 마시고요. 온퀘도를 빠져나가서 5마일을 갔으면, 왼쪽으로 에트릭산 등산로를 지나온 직후에, 교각이 나오기 직전에, 좌회전하세요. 상태가 괜찮은 자갈길이에요."

그는 부리나케 반대쪽 후드로 가서 걸레로 반대쪽 앞 유리를 공략했다.

"북쪽으로 쭉 가다가 교차로가 나오면 쭉 북쪽으로 꺾으

✢ 종업원attendant의 어원이 '관심을 제공하는 사람'이라는 뜻임을 이용한 말장난.

세요. 숲에 들어가면 임산 도로가 꽤 있기는 있지만, 그냥 북쪽으로 꺾으세요. 그럼 '쿡네'까지 딱 20분이면 갈 거예요. 찾기 쉬워요."

프닌이 그 숲속 도로들의 미로에 갇힌 지 이제 약 한 시간째였고, 그러면서 그가 도출한 결론은 "북쪽으로 꺾는다"는 표현이, 아니, "북쪽"이라는 단어 자체가, 자기에게 아무 의미도 없다는 것이었다. 그가 설명할 수 없었던 수수께끼는, 많은 손님들을 환대할 수 있는 대저택에 사는 친구 알렉산드르 페트로비치 쿠콜니코프(현지 이름은 앨 쿡)가 초대 편지와 함께 보내준 현학적으로 엄밀한 지침을 그는 왜 철저히 따라갈 수 없었는가, 이성적 존재인 그가 도대체 왜 우연히 마주친 참견꾼의 말에 귀를 기울일 수밖에 없었는가 하는 것이었다. 이제 고속 도로로 돌아가지도 못할 정도로 철저하게 길을 잃은 우리의 불운한 운전자. 그런 좁은 도로(좌우는 도랑, 심지어 협곡이고 노면은 바퀴 자국투성이)에서 곡예 운전을 해본 경험이 거의 없는 그였으니, 그의 다양한 우유부단과 암중모색은 시각적으로 기괴한 형태 —전망대에 관찰자가 있었다면 연민 어린 시선으로 내려다보았을—를 띠었다. 하지만 그 막막하고 갑갑한 망루 위의 생명체라고는 자기 걱정만으로도 벅찬 한 마리의 개미 —한 시간 또 한 시간 미련한 인내를 발휘해 간신히 망루의 난간(그의 *autostrada*[고속 도로])에 도착한 뒤, 그 어처구니없는 장난감 자동차가 지면에서 우왕좌왕하는 것과 거의 같은 모습으로 갖가지 장애물 앞에서 우왕좌왕하는—뿐이었다. 바람은 멎어 있었다. 창백한 하늘 밑 우듬지 바다에는 생명체라고는 없는 것 같았다. 잠깐 뒤, 탕 하고 총성이 울렸고, 잔가지 하나가 하늘 속으로 튀어 올랐다. 완벽하게 고요했던 숲의 그 부분에서 울창한 윗가지들이 움직이기 시작하더니 흔들거리고 튀어 오르는 정도가 점점 약해졌고, 나무에서 나무로 전해지는 가벼운 떨림이 그렇게 잦아들면서 사방은 다시 고요해졌다. 또 잠깐 뒤, 모든 일이 한꺼번에 일어났다. 개미는 망루 지붕으로 이어지는 수직 기둥을 발견하고는 심기일전해서 기어 올라가기 시작했고, 해는 그 모습을 드러냈고, 절망의 언덕에 올라가 있었던 프닌은 어느새 여행자들을 '소나무숲 방향'으로 안내하는 이정표—녹슬었지만 아직 반짝거리는—가 있는 포장도로를 달리고 있었다.

2

앨 쿡은 고의식과 혈통의 부유한 모스크바 상인이자 자

수성가남이자 마이케나스이자 자선 사업가였던 표트르 쿠콜니코프—마지막 차르 시절에는 사회주의 혁명파 그룹들(주로 테러 분자들)을 재정적으로 지원했다는 죄목으로 두 차례에 걸쳐 상당히 안락한 감옥성에 투옥당했었고, 레닌 시절에는 '제국주의의 첩자'라는 죄목으로 소비에트 형무소에서 거의 일주일간 중세풍으로 고문당한 뒤에 처형당한 그 유명한 쿠콜니코프—의 아들이었다. 그의 가족은 1925년경에 하얼빈을 거쳐 미국에 닿았고, 청년 쿡은 조용한 인내, 실무 감각, 어느 정도의 과학 교육에 힘입어 어느 대형 화학 기업에서 높고 안정적인 자리에 올랐다. 그는 친절하고 매우 내성적인 성격, 다부진 체격, 깔끔하고 자그마한 코안경에 의해 가운데로 모여 있는 크고 표정 없는 얼굴을 가진 남자, 겉으로 드러난 그대로의 남자—회사 중역, 프리메이슨, 골프 선수, 부유하고 신중한 남자—였다. 그의 영어는 아름답도록 정확했고(그의 슬라브어 억양은 그 무색무취의 영어에 한없이 가벼운 그림자를 드리울 뿐이었다), 그의 손님 접대 방식은 조용하면서도 만족스러웠다(눈 깜빡하는 사이에 한 손에 한 잔씩 하이볼을 들고 나타났다). 대단히 아끼는 아주 오랜 러시아 친구가 한밤의 손님일 때라야 비로소 '하느님'과 '레르몬토프'와 '자유'에 대한 갑작스러운 토론을 시작함으로써 경솔한 이상주의자의 유전적 소인을 드러내는 알렉산드르 페트로비치였다(만약 그때 마르크스주의자 도청범이 듣고 있었다면 대단히 혼란스러웠을 것이다).

그의 배우자는 찰스 G. 마셜(발명가)의 딸 수전 마셜(매력 있고 말수 많고 금발)이었는데, 알렉산드르와 수전의 모습을 상상해보라고 하면 엄청난 규모의 건강한 가정을 꾸리는 모습밖에 상상할 수 없었으니, 수전이 모종의 수술 결과로 평생 아이 없이 지낼 것이라는 소식은 나에게, 그리고 다른 덕담자들에게 충격으로 다가왔다. 둘 다 아직 젊은 나이였고, 두 사람이 서로 사랑하는 모습에는 보는 사람에게 큰 위안을 안겨주는 구세계적 소박함과 성실함 같은 것이 있었다. 시골 저택을 자식들과 손주들로 북적거리게 만드는 대신, 두 사람은 매 짝수년 여름에는 윗세대 러시아인들—쿡의 아버지뻘 아니면 삼촌뻘 되는 사람들—을 불러 모았고, 매 홀수년 여름에는 *amerkantsi*(미국인들)—알렉산드르의 업무 관련 지인들 또는 수전의 친척들과 친구들—에게 오라고 했다.

프닌에게는 그때가 최초의 '소나무숲' 방문이었지만, 내가 거기 갔던 것은 그 이전이었다. 에미그레 러시아인들—1920년경에 러시아를 떠나온 리버럴들과 지식인들—이 장원 곳곳에서 북적거리고 있었다. 빛점이 어른거리는 응달

이 조금이라도 있으면, 반드시 그들이 있었다. 통나무 벤치에 앉아 에미그레 작가들—부닌, 알다노프, 시린—에 대해 토론하거나, 해먹에 누워 러시아어 신문의 일요판으로 얼굴을 덮고 있거나(파리가 꼬이는 것을 막는 전통적인 방법), 베란다에서 잼을 곁들인 차를 마시거나, 숲을 산책하면서 현지 독버섯의 식용 가능성을 궁금해하거나 하면서.

사무일 르보비치 시폴랸스키라는 체구가 크고 왕처럼 태평한 노신사와 체구가 작고 쉽게 흥분하고 말을 좀 더듬는 표도르 니키티치 포로신 백작—1920년경에 '자치 정부들,' 곧 볼셰비키 독재에 저항할 목적으로 민주파 그룹들에 의해 러시아의 여러 지방에서 구성된 영웅적 기구들 가운데 하나에 함께 소속돼 있었던 두 사람—은 소나무 가로수 길을 걸으면서 '자유러시아위원회'(두 사람이 뉴욕에서 창설한 반공 단체)와 비교적 최근에 창설된 또 하나의 반공 단체가 공동으로 개최하는 차기 회의에서 채택되어야 할 전술에 대해 토론하곤 했다. 아까시나무가 숨 막히게 반쯤 드리워진 정자에서는 철학사를 가르치는 볼로토프 교수와 역사철학을 가르치는 샤토 교수의 격렬한 논쟁이 띄엄띄엄 들려왔다. "실재란 지속이라네." 낮게 울리는 목소리는 볼로토프. "아니지요!" 상대방은 목청을 높이곤 했다. "치약의 거품도 치아의 화석 못지않게 실재하는데요!"

프닌과 샤토는 둘 다 19세기의 90년대 후반에 태어났는데, 비교적 젊은 축이었다. 다른 남자들은 대개 60세를 한참 넘긴 나이였다. 다른 방향에서 보면, 포로신 백작 부인과 마담 볼로토프을 비롯한 몇 분은 아직 40대 후반이었고, '신대륙'의 위생적 분위기 덕분에 단순히 유지된 것이 아니라 개선되기까지 한 미모를 가지고 있었다. 자식들──자연을 느낄 줄도 모르고, 러시아어도 모르고, 부모의 배경, 부모의 과거의 복잡 미묘함에 일말의 관심도 없는 건강하고 훤칠하고 게으르고 까다로운 대학생 나이의 미국 아이들──을 데려온 부모도 있었다. '소나무숲'에서 그 아이들이 사는 물리적, 정신적 지평은 그들의 부모가 사는 지평과는 완전히 다른 것 같았다. 자기네 차원에 있다가 어쩌다 한번씩 모종의 중간계를 거쳐 우리 차원으로 건너오고, 악의 없는 러시아 농담이나 걱정 어린 조언에 매몰차게 반응하면서 또 사라져버리고, 늘 냉담하고(그러니 부모는 자기가 낳은 게 엘프 새끼들 아닌가 싶고), 온퀘도에서 파는 통조림이라면 어떤 것이든 러시아 음식들──떠들썩하고 긴 포치 만찬 때 쿠콜니코프 가정식으로 차려지는 별미들──보다는 선호하는 아이들이었다. 포로신은 자기 자식들(이고르와 올가, 대학교 2학년)에 대해 이야기하면서 큰 시름에 잠기곤 했다. "저 쌍둥이를 보면 분통이 터진다네. 집에서 아침저녁에 식사하면서 내가 정말 흥미진진, 내가 정말 흥미진진한 이야기를—예를 들어, 17세기에 러시아 최북단에 지방 민선 자치 정부가 세워진 이야기, 아니면, 그 뭐냐, 러시아의 초기 의과 대학들의 역사에 대한 이야기를 해주려고 할 때가 있거든—말이 나서 하는 말이지만, 치스토비치가 이 주제로 쓴 탁월한 논문이 있는데, 1883년에 나왔다네—그런데 그럴 때 애들이 그냥 나가버리는 거야. 그러고는 각자 자기 방에 들어가서 라디오를 틀어놓는 거야."

프닌이 '소나무숲'에 초대받은 여름에도 쌍둥이가 둘 다 와 있었다. 하지만 끝까지 안 나타났다. 올가의 숭배자(아무에게도 자기 성姓을 밝히지 않은 듯한 남자 대학생)가 주말에 스펙터클한 자동차를 몰고 보스턴에서 찾아오고 이고르가 볼로토프의 딸 니나(뉴욕에서 무용 학교에 다니는 잘생긴 문란녀, 눈동자는 이집트인을 닮았고 팔다리는 갈색)에게서 마음 맞는 친구를 발견했으니 망정이지, 그게 아니었더라면 둘 다 그 벽촌 장원에서 끔찍한 권태를 겪었을 것이다. 가사를 돌보는 사람은 프라스코비아—마흔 살의 활력을 가진 예순 살의 튼튼한 민중 여성—였다. 그녀가 펑퍼짐한 수제 반바지와 모조 다이아몬드들로 장식된 할머니 블라우스 차림으로 뒤뜰 쪽 포치에서 손가락 관절을 엉덩이 양쪽에 갖다 대고 닭들을 살피는 모습을 구경하는 일은 너무나도 유쾌했다. 그녀는 알렉산드르와 그의 남동생이 어렸던 하얼빈 시절에는 그들의 보모로 일했었고, 지금 그녀의 가사 업무들은 남편—독학으로 터득한 아마추어 제본(때 지난 카탈로그나 저속 잡지가 손에 들어올 때마다 못 참고 해버리게 되는 거의 병리적인 공정), 과일주 담그기, 작은 숲속 동물들 죽이기가 평생의 취미인 침울하고 무신경한 카자흐 노인—의 도움을 받고 있었다.

프닌은 그때의 손님들 중에서 샤토 교수—1920년대 초에 프라하 대학교를 함께 다닌 청년기 친구—와는 절친한 사이였고, 볼로토프 부부와는 잘 아는 사이였다(1949년에 볼로토프가 프랑스를 떠나온 것을 축하하는 공식 만찬—바르비종 플라자에서 '러시아 에미그레 학자연합'이 주최한 행사—에서 환영사를 맡은 것이 그들을 본 마지막이었다). 개인적으로 나는 볼로토프라는 사람과 그의 철학서들—애매함과 진부함을 기묘하게 결합하는—을 별로 좋아해본 적이 없다(업적으로 산을 쌓는, 하지만 진부한 것들의 산을 쌓는 남자다). 하지만 바르바라—이 꾀죄죄한 철학자의 혈기 왕성하고 풍만한 아내—에 대해서는 항상 호감을 갖고 있었다. 그녀가 '소나무숲'을 처음 방문한 것은 1951년이었는데, 그때까지 그녀는 뉴잉글랜드의 시골을 한 번도 본 적이 없었다. 그때 거기서 본 자작나무와 빌베리가

착각을 불러일으켰던 탓에, 온퀘도 호수—어디 보자, 오흐
리다 호수(발칸반도)와 같은 위도—가 그녀의 머릿속에서
는 오네가 호수(러시아 북부)—그녀가 볼셰비키를 피해
이모(페미니스트이자 사회사업가 리디아 비노그라도프)
와 함께 서유럽으로 도망쳐 오기 전까지 태어나서 열다섯
번의 여름을 보냈던 곳—와 같은 위도에 놓이게 되었다.
그러니 바르바라에게는 벌새가 탐색 비행 중인 모습, 또는
개오동이 만개한 모습이 부자연스러운 환각, 또는 이국적
인 환상의 효과를 불러일으킬 수밖에 없었다. 그녀에게는
저택의 구수하고 누린 고목재를 갉아 먹으러 온 무시무시
한 고슴도치들, 아니면 뒤뜰에서 고양이를 위한 우유를 할
짝대는 우아하고 으스스한 작은 체구의 스컹크들이 동물
우화집의 그림들보다도 신기하게 느껴졌다. 그녀는 그 많
은 분간 안 되는 식물들과 동물들 앞에서 당혹과 매혹을 느
꼈고, '황금울새[Yellow Warbler]'를 길 잃은 카나리아로 착
각했다. 수전의 생일이 왔을 때 위풍당당하고 숨 가쁘게 의
욕적인 모습의 그녀가 만찬 식탁 장식용 식물로 아름다운
덩굴옻나무를 가져왔더라는 이야기는 유명하다. 그 다량
의 독잎들이 그녀의 분홍색 살결 주근깨투성이 가슴에 안
겨 있었다고.

3

볼로토프 부부와 마담 시폴랸스키(슬랙스를 입은 작고 야윈 여자)는 프닌이 올 때 그 모습──그의 차가 길가에 야생 루핀이 피어 있는 흙길로 조심스럽게 방향을 트는 모습, 그가 운전석에 앉아 있는 모습(매우 꼿꼿하게 앉아 운전대를 뻣뻣하게 움켜쥔 모습, 트랙터에 익숙한 농부가 승용차를 운전하는 듯한 서툰 모습), 시속 10마일, 기어 1단으로 움직이는 차가 포장도로와 '쿡네 궁전'을 가르는 작은 숲(늙고 부스스해졌는데도 신기하게 정통성이 느껴지는 소나무들의 숲)으로 진입하는 모습──을 제일 먼저 본 사람들이었다.

바르바라는 정자 의자에 앉아 있다가 탄력 있게 일어났다(너덜너덜한 책을 읽으면서 몰래 담배를 피우고 있던 볼로토프를 로자 시폴랸스키와 함께 막 적발한 직후였다). 그녀는 프닌을 향해 박수 인사를 보냈고, 그녀의 남편은 읽던 책에 엄지를 끼워서 읽은 데를 표시한 뒤 손에 쥔 책을 천천히 흔드는 인사로 나름대로 최대한 온정을 표했다. 프닌은 시동을 끄고 차 안에서 친구들을 향해 환하게 웃었다. 그가 입은 녹색 스포츠셔츠의 깃은 늘어져 있었고, 지퍼가 덜 채워진 윈드브레이커는 그의 인상적인 상체에 너무 꽉

끼는 느낌이었다. 그가 차문 손잡이와 씨름하던 끝에 차 밖으로 튕겨 나왔을 때, 그의 구릿빛 대머리—이마에 주름이 잡히고 관자놀이에 혈관이 튀어나온—는 앞으로 숙여져 있었다.

"*Automobil'*[차], *kostyum*[옷] — *nu pryamo amerikanets*(영락없는 미국인), *pryamo Ayzenhauer*[영락없는 아이젠하워]!" 바르바라는 이렇게 말하면서 프닌을 로자 아브라모브나 시폴랸스키에게 소개했다.

"우리에게 함께 아는 친구가 있었던 것이 40년 전이라니." 그 숙녀분이 프닌을 신기한 듯 빤히 쳐다보면서 말했다.

"어허, 우리는 그런 천문학적인 숫자들은 입에 담지 않도록 하세." 볼로토프가 그에게 다가가면서 말했다(그러면서 가름끈으로 썼던 엄지를 긴 풀잎으로 바꾸었다). "자네도 알다시피," 그가 프닌의 손을 잡고 흔들면서 말을 이었다. "내가 『안나 카레닌』을 읽는 것이 지금 일곱 번째인데, 독서의 흥분은 40년 전, 아니, 내가 일곱 살 소년이던 60년 전보다 덜하지 않다네. 그리고 읽을 때마다 새로운 것을 발견하는데—예컨대 내가 지금 보니까, 자기가 쓴 소설이 무슨 요일에 시작하는지 료프 니콜라이치가 모르고 있더군. 시계공이 오블론스키 저택에 태엽을 감으러 오는 날이니까 그날이 금요일 같지만, 스케이트장에서 료빈과 키티의 모친이 주고받는 대화를 들어보면 그날은 목요일이거든."

"대체 그게 무슨 상관이람!" 바르바라가 외쳤다. "대체 누가 정확한 날짜를 알기를 원한다고!"

"제가 정확한 날짜를 알려드릴 수 있습니다." 프닌은 부서진 햇빛 속에서 눈을 끔뻑거리며 말했다(그러면서 자기가 기억하는 북부[*] 소나무들의 알싸한 향기를 들이마셨다).

"소설의 사건은 1872년 초에 시작됩니다. 요일은 금요일, 신력으로 2월 23일입니다. 보이스트가 비스바덴에 갔다는 소문이 돌고 있다는 것을 오블론스키가 조간신문에서 읽습니다. 소문의 주인공은 세인트 제임스 궁정 주재 오스트리아 대사 프리드리히 페르디난트 폰 보이스트 백작이고, 그때는 임명 직후였습니다. 신임 대사로서 여왕님을 알현한 뒤 좀 긴 크리스마스 휴가를 보내기 위해 유럽에 가 있다가(두 달 동안 가족과 함께 지냈습니다), 런던으로 돌아오는 중이었습니다(보이스트의 두 권짜리 회고록에 따르면, 웨일스 공이 장티푸스에서 회복된 직후였으니, 세인트 폴에서 2월 27일에 있을 감사 예배를 위한 준비 작업이 한창 진행 중이었습니다). 그런데(*odnako*), 여기 참 덥군요(*i zharko zhe u vas*)! 이제 저는 미천한 몸으로 알렉산드르 페트로비치

---

[*] 러시아 북부를 말한다.

의 매우 반짝이는 눈동자(*presvetlie ochi*, 농담)를 알현하기와 그분이 편지에서 그토록 생생하게 묘사하는 강에서 헤엄치기(*okupnutsya*, 또 농담)로 넘어가야겠습니다."[*]

"알렉산드르 페트로비치는 월요일까지 집에 없어요. 일하러 갔는지 즐기러 갔는지." 바르바라 볼로토프가 말했다. "수산나 카를로브나는 뒤뜰 잔디밭에서 일광욕 중일 거예요. 거기 있기를 제일 좋아하니까. 만나시려거든 너무 접근하기 전에 크게 소리 지르세요."

4

'쿠네 궁전'은 대략 1860년에 벽돌과 나무로 지어진(그리고 반세기 뒤에 수전의 부친이 영험한 '온쿠에도 약수'를 찾는 비교적 부유한 고객들을 위한 고급 리조트 호텔로 바꿀 목적으로 더들리-그린 부동산으로부터 매입해 부분 개축한) 3층짜리 대저택이었다. 고딕 양식이 프랑스 양식과 피렌체 양식의 잔재들과 적대하는 잡종 양식의 정교하고

---

[*] 에드거 포의 「라이지어Ligeia」 참고. "눈동자는 매우 반짝이는 검은색이었다…… 데모크리토스의 우물보다 깊던 그것, 사랑하는 그녀의 눈동자에서 헤엄치던 그것은 무엇이었을까?"

추한 건축이었는데, 처음 지어졌을 때였다면 당대의 건축가 새뮤얼 슬론이 "가장 고급스러운 사교 생활에 최적화"된 "불규칙한 북부* 별장"—"루프들과 타워들이 높은 곳으로 올라가려는 성향을 가지고 있다"는 이유에서 붙은 명칭—으로 분류했던 건축물의 변종이었을 가능성도 있다.** 그 뾰족한 부분들의 신랄한 인상, 그리고 여러 채의 작은 '북부 별장들'—서로 어울리지 않는 지붕들, 서로에게 무성의한 박공들, 코니스들, 시골풍 코인들, 그리고 그 밖에 사방으로 튀어나와 있는 것들—을 따로따로 가져와서 이어 붙인 듯한 대저택 전체의 쾌활한(심지어 헤롱거리는 듯한) 기운은 관광객들을 끌어들이는 요인이었지만, 그 시기는, 어이쿠, 금방 끝났다. 온쒜도 약수에 들어 있다는 마법의 약효가 불가사의하게 사라진 것은 1920년 이전이었고, 수전이 '소나무숲'을 팔려고 하다가 못 판 것은 부친이 세상을 떠났을 때였다(남편 회사가 있는 공업 도시의 주택지에는 더 안락한 집이 있었다). 하지만 이제 이 '궁전'에서

---

* 미국 북부를 말한다.
** 『슬론의 주택 건축Sloan's Homestead Architecture』 참고. "이 별장은 가장 고급스러운 사교 생활에 최적화된 별장이다…… 우리는 이 별장을 북부 별장이라고 부른다. 루프들과 타워들이 높은 곳으로 올라가려는 성향을 가지고 있다는 것, 그리고 인테리어 요소들이 북부인의 생활 방식에 최적화되어 있다는 것이 그 이유다."

수많은 친구들을 대접하는 데 익숙해진 부부였으니, 이 착하고 귀여운 괴물이 구매자를 찾지 못한 것을 다행스러워하는 수전이었다.

실내도 외관 못지않게 제각각이었다. 커다란 홀—벽난로의 넉넉한 크기를 통해서 호텔업 시절의 무언가를 느끼게 해주는—을 중심으로 널찍한 룸 네 개가 배치돼 있었다. 계단의 핸드레일 전부, 그리고 핸드레일의 스핀들 가운데 최소한 한 개는 1720년으로까지 거슬러 올라가는 역사를 가지고 있었다(이 집을 지을 때 이 집보다 훨씬 더 오래된 집에서 떼어 온 것들이었는데, 그 집이 어디 있었는지 더 이상 정확히 알 수는 없었다). 다이닝룸의 아름다운 사이드보드 장식들—사냥감과 물고기—도 오랜 역사를 가지고 있는 것들이었다. 본관의 2층과 3층—각각 여섯 개의 객실—과 별관—본관 뒤편으로 두 채—의 서로 어울리지 않는 가구들 틈에는 아름다운 새틴우드 책상이나 낭만적인 로즈우드 소파 같은 것도 있었지만, 갖가지 비대하고 누추한 것들—망가진 의자들, 먼지 쌓인 대리석 탁자들, 어두워 보이는(늙은 원숭이들의 눈동자처럼 슬퍼 보이는) 유리 조각들로 장식된 음침한 *étagères*[선반 장식장]—도 있었다. 프닌에게 배정된 객실은 쾌적한 동남향 3층 방이었다(벽면 곳곳에 금박 벽지가 남아 있었고, 침대는 군용이었고, 세면

대는 보급형이었고, 온갖 종류의 선반과 선반 받침대와 장식 몰딩이 있었다). 프닌은 여닫이 창문을 흔들어 열었고, 미소를 보내오는 숲을 향해 미소를 보냈고, 시골에서의 첫날이었던 먼 옛날을 떠올렸고, 잠시 후 새 군청색 목욕 가운을 걸치고 맨발에 보급용 고무 덧신—축축한(뱀투성이일지도 모르는) 풀밭을 지나가려는 사람의 현명한 예방 조치—을 신은 차림으로 계단을 내려갔다. 그는 정원 테라스에서 샤토를 만났다.

콘스탄틴 이바니치 샤토—그런 성씨(내가 듣기로는 러시아인으로 귀화해 이반이라는 고아를 입양한 프랑스인의 성씨에서 유래)였음에도 순수한 러시아 혈통을 가진 섬세하고 매력적인 학자—는 뉴욕의 어느 큰 대학교의 교수였고, 친애하는 프닌과는 최소한 5년 만의 재회였다. 두 사람은 포근한 저음으로 반가움을 표현하면서 서로를 얼싸안았다. 한때는 나 역시 천사처럼 친절한 콘스탄틴 이바니치의 매력에 홀려 있었음을 고백해야겠다. 우리가 1935년 겨울 아니면 1936년 겨울에 매일 만나 남프랑스 그라스의 월계수와 팽나무 아래서 아침 산책을 하던 때였다(그때 그는 거기서 여러 명의 다른 러시아 동포들과 별장 하나를 나누어 쓰고 있었다). 그의 나직한 목소리, 그의 r 발음(페테르부르크 신사 특유의 혀 떨림), 순하고 슬픈 순록의 눈 같은 그의 눈, 그가 끊임없이 꼬아대는 적갈색 염소수염(길고 약한 손가락들은 개구 동작을 하는 방적기 같았다)—샤토의 모든 것이 (고답적이라는 점에서 그라는 사람에 못지않은 문학 공식을 사용하자면) 그의 친구들에게 귀한 복을 받는 느낌을 안겨주었다. 프닌과 그는 한참 이야기를 나누면서 서로 귀를 기울였다. 원칙이 확고한 망명자들이 늘 그렇듯, 그들은 오랜만에 만날 때마다 우선 서로의 개인적 과거를 알아두고자 하는 동시에 러시아 현대사—분투하는 정의와 희미하게 어렴풋한 희망의 한 세기와 절망적 불의로 점철된 35년—를 두세 개의 빠른 암호—외국어로 번역될 수 없는 암시들, 억양들—로 요약하고자 했다. 이어서 그들은 외국에 나가 있는 유럽 교사들의 흔한 직장 험담—지리에 무지하고 소음에 무감각하며 교육을 그저 돈 잘 버는 일자리를 얻기 위한 수단이라고 여기는 '전형적 미국 대학생'을 떠올리며 한숨 쉬기와 고개 젓기—으로 넘어갔다. 이어서 그들은 서로 상대방이 하는 작업에 대해 물었고, 둘 다 자기가 연구한 것에 대해 극히 겸손해하면서 말을 아꼈다. 마지막으로(잔디밭 오솔길을 따라 바위 강으로 가면서 금방망이 덤불에 쓸릴 때), 그들은 각자의 건강 상태에 대해 이야기했다. 샤토의 쾌활한 전언에 따르면 그는 곧 진단을 위한 개복 수술을 받을 것이었고(그의 손 하나는 흰색 플란넬 바지 주머니에 넣어져 있었고, 그의 반들거리는 외투의 앞 섶은 플란넬 조끼 위에서 다소 방탕하게 열려 있었다), 프 닌의 웃음 띤 전언에 따르면 의사들은 그의 엑스레이를 찍 을 때마다 "심장 후방 그림자"(그들이 붙인 용어)의 정체를 알아내려고 노력하지만 여의치 않았다.

"나쁜 소설에 좋은 제목이로군요." 샤토의 논평이었다.

그들이 잔디 언덕 옆을 지나고 있을 때(숲에 들어가기 직 전), 시어서커 정장을 입은 분홍색 얼굴의 중후한 노인(부 스스한 백발, 거대한 산딸기를 닮은 울퉁불퉁한 자주색 코) 이 그들을 향해서 언덕의 비탈을 성큼성큼 내려왔다(그의 이목구비를 일그러뜨리는 진절머리 나는 표정).

"모자를 안 가져와서 가지러 가야겠네." 그가 가까이 오 면서 연극 조로 소리쳤다.

"처음 만나시는?" 샤토는 소개 조로 양손을 퍼덕이면서 중얼거렸다. "티모페이 파블리치 프닌, 이반 일리치 그라미 네프."

"*Moyo pochtenie*(존경을)." 두 남자는 강한 악수와 함께 서 로에게 고개를 숙였다.

"이럴 줄 몰랐네." 임시 서술자 그라미네프가 이야기를 재개했다. "흐리게 시작한 하루는 계속 흐릴 줄 알았지. 나 는 어리석음 탓에(*po gluposti*) 무방비의 머리통과 함께 밖으로 나왔네. 지금은 태양이 나의 뇌를 굽고 있군. 나는 작업을 중단할 수밖에 없네."

그가 언덕의 맨 위를 가리켜 보였다. 거기서 그의 이젤은 푸른 하늘을 배경으로 섬세한 실루엣을 그리며 서 있었다. 그 꼭대기에서 반대편 계곡의 전망—묘하게 고풍스러운 낡은 헛간이 있고, 옹이가 많은 사과나무가 있고, 암소가 있는 완벽한—을 채색하고 있던 그였다. "이 파나마를 사용하셔도 좋고," 친절한 샤토가 입을 열었지만, 그때 이미 목욕 가운 주머니에서 커다란 빨간 손수건을 꺼내 능숙한 재주—손수건의 네 귀퉁이를 꼬아 한 매듭으로 만들기—를 선보인 프닌이었다.

"훌륭하군…… 큰 감사를." 그라미네프가 그 건네받은 모자를 머리에 맞게 조정하면서 말했다.

"잠시만." 프닌이 말했다. "매듭은 이렇게 안으로."

착장을 완료한 그라미네프는 이젤이 있는 꼭대기를 향해 올라가기 시작했다. 그는 아카데미즘에 솔직하게 안주하는 유명 화가였다(그의 감성 유화들—「볼가강」, 「세 오랜 친구」(소년, 말, 개), 「사월의 숲 뜰」 등등—은 아직 모스크바의 한 미술관에 걸려 있었다).

샤토가 프닌과 함께 강 쪽으로 걸음을 옮기기 시작하면서 말했다. "리자의 아들이 그림에 뛰어난 재능이 있다던데. 정말 그런가요?"

"맞아요." 프닌이 대답했다. "빅터가 여기 없는 것이 그 래서 더 유감이네요(*tem bolee obidno*). 원래 계획대로라면 나 를 따라 여기 왔을 텐데, 갑자기 그 엄마가 아들을 데리고 캘리포니아로 가는 바람에, 남은 방학 내내 거기 있게 됐거 든요. (그 엄마는 세 번째 결혼을 앞두고 있는 모양이에요.) 여기 왔더라면 그라미네프의 가르침을 받을 아주 좋은 기 회였을 텐데."

"당신은 좋음의 정도를 과장하는군요." 샤토가 부드럽게 반박했다.

두 사람은 졸졸거리고 반짝거리는 물줄기 앞까지 왔다. 높은 미니 폭포와 낮은 미니 폭포 사이의 오목한 강바닥이 오리나무들과 소나무들 아래에서 천연 수영장을 만들어 냈다. 샤토—비非수영인—는 넓은 바위에서 휴식을 취했 다. 학기 중에 수시로 태양등 일광에 몸을 맡겼던 프닌이었 으니, 목욕 가운을 벗고 반바지 수영복 차림이 되었을 때는 강변 숲의 성긴 나무 그늘 아래에서 짙은 마호가니색으로 빛났다. 그는 십자가 목걸이와 덧신을 벗었다.

"이런, 보기 좋게 태웠군요." 눈썰미가 좋은 샤토가 말했다.

스무 마리 정도의 작은 나비—모두 같은 종류—가 젖은 모래 쪽 바닥에 내려앉아 있었는데(옆으로 접힌 날개는 옅은 색 아랫면에 찍힌 짙은 색 점들과 뒷날개 테두리에 찍힌 공작 반점들—오렌지색 테두리의 아주 작은—을 드러내 보이고 있었다), 프닌이 벗은 덧신 한 짝이 그 무리의 일부를 방해했다(그 일부는 날개 윗면의 짙은 하늘색을 드러내 보이며 푸른 눈송이처럼 흩날리다가 다시 내려앉았다).

"블라디미르 블라디미로비치가 없는 것이 아쉽네요." 샤토가 말했다. "있었다면 우리 모두에게 이 매혹적인 곤충들에 관한 모든 것을 알려주었을 텐데."

"나는 항상 그의 곤충학이 그저 포즈 잡기라는 인상을 받았습니다."

"설마." 샤토가 말했다. "잃어버리면 어쩌려고요." 그는 이렇게 덧붙이면서 그리스 정교회 십자가—프닌이 벗어서 나뭇가지에 걸어놓은 골드 체인 목걸이에 달려 있는—를 가리켰다. 그 번득이는 빛이 비행 중인 잠자리를 당황하게 만들었다.

"잃어버려도 상관없겠다 싶어서요." 프닌이 말했다. "당신도 잘 알겠지만, 이걸 나는 그저 감상적인 이유들 때문에 거는 것뿐이라서. 감상에 젖기가 점점 더 버거워지기도 하고요. 이걸 걸고 다닌다는 건 유년기의 한 조각이 흉곽에 닿아 있게 하겠다는 건데, 그건 너무 육체적인 방법이라."

"신앙을 촉감의 문제로 축소한 사람이 당신이 처음은 아닌

데." 그리스 정교회 출석 신자 샤토가 친구의 불가지론적 태도를 안타까워하면서 말했다.

프닌의 대머리에 붙은 말파리 한 마리—눈먼 바보—가 그의 두툼한 손바닥에 얻어맞고 정신을 잃었다.

프닌은 조심스럽게 바위—샤토가 앉아 있는 바위보다 작은—에서 갈색과 청색의 물속으로 걸어 내려갔다. 그는 손목시계를 아직 안 벗었다는 것을 깨달았고—벗어서 한 쪽 덧신 안에 넣었다. 천천히 구릿빛 어깨를 돌리면서 프닌은 더 깊은 곳으로 걸어 들어갔다(흔들리면서 그의 넓은 등을 따라 흘러내리는 동글동글한 나뭇잎 그림자). 걸음을 멈추고 앞으로 숙인 머리에 물을 묻히고 젖은 두 손으로 목뒤를 문지르고 양쪽 겨드랑이에 번갈아 물을 끼얹은 다음(그의 사방에서 부서지는 반사광과 그림자), 그는 두 손바닥을 마주 붙이고 물속으로 미끄러져 들어갔다(좌우에 파문을 일으키는 그의 근엄한 평영). 천연 수영장을 둥글게 돌 때, 프닌의 영법은 위풍당당했다. 그의 날숨은 리드미컬했다(꾸르륵 반, 푸 반). 두 다리의 움직임—발을 벌리고 무릎에서 넓히고—과 두 팔의 움직임—접고 펴고—은 골리앗 개구리처럼 리드미컬했다. 그렇게 2분의 시간을 보낸 뒤, 그는 물 밖으로 걸어 나왔고, 바위에 앉아 몸을 말렸다. 그러고 나서 그는 십자가를 걸고 손목시계를 차고 덧신을 신고 목욕 가운을 입었다.

5

포치에서는 만찬이 한창이었다. 볼로토프 옆자리에 앉아 진홍색 *botvinia*(시원한 비트 수프)의 사우어 크림을 휘저으면서(그릇 안에서 짤랑거리는 분홍색 각빙들), 프닌은 아까의 대화를 자동으로 재개했다.

"읽어보시면 아시겠지만," 그가 말했다. "료빈의 정신적 시간과 브론스키의 물리적 시간 사이에 상당한 차이가 있습니다. 한참 읽다 보면, 료빈과 키티의 시간이 브론스키와 안나의 시간보다 1년 늦게 흐르게 됩니다. 1876년 5월 일요일 저녁에, 안나가 그 화물 열차 밑으로 몸을 던졌을 때, 그녀가 소설 시작 이래 존재한 시간은 4년 이상이었습니다. 하지만 바로 그 기간에, 1872년에서 1876년 사이에, 료빈 부부에게 흐른 시간은 3년이 채 안 됩니다. 제가 알기로는 문학에 나타난 상대성의 가장 훌륭한 사례입니다."

만찬이 끝난 뒤, 크로케 경기를 하자는 제안이 나왔다. 그 자리에 있던 사람들은 예로부터 전해 내려오는(하지만 엄밀히 말하면 허용될 수 없는) 후프 배치 방식—이른바

'새장' 또는 '쥐덫'*을 만들기 위해 열 개의 후프 중 두 개를 경기장 중앙에 엇갈리게 놓는──을 선호했다. 프닌이 단연 최고의 선수라는 것은 곧 분명해졌다(볼로토프 부인과는 같은 팀이었고, 상대 팀은 시폴랸스키와 포로신 백작 부인이었다). 페그가 박히고 경기가 시작되자마자 그는 딴사람이 되었다. 느리고 무겁고 다소 경직되어 있는 평소의 자아는 어디론가 사라지고, 엄청나게 동적이고 날쌔고 좀처럼 입을 열지 않는 교활한 표정의 꼽추 난쟁이가 나타났다. 계속 그의 차례인 듯했다. 프닌은 가는 두 다리를 벌려 두 축을 만들었고(경기를 위해서 버뮤다 반바지로 갈아입음으로써 작은 선풍을 불러일으켰던 그였다), 망치를 아주 낮게 쥐고 두 축 사이에서 섬세하게 흔들었다(타격에 앞서 늘 망치 대가리를 민첩하게 움직여서 조준에 정확을 기했다). 그러고는 공을 정확하게 타격했고, 타격한 뒤에는 의도했던 착지 지점으로 빠르게 걸음을 옮겼다(그의 등은 아직 굽어 있었고 공은 아직 굴러가고 있었다). 그의 공이 후프를 통과할 때마다 구경꾼들은 그의 기하학적 열의에 큰 찬사를 보냈다. 이고르 포로신조차 그 앞을 그림자처럼 지나가다가(그의 손에는 모종의 비밀 연회장으로 가져갈 맥주 두

✤ 『햄릿』의 극중극 제목이기도 하다.

캔이 들려 있었다) 잠시 걸음을 멈추고 대단하다는 듯 고개를 가로저었다(그러고는 수풀 사이로 사라져갔다). 하지만 프닌이 잔혹하리만큼 무심한 태도로 상대편 공을 타격하는 (아니 로켓탄으로 날려버리는)* 경우에는 구경꾼들의 친사에 불평과 항의가 섞여 들어왔다. 그는 상대편 공에 자기편 공을 가깝게 붙이고 한쪽 발을 자기편 공에 단단하게 올려놓은 다음(신기하리만큼 작은 그의 두 발이었다), 망치로 자기편 공을 쳤다(망치에 맞은 공이 다른 공을 멀리 날려 보냈다). 항의가 들어왔을 때 수전은 완전히 파울 플레이라고 말했지만, 시폴랸스키 부인은 완전히 페어플레이라고 주장하면서 자기가 어렸을 때 영국인 가정 교사가 그것을 '홍콩'이라고 불렀다고 했다.

경기는 프닌의 스테이크 톨링**으로 종료되었다. 바르바라가 수전을 따라 저녁 다과를 준비하러 간 뒤, 프닌은 소나무들 사이의 한 벤치로 퇴각했다. 극히 불유쾌하고 섬뜩한 모종의 심장 자극—어른이 된 뒤로 여러 번 느꼈던—

---

* '타격하다croquet'와 '로켓탄으로 날려버리다rocket'의 발음이 비슷한 것을 이용한 말장난.
** stake에 '스테이크(마지막 말뚝)'라는 뜻과 함께 '화형대'라는 뜻이 있고, tolling에 '톨링(마지막 말뚝을 맞히기)'이라는 뜻과 함께 '조종을 울리다'라는 뜻이 있음을 이용한 말장난.

을 또 한 번 느끼기 시작한 그였다. 아픈 느낌이나 두근거리는 느낌이라기보다는, 나를 물리적으로 둘러싸고 있는 것들—황혼, 나무들의 붉은 둥치, 모래, 고요한 대기—이 나를 그 안으로 빠져들게 하는 느낌, 내가 그 안에서 녹아 없어지는 느낌이었다. 프닌이 그렇게 혼자 앉아 있는 것을 알아챈 로자 시폴랸스키가 그 기회를 틈타 그에게 걸어오더니(*'sidite, sidite!'* 앉아 있어, 앉아 있어), 옆에 다가앉았다.

"1916년이나 1917년에," 그녀가 말했다. "자네는 아주 가까웠던 친구들로부터 내 처녀 적 이름—겔러—을 들어봤을 거야."

"아니, 기억 안 납니다." 프닌이 말했다.

"그게 중요한 건 아니야. 우리가 만난 적은 없는 거 같군. 하지만 자네는 나의 사촌들—그리샤 & 미라 벨로치킨—과 친한 사이였어. 그 애들이 늘 자네 이야기를 했지. 그 오빠는 지금 스웨덴에 살고 있다는 거 같고—아, 그 불쌍한 여동생의 끔찍한 최후에 관해서는 물론 자네도 들어서 알겠고."

"압니다." 프닌이 말했다.

"그 남편이," 마담 시폴랸스키가 말했다. "참 멋있는 남자였지. 그 남자 첫 번째 아내가 피아니스트 스베틀라야 체르토크거든. 사무일 르보비치와 나는 그 부부랑 정말 친한 사이였지. 그 남자가 나치들한테 억류된 데는 미라가 억류된 데랑 다른 데였는데, 그 남자가 죽은 수용소는 우리 오빠 미샤가 죽은 수용소랑 같은 데였어. 자네는 우리 오빠랑 모르는 사이였어? 옛날에 우리 오빠도 미라를 사랑했는데."

"*Tshay gotoff*(차 마셔라)." 수전이 포치에서 좀 이상하지만 의미는 통하는 러시아어로 외쳤다. "티모페이, 로조치카, *Tshay*[차]!"

프닌은 곧 뒤따라가겠다고 시폴란스키 부인에게 말했다. 그녀가 간 뒤에도, 그는 숲속의 첫 어스름 속에 계속 앉아 있었다(아직 그의 앞에 있는 크로케 망치 위에 모아져 있는 그의 두 손).

시골 별장의 포치를 아늑하게 비추고 있는 호롱불 두 개. 파벨 안토노비치 프닌 박사(티모페이의 아빠, 안과 의사)와 야코프 그리고리예비치 벨로치킨 박사(미라의 아빠, 소아과 의사)는 포치 한쪽에서 체스를 두느라 자리를 못 뜨고 있었고, 마담 벨로치킨은 경기에 빠져 있는 두 박사를 포치 반대쪽의 큰 식탁—두 사람을 제외한 가족들과 손님들, 일부는 선명한 윤곽, 일부는 조명의 안개 속으로 그러데이션—으로 부르는 대신 하녀를 시켜 두 사람의 체스 탁자 옆에 따로 작은 일본 다탁—은제 손잡이를 끼운 유리 찻잔, 흑빵을 곁들인 커드와 유청, '가든 스트로베리'인 *zemlyanika*

와 역시 재배종 딸기인 *klubnika*('오부아' 또는 '그린 스트로베리'), 찬란한 황금색 잼들, 각종 비스킷, 웨이퍼, 프레첼, 츠비바크—을 차리게 했다.

벨로치킨 박사는 시야 밖에 있는 손으로 프레첼을 집어 들었고, 프닌 박사는 시야 안에 있는 손으로 루크를 집어 들었다. 벨로치킨 박사는 입으로 들어온 것을 씹으면서 방 어진의 뚫린 곳을 바라보았고, 프닌 박사는 손에 집힌 츠비바크를 찻잔의 뚫린 곳에 집어넣었다.

그해 여름에 벨로치킨 가족이 발트해 휴양지에서 임대한 시골 별장은 N** 장군의 미망인이 프닌 가족에게 빌려준 여름 코티지—그녀의 광활한 영지 한쪽 귀퉁이(진흙과 바위의 땅), 황량한 장원을 빙 둘러싼 어두운 숲—에서 멀지 않은 곳이었다.

티모페이 프닌은 어둠 속에서 미라를 기다리는 어설프고 숫기 없고 고지식한 열여덟 살 소년으로 돌아가 있었다. 논리적 사고가 호롱불을 전구로 바꾸었고 사람들의 모습을 이리저리 섞어 나이 든 에미그레들로 만들었고 환한 조명이 있는 포치에 방충망을 (안전하게, 돌이킬 수 없이, 영영) 달았다는 사실에도 불구하고, 불쌍한 내 친구 프닌은 환각적일 만큼 선명한 상상, 미라가 포치의 사람들 사이에서 빠져나와 정원에서 자기를 향해 다가오는 상상을 펼치고 있었다. 그녀가 헤치고 오는 키 큰 꽃담배의 칙칙한 흰색이 그녀가 입은 프록 드레스의 흰색과 어둠 속에서 섞이는 느낌. 그 느낌이 드는 동시에 그의 흉곽 안쪽에서 분산감과 팽창감이 느껴졌다. 그는 들고 있던 망치를 조심스럽게 한쪽에 내려놓은 뒤, 괴로움을 털어내기 위해 고요한 소나무 숲 뜰을 저택 반대 방향으로 산책하기 시작했다. 정원 공구 창고 옆에 주차되어 있는(동료 손님들의 자녀들 가운데 두 명 이상이 타고 있는 것 같은) 승용차에서 라디오 음악이 끊이지 않고 흘러나왔다.

"재즈, 재즈, 재즈 없이는 못 살겠지, 저 젊은 사람들은." 프닌은 이렇게 중얼거리면서 강가 숲으로 통하는 오솔길로 접어들었다. 그는 자기와 미라가 젊었던 시절의 유행들을, 아마추어 연극 공연들을, 집시 노래들을, 그녀의 사진 취미를 기억 속에 떠올렸다. 그녀가 예술적 스냅 사진에 많이 담았던 그것들——애완동물들, 구름들, 꽃들, 젖은 설탕 같은 설원 위에 자작나무 그림자를 드리우는 4월의 숲 뜰, 유개차有蓋車 지붕에서 포즈를 취하는 군인들, 일몰의 풍경, 책을 든 손——은 지금 어디에 있는지. 그는 두 사람이 마지막으로 만났던 날을, 그날의 페트로그라드 네바강 제방을, 눈물을, 별들을, 따뜻한 레드로즈색 비단으로 안감을 댄 그녀의 카라쿨 토시를 기억 속에 떠올렸다. 1918~22년 내전이 그들을 갈라놓았다. 역사가 그들의 약혼을 깨뜨렸다. 티모페이는 정처 없이 떠돌면서 남쪽으로 갔고(잠시 데니킨의 군대에서 복무했다), 미라의 가족은 볼셰비키를 피해 스웨덴으로 건너갔다가 독일에 정착했다(그녀는 러시아 혈통의 털가죽 중개인과 결혼을 하게 되었다). 프닌은 30년대 초반에(유부남 시절에) 베를린에 간 적이 있는데(아내가 거기서 열리는 심리 치료사들의 학회에 참석하고 싶어해서), 거기에 머물던 어느 밤에 쿠담의 어느 러시아 레스토랑에서 우연히 미라를 만나게 되었다. 두 사람은 그렇게 두어 마디를 주고받았고, 그녀는 그를 향해 그의 기억 속에 남아 있는 미소를 지었고(그녀의 짙은 색 눈썹 아래에서, 그녀 특유의 그 멋쩍어하는, 자기도 다 안다는 눈빛과 함께), 그녀의 튀어나온 광대뼈의 윤곽도, 가늘고 긴 눈매도, 팔뚝과 발목의 날씬함도 영원히 그대로였고, 곧 그녀는 물품 보관소에서 외투를 찾고 있는 남편 곁으로 갔고, 그것이 다였다. 나중에 격발한 애정은 알기는 분명히 아는데 기억이 안 나는 시詩의 가물가물한 줄거리 같았다.

수다스러운 마담 시폴랸스키의 말을 통해 불려 나온 미라의 모습은 심상치 않을 정도로 강력했다. 그것이 번민을 불러일으켰다. 불치의 통증에 거리를 둘 수 있어야, 눈앞에 닥친 죽음 앞에서 정신을 차릴 수 있어야, 그것을 잠시 감당하는 것이 가능했다. 이성을 잃지 않고 살아가려면 절대로 미라 벨로치킨을 떠올리지 말아야 한다는 것을 지난 10년 동안 겨우 터득한 프닌이었다. 젊었을 때 경험해본 연애 관계—평범하게 전개되어 짧게 끝난—를 떠올리는 일 자체가 마음의 평화에 위협이 되는 것은 아니었다(리자와의 혼인 관계가 남긴 기억들은, 어이쿠, 앞서 겪은 모든 로맨스를 몰아낼 수 있을 만큼 압도적이었다). 잊어야 했던 이유는, 자기기만을 내려놓고 솔직하게 말해보자면, 미라가 그렇게 죽는 일 같은 일이 일어날 수 있는 세계 안에서는 그 어떤 양심도, 따라서 그 어떤 의식도 계속 유지되기를 기대할 수 없기 때문이었다. 잊어야 했던 이유는, 그 공손하고 연약하고 다정다감한 젊은 여성이, 그 눈빛과 함께, 그 미소를 지으면서, 그 정원과 설원을 배경 삼아, 가축 수송 열차에 실려 절멸 수용소로 옮겨졌다는 생각을 가지고 계속 살아갈 수는, 거기서 심장에, 과거의 어스름 속에서 그의 입술 아래에서 두근거리는 소리를 내던 온화한 심장에 페놀 주사를 맞고 죽임 당했다는 생각을 가지고 계속 살아갈 수는 없기 때문이었다. 더구나 그녀의 죽음이 정확히 어떤 형태였는지에 대한 기록이 없었으니, 미라는 그의 머릿속에서 수없이 죽고 수없이 부활했지만 그때마다 죽고 또 죽었다. 숙련된 간호사를 순순히 따라가서 오물 주사, 파상풍균 주사, 유리 파편 주사를 맞고 죽거나, 가짜 샤워실에서 청산 가스를 마시고 죽거나, 휘발유에 젖은 너도밤나무 장작더미에서 산 채로 불타 죽거나. 수사관에 따르면(프닌은 워싱턴에서 우연히 그에게 문의할 기회를 얻었다), 확실한 사실은 그녀가 부헨발트(아름다운 숲이 우거져 있는 에터스베르크 산지에 위치한 곳, 이제 큰 울림을 갖게 된 곳)에서 작업에 투입될 수 없는 허약자로 분류되었다는 것(그 미소는 아직 남아 있었는데, 다른 유대인 여자들을 도울 힘은 아직 남아 있었는데), 그리고 그곳에 실려 와 불과 며칠 만에 화장되었다는 것뿐이었다. 바이마르(괴테, 헤르더, 실러, 빌란트, 그리고 아무도 흉내 낼 수 없는 코체부 등등이 걸었던 도시)에서 그곳까지 한 시간이면 걸어갈 수 있다. "*Aber warum*(대체 왜)," 하겐 박사──살아 있는 영혼들 중에서 가장 온화한 영혼──는 탄식하곤 했다. "그 끔찍한 수용소를 그렇게 가까운 곳에 지어야 했던가!" 독일──*mot juste*[매우 적절한 말]를 잘 쓰는 것으로 유명한 웬델 대학 총장이 최근의 졸업식 축사에서 유럽의 상황을 개괄하면서 쓴 매우 품위 있는 표현에 따르면, "대학들의 나라"(그가 그 축사에서 또 하나의 고문 국가에 바친 찬사에 따르면, "러시아──톨스토이와 스타니슬랍스키와 라스콜리니코프 등등 위인들과 선인들의 나라")──의 문화 심장에서 그곳까지 불과 5마일 거리라니, 가까워도 너무 가까웠다.

프닌은 근엄한 소나무들 밑을 천천히 걸었다. 하늘이 죽는 시간이었다. 그는 절대 군주 유형의 신은 믿지 않았다. 그는 막연하게나마 유령들의 민주주의를 믿었다. 죽은 존재들의 영혼들이 각종 위원회를 꾸리고 있지 않을까, 그들의 끝없는 회의가 살아 있는 존재들의 운명을 보살피고 있지 않을까 하는 믿음이었다.+

이제 모기들이 극성스러워지는 시간. 차 마실 시간. 샤토와 체스를 둘 시간. 그 불편했던 느낌은 곧 지나갔고, 다시 숨이 쉬어졌다. 저 먼 언덕 위에, 두어 시간 전에 그라미네프의 이젤이 서 있던 꼭대기 지점에, 잉걸색 하늘을 배경으로 두 사람의 옆모습이 검은 실루엣으로 그려져 있었다. 두 사람이 가깝게 마주 보고 서 있었다. 그것이 포로신의 딸과 그녀의 숭배자인지, 아니면 니나 볼로토프와 포로신의 후계자인지, 아니면 프닌의 저물어가는 하루의 마지막 책장에 쓱쓱 그려진 상징적 커플일 뿐인지, 언덕 밑에서는 알 수가 없었다.

+ 「사도신경」 참고. "예수 그리스도…… 산 자와 죽은 자를 심판하러 오시리라."

6장

1

1954년 가을 학기 초였다. 인문관 입구에 서 있는 못생긴 비너스의 대리석 모가지는 이맘때면 늘 그렇듯 주홍색 키스 마크—립스틱으로 흉내 낸—를 얻었다. 『웬델 리코더』는 이맘때면 늘 그렇듯 '주차 문제'를 다루었다. 도서관 책들의 여백에는 이맘때면 늘 그렇듯 성실한 1학년생들이 '자연 묘사'니 '아이러니'니 하는 유용한 주석을 달았다(귀여운 장정의 말라르메 시집에는 유난히 유능한 주석학자의 작업—*oiseaux*[새들]라는 어려운 단어에 보라색 잉크로 밑줄을 긋고 단어 위에 "새들"이라고 휘갈겨 쓰기—이 이미 실려 있었다). 가을의 돌풍은 이맘때면 늘 그렇듯 인문관과 프리즈 홀을 잇는 연결 통로 격자 외벽 한쪽 면에 죽은 잎들을 더덕더덕 붙였다. 평온한 오후에는 이맘때면 늘 그렇듯 거대한 황갈색 제왕나비들이 아스팔트와 잔디밭에서 파닥거렸다(그러면서 느릿느릿 남쪽으로 흘러갈 때, 불완전하게 오므려진 검은색 다리는 물방울무늬 몸통 아래로 약간 내려와 있었다).

이 대학은 여전히 삐걱거리면서 굴러갔다. 임신한 아내를 둔 부지런한 대학원생들은 여전히 도스토옙스키와 시몬 드 보부아르로 학위 논문을 썼다. 문학 학과들은 여전히 스탕달, 골즈워디, 드라이저, 만이 위대한 작가들이라는 분위기에 시달렸다. '갈등'이니 '패턴'이니 하는 물렁한 문학 용어들은 여전히 유행이었다. 늘 그렇듯 비교적 비생산적인 강사들은 비교적 생산적인 동료들의 저서에 대한 서평을 쓰고 그것을 '생산물'로 만드는 데 성공했고, 늘 그렇듯 운 좋은 전임 교원들은 연초에 수령한 각종 연구비를 탕진하는 중이거나 탕진할 준비를 하는 중이었다. 예컨대 재미있을 만큼 적은 연구비를 받은 미술 학과의 다재다능한 스타 부부——동안의 크리스토퍼 스타와 그의 어린 아내 루이즈——는 동독의 전후戰後 포크송을 채록하는 유일무이한 기회를 누리고 있었다(어떻게 했는지 동독으로 침투할 허가를 얻는 데 성공한 경이로운 젊은 사람들이었다). 인류학 교수 트리스트럼 W. 토머스——그의 친구들에게는 '톰'으로

불리는—는 쿠바의 어류 수렵자들과 야자 채집자들의 식
습관 연구를 위해서 맨더빌 재단으로부터 1만 달러를 딴 상
황이었다. 보도 폰 팔테른펠스 박사는 또 다른 자선 단체의
도움 덕분에 "니체의 제자들이 '현대 사상'에 미친 영향력
에 대한 비판적 감별을 주제로 최근의 집필된 출간 자료 및
미출간 자료의 목록"을 완성할 수 있게 되었다. 마지막으
로, 저명한 웬델 정신분석가 루돌프 아우라 박사는 유난히
풍족한 연구비 덕분에 1만 명의 초등학생을 대상으로 이른
바 핑거볼 테스트—아이에게 검지를 여러 컬러 용액 컵에
담그라고 한 다음, 검지 전체의 길이와 젖은 부분의 길이
사이의 비율을 계산해 온갖 종류의 흥미진진한 그래프들을
만들어내는—를 실시할 수 있었다.

   가을 학기 초의 하겐 박사는 복잡한 상황에 직면해 있었
다. 여름에 시보드—웬델보다 훨씬 유력한 대학교—로부
터 옛 친구를 통해 비공식적 루트로 초빙 제의—한 해 뒤
에 생길 대단히 짭짤한 교수 자리의 수락을 고려해달라는
—를 받은 그였다. 이것은 비교적 쉽게 풀리는 부분이었
다. 다른 방향에서 보면, 그가 그토록 애지중지 길러온 학
과—블로랑주의 불문과와 비교했을 때, 자금 면에서는 많
이 뒤진다고 해도, 문화적 파급력 면에서는 단연 압도적인
—를 그가 오스트리아에서 조달해 온 팔테른펠스—하겐

이 1945년에 창간한 유력 계간지 『유로파 노바』의 편집권을 손에 넣기 위해 비열한 수법도 마다치 않았던 교활한 배신자—의 손아귀에 넘겨야 한다는 서늘한 사실은 풀리지 않은 채 남아 있었다. 하지만 하겐이 실제로 떠날 경우(그는 아직 동료들에게 아무것도 알리지 않고 있었다), 훨씬 더 가슴 아픈 결과—조교수 프닌의 곤란함—가 초래되리라는 것은 분명했다. 웬델에는 정규 노문과가 생긴 적이 없었고, 불쌍한 내 친구가 교내에서 살아남으려면 절충적 독문과 산하 비교문학 프로그램에 항상 재직 중이어야 했다. 보도가 순수한 악감정만으로 관련 프로그램을 잘라내리라는 것은 분명했고, 웬델에서 종신 재직권을 따지 못한 프닌은 (다른 어문과에 입양되지 못한다면) 떠날 수밖에 없을 것이었다. 그럴 수 있을 만큼 유연해 보이는 학과는 영문과와 불문과뿐이었다. 하지만 영문과 학과장 잭 코커릴은 하겐이 하는 모든 일을 못마땅해했고, 프닌을 한낱 웃음거리로 여겼고, 사실은 그때도 어느 저명한 앵글로 러시아 작가—프닌이 반드시 쥐고 있어야만 생존할 수 있는 모든 과목을 유사시에 가르칠 수 있는—의 인력을 확보하기 위한 흥정을 비공식적 루트로, 하지만 좋은 결과를 예상하면서 진행하는 중이었다. 하겐이 찾아간 최후의 보루는 블로랑주였다.

2

불어불문학과 학과장 레너드 블로랑주에게는 흥미로운 점이 두 가지 있었다. 하나는 문학을 싫어한다는 것, 또 하나는 불어를 못한다는 것이었다. 그럼에도 그는 '현대언어'에서 주최하는 여러 학회 행사들에 참석하기 위해 엄청나게 먼 거리를 여행하는 일을 소홀히 하지 않았고, 그렇게 못하는 불어를 마치 황제라서 부릴 수 있는 변덕인 양 과시하곤 했고, 자기를 팔리-부*의 오묘한 세계로 꾀어들이려는 시도를 감지할 때마다 건강한 여관 유머를 크게 휘두름으로써 막아냈다. 돈 끌어오는 재주로 큰 존경을 받는 그가 최근에 거둔 성과는 큰 대학 세 곳의 기부 요청을 끝내 거부한 부자 노인으로부터 환상적 액수의 기부금을 받아냄으로써 캐나다 국적자 슬라브스키 박사의 지휘하에 대학원생들에 의해 진행되는 일련의 연구——반델[Vandel](도르도뉴 지방의 옛 성곽 도시, 큰길 두 개와 광장 한 개)을 복제한 '프랑스 빌리지'를 웬델 근처 언덕 위에 건설하는 것을 연구 목표로 삼는——를 지원할 수 있었다는 것이었다. 그의 행정 의전에는 항상 거창한 요소가 있었지만, 블로랑주 본

✢ 원문은 parley-voo. Parlez-vous (français)?[(프랑스어) 하시나요?]

인은 금욕적 취향의 소유자였다. 그는 공교롭게도 웬델 총장 샘 푸어와 동창이었고, 두 사람은 오랫동안 함께(정기적으로, 심지어 한 사람이 시력을 잃은 뒤로도) 바람의 갈퀴에 수면을 긁히는 스산한 호수──웬델에서 북쪽으로 70마일 거리, 분홍바늘꽃이 우거진 자갈 도로의 끝, 자연계의 슬럼에 해당하는 황량한 덤불*(떨기나무**와 난쟁이소나무***)에 둘러싸인 곳──로 낚시를 다녔다. 그의 아내──평민 혈통의 상냥한 여자──는 자기가 다니는 클럽에서 자기 남편을 "블로랑주 교수"라고 지칭했다. 그는 어느 다락에서 찾아낸(대학 도서관 소장 자료가 아닌)『헤이스팅스의 역사적이고 철학적인 매거진』1882~94년 한 질의 발췌 자료──조교에게 필사시킨──를 가지고 '위대한 프랑스인들'이라는 과목을 개설했다.

─────────

* brush에 '덤불'이라는 뜻과 함께 '비'(청소 도구)라는 뜻이 있음을 이용한 말장난.
** '떨기나무'를 뜻하는 scrub oak에 '솔질scrub'(청소 방식)이 포함돼 있음을 이용한 말장난.
*** '난쟁이소나무'를 뜻하는 nursery pine에 '유모nurse'가 포함돼 있음을 이용한 말장난.

3

얼마 전에 작은 주택을 임대한 프닌은 하겐 부부, 클레멘츠 부부, 세이어 부부, 베티 블리스를 집들이에 초대했다. 당일 아침, 선한 하겐 박사는 지푸라기라도 잡는 심정으로 블로랑주의 연구실에 찾아가 그에게(오직 그에게만) 상황의 전모를 밝혔다. 팔테른펠스가 강성 반反프닌주의자라고 그가 블로랑주에게 말했을 때, 블로랑주는 건조하게 자기도 마찬가지라고 대꾸했다. 프닌은 미국 대학 주변에서 얼쩡거릴 자격조차 없는 사람이라는 것이 프닌을 사교적으로 만난 뒤에 그가 가지게 된 "결정적 느낌"이었다고(이 실리적인 사람들이 이렇게까지 생각보다 느낌에 좌우된다니 참으로 놀랍다). 프닌은 몇 학기째 '낭만주의 사조'를 훌륭히 다루어왔으니 불문과에 소속되면 샤토브리앙과 빅토르 위고를 다룰 수도 있을 것이라고 꿋꿋한 하겐은 말했다.

"그쪽 덩어리는 슬라브스키 박사 담당이야." 블로랑주가 말했다. "가끔 나는 우리 과에 문학이 솔직히 너무 많다는 생각이 들어. 이번 주만 해도, 몹수에스티아 양이 '실존주의자들'을 시작했고, 당신이 챙기는 보도가 로맹 롤랑을 하는 중이고, 내가 불랑제 장군과 드 베랑제로 강의를 하잖아. 안 되겠어, 우리 과에 그런 쪽은 절대 부족하지 않아."

하겐은 마지막 카드로 프닌이 '프랑스어' 과목을 가르칠 수 있을 것이라고 했다(많은 러시아인들과 마찬가지로 우리 친구는 어렸을 때는 프랑스인 가정 교사에게 돌보아졌고 '혁명'[*] 뒤에는 파리에서 15년 이상을 살았다).

"그러니까 뭐야," 블로랑주가 엄중히 물었다. "프랑스어 회화 가능자라는 거야?"

블로랑주의 특별한 자격 요건에 대해 잘 알고 있는 하겐은 우물쭈물했다.

"솔직하게 말해, 헤르만! 가능자야 아니야?"

"자격 요건에 맞출 수 있을 거야."

"가능자네, 맞지?"

"그래, 맞아."

"가능자라면 '1학년 프랑스어'에는 투입 못 해." 블로랑주가 말했다. "가능자가 투입되면 이번 학기에 초급 과목을 맡은, 수강생들보다 딱 한 급 높아야 한다는 자격 요건을 갖춘 우리 스미스 씨한테 불공평해져. 그리고 보니 지금 하시모토 씨가 중급 프랑스어 수강생 과다로 조교 구하던데. 당신이 챙기는 그 회화 가능자가 독해 가능자야?"

"아까도 말했지만, 맞출 수 있어." 하겐이 얼버무렸다.

[*] '러시아 혁명'을 가리킨다.

"맞춘다는 것이 무슨 뜻인지는 나도 알아." 블로랑주가 미간을 찌푸리면서 말했다. "1950년에 하시가 그만뒀을 때 내가 그 스위스 스키 강사를 채용했더니 무슨 옛날 불문학 앤솔러지 등사물을 몰래 교재로 들여왔었지. 우리가 그 반을 원래 수준으로 돌려놓기까지 거의 1년이 걸렸어. 자, 그, 이름이 뭐였지, 그 회화 가능자가 독해 불가능자라면……"

"아무래도 가능자일 거 같은데." 하겐이 한숨을 쉬면서 말했다.

"그렇다면 아무 데도 투입 못 해, 우리가 믿는 건 회화 녹음 자료와 기타 기계적인 장치들뿐이야. 책을 교재로 쓰는 건 금지야."

"고급 프랑스어가 아직 남았는데." 하겐이 웅얼거렸다.

"그건 캐럴리나 슬라브스키랑 나랑 맡고 있어." 블로랑주가 대답했다.

4

자기 보호자가 어떤 곤란을 겪고 있는지 전혀 모르고 있는 프닌에게 새 가을 학기는 유난히 출발이 순조로웠다. 신경 써야 할 수강생이 가장 적어지면서 자기 연구에 쓸 시간이 가장 많아진 학기였다. 그 연구가 저주 받은 단계—과정이 목표를 지나치고 새 생명체(익은 과일 속의 이른바 기생충)가 만들어진—에 들어선 것은 이미 오래전이었다. 프닌은 애스터리스크 로켓탄, 'sic!' 조명탄을 알아볼 수 있을 만큼 선명해진 연구의 완결을 외면하기 위해 머릿속 시선을 딴 데로 돌렸다. 그 도달선은 무한한 근접의 흥분을 제공하는 모든 요소들의 종말이었으니 도달되어서는 안 될 선이었다. 인덱스 카드가 작은 구두 상자 하나를 점점 더 무겁게 채우고 있었다. 두 전설의 공통점을 정리하고, 예법이나 복식의 귀한 디테일을 수집하고, 참고 문헌에서 무지함이나 부주의나 속임수를 발견하고, 추측이 들어맞는 순간 등줄기에서 전율을 느끼고, *bezkorïstnïy*(이타적, 헌신적) 학문의 무수한 환희를 모두 다 맛보고—그렇게 타락한 프닌은 결국 행복한 각주 중독 광인—1피트 두께의 지루한 참고 문헌에서 책벌레들을 방해하면서 더 지루한 참고 문헌을 발견하려고 하는—으로 전락했다. 다른 차원, 좀더 인간적인 차원에는 그가 임대한 토드로路—클리프가街 모퉁이—의 작은 벽돌 주택이 있었다.

고故 마틴 셰파드—크릭가街에 사는 프닌의 전前 집주인의 삼촌으로, 오랫동안 토드가家 토지의 관리인이었다—의 가족이 살던 집이었다(웬델시가 그 토지를 매입했던 것은 그곳의 흉하게 증축된 저택을 현대적 양로원으로 개축하려는 목적에서였다). 프닌은 새집의 북쪽 창문을 통해 클리프가 건너편 멀리서 저택 정문 윗부분을 볼 수 있었다(담쟁이덩굴과 가문비나무가 잠긴 문을 거의 가리고 있었다). 클리프가가 T의 가로선이라면, 프닌의 새집은 T의 왼쪽 가랑이였다. 집 정면의 토드로(T의 세로선, 엉성한 아스팔트) 바로 건너편에서는 늙은 느릅나무들이 갓길 뒤의 동쪽 경작지를 시야에서 차단했고, 젊은 전나무 사단—비슷비슷한 신참들—은 토드로 서쪽에 세워진 담장을 따라서 캠퍼스 방향으로 다음 인가人家—시가 상자를 확대한 듯한 '대학 축구팀 코치'의 집, 프닌의 집에서 남쪽으로 반 마일 거리—까지 거의 전 구간을 행군했다.

　프닌에게 독채에 거주한다는 것은 특별할 정도로 유쾌한 느낌, 35년간의 실향 생활로 만신창이가 된 그의 가장 내밀한 자아의 지친 오랜 필요가 놀라울 정도로 충분히 채워진다는 느낌이었다. 독채의 가장 기분좋은 점 가운데 하나는 조용함, 천국 같은, 시골 같은, 철저히 안전한(그의 이전 거처들의 임대 공간에서 그를 육면으로 둘러싸던 집요한 불협화음들과 대조되는) 조용함이었다. 게다가 이렇게 작은데 이렇게 넓다니! 프닌은 감사와 경이 속에서 생각했다. 러시아 혁명, 대탈출, 프랑스 망명, 미국 귀화가 없었다고 해도, 모든 일이(가장 잘 풀렸을 경우, 가장 잘 풀렸을 경우, 티모페이!) 이렇게 풀렸겠구나. 하르키우 아니면 카잔에서 교수가 되어 이렇게 생긴 교외 주택에 살았겠구나. 집 안에는 오래된 책들이 있고, 정원에는 늦게 피는 꽃들이 있는. 어떻게 생긴 집이냐 하면(좀더 정확하게 말하자면), 층은 2층, 외벽은 체리레드색 벽돌, 창문에는 흰색 덧창이 달려 있고 지붕은 판자 지붕이었다. 대지를 보면(풀밭이었다), 건물 앞쪽에는 약 50아르신의 빈터가 있고, 뒤쪽은 수직으로 뻗은 이끼 절벽에 막혀 있었다(절벽 위에는 황갈색 덤불이 자라고 있었다). 건물 남쪽에서 명목상의 진입로로 들어가면 프닌의 고물 승용차를 위한 작은 차고가 나왔다. 차고는 허옇게 칠해져 있었고 차고 문 위에는 무슨 이유에서인지 바구니 형태의 그물—거대한 당구 포켓처럼 생긴, 하지만 바닥 부분이 뚫려 있는—이 설치돼 있었다(차고 문의 흰색 위에 드리워져 있는 그림자는 실제 그물 못지않게 선명했지만 실제 그물보다 크고 실제 그물보다 더 파랬다). 풀밭과 절벽 사이의 잡초투성이 땅은 꿩들이 찾아오는 곳이었다. 앙상하게 시든 라일락—봄이 오면 만개해서 꿀 향기와 꿀벌 소리로 러시아 정원을 아름답게 장식하는 나무—은 건물 한쪽 벽을 따라 촘촘하게 서 있었고(봄이 오기만을 잔뜩 기대하는 내 친구 프닌이었다), 한 그루의 키 큰 활엽수는 개방형 포치의 나무 계단 위로 나뭇잎—큼직, 심장 모양, 녹병색—과 그림자—인디언 서머 특유의—를 떨구고 있었다(자작나무-라임나무-버드나무-사시나무-포플러-떡갈나무의 남자 프닌은 이 나무가 무슨 나무인지 알 수가 없었다).

지하실에서는 괴팍해 보이는 기름보일러가 자신의 약하고 따뜻한 호흡을 1층과 2층으로 올려 보내기 위해 최선을 다하고 있었다. 주방은 건강하고 경쾌한 인상이었고, 프닌은 각종 조리 도구들—주전자와 팬, 토스터와 프라이팬 등등 집이 올 때 함께 온 것들—과 즐거운 시간을 보냈다. 거실에는 옹색한 가구들뿐이었지만, 그런대로 매력적인 베이*에는 거대한 낡은 지구본이 정박해 있었다(러시아는 연청색이었고, 손때가 묻은 것 같기도 하고 쓸려서 닳은 것 같기도 한 자국이 폴란드 전체에 남겨져 있었다). 아주 작은 다이닝룸에서는(프닌은 집들이 손님들을 위한 뷔페 상을 여기에 차릴 생각이었다) 이른 아침마다 무지갯빛 그림자—천장에 매달린 한 쌍의 크리스털 촛대를 통해 생기는—가 사이드보드에서 사랑스럽게 반짝거렸다(그때마다

* bay에 '실내의 곡선 공간'이라는 뜻과 함께 '바다의 만灣'이라는 뜻이 있음을 이용한 말장난.

러시아 시골 저택 베란다의 스테인드글라스 창문—햇빛을 주황색, 초록색, 보라색으로 채색하는—을 떠올리게 되는 감상적인 내 친구였다). 그릇 넣는 벽장은 그가 지나갈 때마다 둥둥 소리를 내면서 움직였다(과거의 흐릿한 골방들*을 통해 친숙해진 움직임이었다). 2층은 많은 작은 아이들이 사용했던(어른도 가끔 임시로 사용했던) 두 개의 침실로 구성돼 있었다. 침실 바닥에는 주석 장난감에 긁힌 자국이 있었다. 프닌이 자기 침실로 택한 방의 벽에 붙어 있던 페넌트 모양의 빨간색 판지—하얀색으로 "카디널스"라는 불가사의한 단어가 적혀 있는—는 그에 의해 철거당한 뒤였지만, 세 살짜리 프닌이 앉을 수 있을 작디작은 흔들의자—분홍색으로 칠해져 있는—는 한구석에 남을 수 있었다. 불구가 된 재봉틀이 욕실로 가는 통로를 차지하고 있었다(욕조는 길이가 짧은 흔한 형태—거인들의 나라가 난쟁이들을 위해 만들어내는—였지만, 욕조를 채우는 데 걸리는 시간은 러시아 교과서 산수 문제에서 물탱크나 수영장을 채우는 데 걸리는 시간 못지않았다).

이제 파티 준비를 끝낸 그였다. 거실에 준비된 의자는 세

---

* backroom에 '골방'이라는 뜻과 함께 '극장의 막후 공간'이라는 뜻이 있음을 이용한 말장난.

사람이 앉을 수 있는 소파 한 개, 윙백 의자 두 개, 두툼한 안락의자 한 개, 골풀 상판 의자 한 개, 스툴 한 개, 풋스툴 두 개였다. 그는 파티 손님들의 짧은 명단을 확인하다가 갑자기 이상하게 불만족스러운 느낌을 받았다. 보디는 있는데 부케가 없었다. 물론 그는 클레멘츠 부부(진짜 사람들 ─대부분의 캠퍼스 인형들과는 다른)를 어마어마하게 좋아했지만(한때 그들의 하숙인으로서 그들과 참으로 짜릿한 대화를 나누지 않았던가), 물론 그는 헤르만 하겐에게 여러 가지로 큰 고마움을 느끼고 있었지만(최근에 하겐이 조치해준 덕에 봉급이 참 많이 오르지 않았던가), 물론 미시즈 하겐은 웬델의 어법에 따르면 "러블리한 사람"이었지만, 물론 세이어 부인은 늘 도서관에서 참 많은 도움을 주는 사람이고 그녀의 남편은 사람이 날씨에 대한 논평까지 철저하게 삼갈 경우 얼마나 과묵할 수 있는가를 보여줄 수 있는(그런 면에서 참으로 위로가 되는) 사람이었지만, 이 손님 조합에는 그 어떤 특별함도, 그 어떤 신선함도 없었다. 나이 든 프닌의 기억 속에 어린 시절 생일 파티들이 떠올랐다. 파티에 온 대여섯 명은 왠지 늘 똑같은 아이들이었고, 신고 있는 것은 발이 아픈 구두였고, 관자놀이는 욱신거렸다. 모든 놀이가 다 끝나고 근사한 새 장난감들이 난폭한 사촌의 손에서 천박하고 멍청하게 이용되기 시작한 뒤에는 무겁고 서럽고 답답한 둔통 같은 것이 그를 짓누르기 시작했다. 긴 숨바꼭질 중에 한 시간의 불편한 은신 끝에 하녀방에 있는 어둡고 답답한 옷장에서 나왔을 때(함께 놀던 아이들은 이미 모두 집으로 돌아간 뒤였다) 귀에서 울리던 외로운 이명도 그의 기억 속에 떠올랐다.

그는 웬델빌과 이졸라 사이에 있는 유명한 식료품 가게에 갔다가 우연히 베티 블리스와 마주쳤는데, 그가 초대하자 그녀는 투르게네프의 산문시, 장미가 나오고 *"Kak horoshi, kak svezhi"*(참으로 어여쁘구나, 참으로 싱싱하구나)라는 후렴이 나오는 그 시가 아직도 기억이 난다고 하면서 기쁘게 참석할 수 있을 것 같다고 했다. 이어서 그는 이덜슨 교수—저명한 수학자—와 그의 아내—조각가—를 초대했는데, 그들은 기쁜 마음으로 참석하겠다고 했다가 나중에 대단히 죄송하다는(선약을 깜빡 잊었다는) 전화를 해왔다. 이어서 그는 청년 밀러—지금은 부교수—와 샬럿—예쁘고 주근깨가 많은 그의 아내—을 초대하려고 했지만, 마침 그녀가 출산 직전이었다. 이어서 그는 캐럴 노인—프리즈 홀의 수위장—과 그의 아들 프랭크—내 친구가 가르쳤던 학생 중에 유일하게 재능 있는 학생이자 그의 지도하에 러시아어 장단격, 영어 장단격, 독일어 단장격 사이의 관계를 연구한 뛰어난 박사 논문의 저자—를 초대하려고 했지만, 프랭크는 군 복무 중이었고, "우리 아줌마랑 나는 선생들이랑 잘 못 어울린다"는 것이 캐럴 노인의 솔직한 대답이었다.

이어서 그는 푸어 총장의 사택에 전화를 걸어 부디 참석해달라고 했지만(두 사람은 어느 야외 행사에서 한 번 대화를 나눈 적이 있었는데, 그때의 대화—커리큘럼 개선에 관한—는 비가 오기 시작하면서 끊겼다), 전화를 받은 사람은 푸어 총장의 조카였고, 요즘에 삼촌은 "두어 명의 개인적인 친구 외에는 아무도 만나지 않는다"는 것이 그녀의 대답이었다. 손님 목록에 생기를 불어넣겠다는 생각을 막 포기하려던 그때, 완전히 새롭고 정말로 훌륭한 생각이 그의 머릿속에 떠올랐다.

5

한 대학 안의 모든 교원을 살펴보면 그중에 단골 치과 의사나 동네 우체국장을 닮은 사람이 꼭 있는 것은 물론이고, 두 교원이 쌍둥이같이 닮은 경우도 꼭 있다는 사실, 심란한 (하지만 거의 논의되지 않고 있는) 그 사실을 오래전에 받아들인 프닌과 나였다. 사실 나는 비교적 작은 대학에 세쌍둥이가 있는 경우까지 알고 있고(눈썰미가 좋은 총장 프랭

크 리드에 따르면, 트로이카의 뿌리*는 부조리하게도 바로
나였다), 50명 정도의 강사를 보유했던 전시戰時 '단기집중
어학원'에 원래의(나에게는 유일무이한) 프닌 외에 무려
여섯 명의 프닌이 있었다는 이야기를 고故 올가 크로트키
—폐가 하나밖에 없는 몸으로 레테어語[Lethean]와 호로
파어語[Fenugreek]를 가르쳐야 했던 불쌍한 숙녀—로부터
들은 적도 있다. 그러니 프닌이 특정인—야위고 안경 낀
나이 든 동료(작고 자글자글한 이마 오른쪽으로는 무쇠처
럼 희끗희끗한 머리카락 몇 가닥이 학자적으로 흘러 내려
와 있고 뾰족한 콧날 좌우에서 긴 윗입술 좌우까지 깊은 주
름이 패어 있는)—과 마주쳤을 때 그 사람—그가 토머스
윈[Wynn] 교수라고 알고 있는 사람(즐거운 황금 꾀꼬리
[golden orioles], 우울한 뻐꾸기, 그리고 그 밖에 러시아 시
골의 새들에 관해서 프닌과 어느 파티에서 대화를 나눈 적
이 있는 조류학과 학과장)—이 항상 동일인—윈 교수—
인 것은 아님을 깨달을 수밖에 없었음을 이상하다고 생각
해서는 안 될 것이다(프닌이 일상생활에서 매우 예리한 사
람이었던 것은 아니지만, 프닌이 그것을 깨달았을 때는 웬
델 생활 9년째였다). 때로 그 사람은 이른바 그러데이션을

* radix에 '뿌리'라는 뜻과 함께 '어근'이라는 뜻이 있음을 이용한 말장난.

거쳐 다른 사람이 되었고, 그 다른 사람의 이름을 몰랐던 프
닌은 말장난을 좋아하는 재기 발랄한 외국인답게 그를 "트
윈[Twynn]"*(프닌어로는 "트빈[Tvin]")이라고 불렀다. 내
친구 겸 내 동포가 곧 깨달은 것처럼, 부엉이 같은 안경을
쓰고 급히 걸어가는 신사와 여기저기에서(연구실과 강의실
사이에서, 강의실과 계단 사이에서, 식수대와 화장실 사이
에서) 이틀에 한 번꼴로 스쳐 지나가면서도, 그 신사가 정
말 윈—한 번 만난 적이 있는 조류학자(인사를 해야 할 것
같은 느낌을 주는 상대)—인지 아니면 윈을 닮은 낯선 사
람—그 애매모호한 인사를 무의식적인 정중함(한 번 만난
적이 있는 상대에게 보여주는 딱 그 정도)으로 받아주는 상
대—인지 확인할 방법이 없었다. 프닌의 걸음과 윈[Wynn]
(아니면 트윈[Twynn])의 걸음 둘 다 빨랐으니 만남의 순간
은 대단히 짧았고, 프닌은 외마디 인사의 교환을 회피하기
위해 걸으면서 편지를 읽는 척해보기도 하고 멀리 계단으
로 내려가서 아래층 복도를 통과하는 방법으로 빠르게 접
근해 오는 동료를 따돌려보려고 하기도 했지만, 그 방법의
영리함에 흐뭇해하고 얼마 안 되었던 어느 날, 그는 아래층
복도에 내려서자마자 코앞에서 쿵쿵 걸어오는 트빈[Tvin]

✧ T. Wynn과 twin(쌍둥이)의 유사함을 이용한 말장난.

(아니면 빈[Vin])과 충돌할 뻔했다. 새로 가을 학기(프닌의 열 번째 학기)가 시작되니 상황은 더욱 악화되었다. 프닌의 수업 시간이 바뀌었다는 사실, 곧 그가 윈과 윈의 모조품을 피해 다니려는 노력들 속에서 익혀놓았던 몇몇 동선들이 사라졌다는 사실 때문이었다. 그저 계속 견디는 수밖에 없을 것 같았다. 과거의 닮은꼴들——무슨 이유에서인지 남들의 눈에는 안 보이던 동일성들——을 떠올리면서, T. 윈 쌍둥이의 비밀을 푸는 데 도움을 줄 만한 사람은 아무도 없으리라는 혼잣말과 함께 난감해하는 프닌이었다.

파티 당일, 그가 '프리즈 홀'에서 늦은 점심을 거의 다 먹었을 때, 윈 아니면 윈의 분신이(둘 중 어느 쪽도 그곳에 나타난 적이 없었는데) 불쑥 옆자리에 와 앉더니 이렇게 말했다.

"내가 이전부터 물어보고 싶은 것이 있었는데——러시아어 가르치는 분, 맞지요? 내가 작년 여름에 새들에 관한 기사를 읽다가——"

("빈이구나! 이 사람이 빈이구나!" 프닌은 이런 혼잣말과 함께 어떤 결정적인 사건의 흐름을 감지했다.)

"근데 그 기사의 필자가——이름은 기억이 안 나고, 러시아인이었던 것 같은데——무슨 말을 했냐 하면, 스코프* 지

---

* 원문은 Skoff. 토머스는 Pskov를 이렇게 발음한다.

역에서는, 내가 맞게 발음했겠지요, 그 지역에서는 과자를 구울 때 새[鳥] 모양으로 굽는다던데. 물론 기본적으로는 남근을 상징하겠지만, 혹시 그런 관습에 대해서 아시나 해서요."

프닌의 머릿속에 멋진 생각이 번뜩 떠오른 것이 바로 그때였다.

"제가 힘껏 도와드리겠습니다." 그는 흥분한 듯 덜덜 떨리는 목소리로 말했다. 적어도 한 명의 원─새를 좋아하는 최초의 원─을 포획할 방법이 생긴 것이었다. "맞습니다. 저는 그 새의 모든 것을 알고 있습니다. 그 *zhavoronki*[종달새], 그 *alouettes*[종달새]─그 새의 영어 명칭*은 사전을 찾아야 합니다. 그렇기 때문에 저는 오늘 저녁에 저를 방문하라는 따뜻한 초대를 당신에게까지 확대할 기회를 잡습니다. 오후 8시 반. 조촐한 집 난방** 수아레, 그저 그뿐. 배우자를 동반하십시오─동반하지 않겠다면 혹시 당신은 '마음의 독신남'***입니까?"

(으아, 말장난꾸러기 프닌!)

✤ skylark.

✤✤ 원문은 house-heating. '집들이house-warming'를 의도한 듯하다.

✤✤✤ '마음의 독신남Bachelor of Hearts'이 '문학사Bachelor of Arts'로 들릴 가능성을 염두에 둔 말장난.

유부남은 아니라고 상대는 말했다. 기꺼이 참석하겠다고. 주소가 어떻게 되냐고.

"토드로* 999번지, 참 쉽습니다! 로路의 매우, 매우 끝이므로, 클리프가**와 연합합니다. 건물은 작은 벽돌집,*** 위치는 큰 검은 절벽****입니다.

6

그날 오후, 프닌은 얼른 주방 일을 시작하고 싶어 했다. 일을 시작한 것은 5시 직후였고, 중간에 한 번 쉰 것은 파티 주최자로서 스모킹 재킷을 입기 위해서였다. 파란 실크 재질에, 벨트에는 태슬이 달려 있고, 접힌 깃 부분은 새틴으로 되어 있는, 호사스러운—파리의 어느 에미그레 자선 바자회에서 20년 전에 획득한—세월 참 빨라! 이어서 그는 이 재킷과 함께 낡은 턱시도 바지—마찬가지로 유럽제—

✦   원문은 Todd Rodd. 프닌은 '토드로Todd Road'를 이렇게 발음한다.
✦✦   원문은 Cleef Ahvnue. 프닌은 '클리프가Cliff Avenue'를 이렇게 발음한다.
✦✦✦   원문은 leetle breek house. 프닌은 '작은 벽돌집little brick house'을 이렇게 발음한다.
✦✦✦✦   원문은 beeg blahk cleef. 프닌은 '큰 검은 절벽big black cliff'을 이렇게 발음한다.

를 입었다. 이어서 그는 구급약 선반의 깨진 거울에 비친 자기 자신을 쳐다보면서 독서용 안경을 썼다(무거운 뿔테 안경의 코걸이 밑으로 러시아인 특유의 감자 코가 불룩했다). 이어서 그는 입을 벌리고 의치를 확인했다. 이어서 그는 아침에 한 면도가 아직 유효한지 알아보고자 뺨과 턱을 시찰했다. 아직 유효했다. 이어서 그는 검지와 엄지로 긴 코털을 붙잡았고, 두 차례의 강한 끌어당김 끝에 뽑아냈고, 시원하게 재채기─둥그렇게 폭발하는 행복의 "아흐!"─를 했다.

7시 반, 베티가 파티 준비 마무리를 도우러 왔다. 지금 베티는 이졸라 고등학교에서 영어와 역사를 가르치는 선생님이었다. 풍만한 대학원생이던 때의 모습이 그대로 있었다. 상대를 바라보는 근시의 눈─분홍색 테두리를 두른 회색 눈동자─은 그때와 똑같은 순진한 호의를 담고 있었다. 그때와 똑같이 숱 많은 머리카락을 그레첸식式으로 땋아 올리고 있었다. 매끈한 목에는 그때와 똑같은 흉터가 있었다. 하지만 지금 그 통통한 손에는 아주 작은 다이아몬드가 박힌 약혼반지가 끼워져 있었고, 그녀는 그것을 수줍은 자부심과 함께 프닌 앞에 내보였다. 저릿한 슬픔을 어렴풋하게 경험하면서, 그는 생각에 빠졌다. 그가 그녀에게 청혼해볼 만했던 때도 있었다. 지금도 그때와 똑같이 남아 있는 그 하녀 같은 사고방식만 아니었어도 그는 그녀에게 청혼해보았을 것이다. 여전히 그녀는 긴 이야기를 인용 형식—"걔는 ……라고 했고, 나는 ……라고 했고, 걔는 ……라고 했고"—으로 들려줄 수 있었다. 그녀가 즐겨 읽는 여성지의 지혜와 재치 앞에서 그녀의 불신을 불러일으킬 수 있는 것은 이 세상에 아무것도 없었다. 여전히 그녀는 상대의 소매를 뒤늦게 살짝 건드리는 희한한 재주—상대에게서 사소한 것을 지적받았을 때, 예컨대 "베티, 당신은 그 책을 반납하는 것을 잊었습니다" 아니면 "내 생각에 당신은 나에게 평생 결혼하지 않을 것이라고 했습니다"라는 말을 들었을 때, 보복하겠다는 뜻이 아니라 수긍한다는 뜻으로 대답에 앞서 자기의 통통한 손끝을 상대의 손목에 갖다 댔다가 순간적으로 떼는 그 조신한 동작—를 가지고 있었다(프닌의 제한된 생활 반경에서 그 동작은 젊은 소도시 여성 두세 명이 공유하는 재주였다).

"그분은 생화학자인데, 지금은 피츠버그에 있어요."

베티는 프닌이 회색으로 반짝이는 신선한 캐비아 단지를 중심으로 버터 바른 바게트 조각을 배치하는 것과 큼직한 포도 세 송이를 세척하는 것을 거들며 말했다. 큰 접시에 담긴 식은 편육도 있었고, 진짜 독일 품퍼니켈도 있었고, 새우들에게 완두콩 절임과 친해질 기회를 주는 매우 특별한 비네그레트 요리도 있었고, 토마토소스에 빠뜨려진 미니 소시지들도 있었고, 뜨거운 *pirozhki*(버섯 타르트, 고기 타르트, 당근 타르트)도 있었고, 견과도 네 종류 있었고, 흥미로운 오리엔트 디저트도 여러 가지 종류가 있었다. 주류로는 위스키(베티가 가져옴), *ryabinovka*(로완베리로 만든 독주), 브랜디-그레나딘 칵테일을 낼 예정이었고, '프닌 펀치'—파티 주최자가 엄숙한 태도로 커다란 그릇(재질은 바닷물색으로 반짝이는 유리, 장식 무늬는 사선의 요철과 수련 잎들)에 넣고 휘젓기 시작한, 차게 식힌 샤토 이켐, 자몽 주스, 마라스키노의 독한 혼합주—도 물론 낼 예정이었다.

"어머나, 참 예쁘네요!" 베티가 외쳤다.

프닌은 마치 그때 그것을 처음 보기라도 한 듯 기쁨과 경이를 느끼며 살펴보았다. 빅터에게 받은 선물이라고 그는 말했다. 그러냐고, 그 애는 잘 지내냐고, 성 바르트를 마음에 들어 하더냐고. 그럭저럭 마음에 들어 하더라고, 여름 초반에는 제 엄마가 있는 캘리포니아에 가 있었고, 나중에는 요세미티 호텔에서 일했다고. 그게 뭐냐고. 캘리포니아 쪽 산간 지방에 있는 호텔 이름이라고, 그런데 학교로 돌아가더니 갑자기 이것을 보내왔다고.

프닌이 의자의 개수를 세면서 이 파티를 계획하기 시작

한 바로 그날 그 그릇이 도착했던 것은 모종의 다정한 우연이 작용한 결과였다. 그것은 상자 안에 들어 있고 그 상자는 또 다른 상자 안에 들어 있고 그 상자는 세 번째 상자 안에 들어 있었다. 그것을 감싸고 있던 어마어마한 양의 엑셀시어와 종이는 마치 축제 폭풍처럼 주방 전체에 널려 있었다. 선물이 처음 왔을 때 받는 사람의 머릿속에 어떤 모양새, 어떤 아스라한 형체가 채색, 각인되는 경우가 있는데 (그럴 경우, 선물의 형체가 보낸 사람의 상냥한 성격을 너무나 강하게 상징하고 있는 탓에 선물의 물성이 그렇게 순수한 내면적 광채 속에 모두 녹아들어 있는 것 같지만, 선물의 진정한 가치를 알지 못하는 외부인이 선물을 칭찬하는 순간 선물은 갑자기 그리고 영원토록 눈부신 존재로 도약하게 된다), 그 그릇은 바로 그런 선물들 중 하나였다.

7

음악적 딸랑 소리가 작은 집 전체에 울렸고, 프랑스 샴페인 한 병과 달리아 한 다발을 든 클레멘츠 부부가 들어왔다.

조앤(짙푸른 눈동자, 긴 속눈썹, 찰랑거리는 단발머리)은 오래된 검은 실크 드레스—다른 교수 사모들이 강구할 수 있는 맵시의 수준을 넘어서는——를 입고 있었고, 팀 프닌(옛날 사람, 대머리)이 날렵한 손——러시아 신사가 입을 맞추려면 정확히 어느 높이에 있어야 하는지 웬델의 숙녀를 통틀어 조앤만이 알고 있는——에 입술을 가져다 대기 위해 상체를 약간 숙이는 장면을 구경하는 일은 매번 즐거웠다.

로런스(전보다 더 뚱뚱한 체형, 고급 회색 플란넬 재질의 옷)는 안락의자에 자리를 잡고 지체 없이 책을 빼 들었다(가장 먼저 손에 잡힌 책은 공교롭게도 휴대용 영어-러시아어 및 러시아어-영어 사전이었다). 그는 안경을 한 손에 쥐고 시선을 다른 데로 돌렸는데(항상 찾아보고 싶어 했던, 그런데 지금 기억나지 않는 무언가를 기억해내려고 애쓰고 있었다), 이 자세를 통해 그가 얀 반에이크의 판데르 파엘러 참사회원(살찐 턱, 잔털의 후광을 두른 머리)과 놀라울 정도로(조금 *en jeune*[젊게]) 닮았다는 것이 더욱 강조돼 보였다(그림 속의 그는 잠시 딴생각에 빠져 있고, 경배 받아야 할 성모는 당황하고 있고, 성 조지로 분장한 엑스트라는 그 선한 참사회원의 관심을 성모에게 돌리려고 하고 있다). 전부 다 거기에 있었다. 울퉁불퉁한 관자놀이도. 슬픔에 빠진, 생각에 잠긴 시선도. 안면 피부의 접히고 패인 곳들도. 얇은 입술도. 심지어 왼뺨의 사마귀까지도.

클레멘츠 부부가 자리를 잡자마자, 베티가 새 모양 과자에 관심 있는 남자를 들어오게 했다. 프닌이 '빈 교수'라고 말하기 직전에 조앤이 '아, 우리 토머스 알아요! 누가 톰을 모르나요?'라는 말로 프닌의 소개를 방해했다(유감스러운 전개의 복선). 팀 프닌은 주방으로 돌아가고, 베디기 불가리아 담배를 돌렸다.

"의외로군요, 토머스." 클레멘츠가 뚱뚱한 다리를 꼬면서 말했다. "지금쯤 아바나에 가서 야자나무 타는 어부들을 인터뷰하고 있을 줄 알았는데."

"음, 중간고사 이후에 출발하려고요." 토머스 교수가 말했다. "물론 대부분의 실제 필드워크는 팀에서 이미 많이 진행시켰지요."

"그래도 그 연구비를 따내다니 좋았지요?"

"우리 분야는," 토머스는 완벽히 태연한 태도로 대꾸했다. "힘든 여행을 많이 해야 하니까요. 윈드워드 제도까지 가볼 생각이에요. 만약에," 그는 공허한 웃음소리를 내며 덧붙였다. "매카시 상원 의원이 해외여행 탄압만 안 하면."

"1만 달러짜리 연구비를 땄대." 조앤이 베티에게 알려주었고, 베티의 얼굴이 공손한 자기 낮춤의 표정을 지었다. 이 세상의 베티들이 보스와의 만찬, 『후즈후』에 실리기, 공작 부인 만나기 같은 일을 자기 역시 대단하다고 여기고 있다(존경한다, 축하한다, 약간 압도된다)는 뜻을 무의식적으로 전달하는 그 특별한 표정—턱과 아랫입술을 뒤로 당기면서 아래로 늘리는—을 짓게 되는 순간이었다.

새 스테이션왜건을 타고 온 세이어 부부는 파티 주최자에게 우아한 박하사탕 박스를 선물했다. 걸어온 하겐 박사는 우쭐거리며 보드카 병을 들어 보였다.

"굿 이브닝, 굿 이브닝, 굿 이브닝." 가슴이 따뜻한 하겐이 말했다.

"하겐 박사," 토머스가 상대와 악수를 하며 말했다. "그런 것을 들고 돌아다닐 때 상원 의원님의 눈에 띄지 않았기를 바랍니다."

박사님이 1년 사이에 확연히 나이가 든 것은 사실이었지만, 뽕을 넣은 어깨, 사각 턱, 사각 콧구멍, 사자 미간, 사각형 브러시 같은 희끗희끗한 머리카락—방금 가지치기를 마친 나무의 느낌을 주는—을 보면 그 어느 때 못지않게 정정하고 네모난 모습이었다. 흰색 나일론 셔츠 위에 검은 정장을 입고 있었고, 붉은 무늬—내리치는 벼락—가 있는 검은 넥타이를 매고 있었다. 하겐 부인은 막판에 심한 편두통 때문에 못 오게 됐다고. 유감이라고.

프닌이 칵테일을 돌렸다. 그의 엉큼한 말장난에 따르면, "더 적절한 표현, 특히 조류학자들이 더 적절하다고 여길 표현은 플라밍고 테일"이었다.

세이어 부인은 잔을 받아 들면서 일자 눈썹을 치켜올렸다. "고마워요!" 점잖은 의문을 담은 밝은 어조—의외라는 뜻과 송구스럽다는 뜻과 기쁘다는 뜻의 결합을 의도하는—였다. 마흔 살가량의 매력 있고 고지식한 세이어 부인—분홍색 얼굴, 진주색 의치, 금발로 염색한 곱슬머리의 숙녀—은 전 세계를 여행한 뒤(터키와 이집트까지 다녀왔다) 웬델 캠퍼스의 학자들 가운데 가장 독창적이고 가장 인기 없는 학자와 결혼한 영리하고 여유로운 조앤 클레멘츠의 촌스러운 사촌이었다. 다음은 마거릿 세이어의 남편 로이—영문과(활기찬 학과장 코커럴을 제외하면 주로 건강염려증 환자들을 품어주고 있는 둥지)의 기운 없고 말수 없는 멤버—의 추천사를 쓸 차례다. 외면적으로 로이는 아주 그리기 쉬운 인물이었다. 낡은 갈색 로퍼 한 켤레, 베이지색 발꿈치 패치 한 쌍, 검은 담배 파이프 하나, 무거운 두 눈썹 아래 늘어진 두 눈을 그려 넣었다면, 나머지는 쉽게 채워졌다. 중경 한쪽에는 정체가 모호한 간肝 질환이 걸려 있고, 배경 한쪽에는 '18세기 시'라는 로이의 전공 분야*—지나치게 뜯어 먹힌 목초지—가 있었다(작은 시내가 흐르고 있었고, 나무둥치들에는 머리글자가 새겨져 있었다). 이 들

＊ field에 '분야'라는 뜻과 함께 '들판'이라는 뜻이 있음을 이용한 말장난.

판 양쪽에 세워진 가시철조망이 이 들판을 스토 교수의 영토—새끼 양은 더 하얗고 풀잎은 더 부드럽고 시냇물 소리는 더 청량했던 17세기—와 샤피로 박사의 영토—계곡에 옅은 안개가 끼고 바다에 짙은 안개가 끼고 포도가 수입되던 19세기 초 영토—로부터 분리해주고 있었다. 로이 세이어는 자기 전공 이야기, 아니, 모든 이야기를 피하는 사람, 망각 속에 묻힌 한 무리의 쓸모없는 삼류 시인들을 다루는 박식한 연구에 회색 같은 삶 10년을 탕진한 사람, 암호화된 운문의 형태로 시시콜콜한 일기를 쓰고 있는 사람이었다. 언젠가 후세가 그 일기를 해독해줄 것이라고, 후세의 냉철한 회고가 그 일기를 우리 시대 최고의 문학적 성취라고 공표해줄 것이라고 그는 생각하고 있었는데—내가 볼 때, 로이 세이어, 당신의 생각이 의외로 옳을지 몰라요.

다들 편한 자리에서 칵테일을 음미, 치하하는 동안, 프닌 교수는 새로 사귄 친구 옆에 있는 삐걱삐걱하는 스툴에 앉으면서 이렇게 말했다. "저는 교수님께서 저에게 문의해주셨던 종달새에 대해, 러시아어로 *zhavoronok*[종달새]에 대해 보고해야 합니다. 이것을 가지고 집으로 돌아가십시오. 저는 여기서 압축적 설명과 참고 문헌 목록을 타자 기계에서 두드렸습니다. 내가 생각할 때 우리는 지금 다른 공간으로 이동할 것입니다. 내가 생각할 때 그 공간에서 간소한 식사

à la fourchette[포크용]⁺가 우리를 기다리고 있습니다."

8

잠시 후, 손님들이 수북한 접시를 들고 하나둘씩 응접실로 돌아왔다. 펀치도 나왔다.

"어머, 티모페이, 그 완벽하게 아름다운 그릇은 대체 어디서 구했대!" 조앤이 외쳤다.

"빅터가 나에게 선물했습니다."

"그 애는 어디서 구했대?"

"내가 생각할 때, 크랜턴의 앙티케르⁺⁺ 상점입니다."

"맙소사, 거금을 썼겠네."

"1달러? 10달러? 그 정도까지는 아닐 것입니까?"

"10달러라니―말도 안 돼! 2백 달러, 그 정도 하겠네. 이거 봐! 이 꿈틀거리는 패턴 좀 봐. 있잖아요, 이 물건, 코커럴 부부한테 보여줘 봐요. 골동 유리 하면 모르는 게 없는 사람들이거든. 이 물건의 가난한 친척 같은 던모어 호수 지

+ 프랑스어 la fourchette에 '포크'라는 뜻과 '조류의 가슴뼈'라는 뜻이 있음을 이용한 말장난.
++ '골동품 상점'을 뜻하는 프랑스어에서 온 외래어.

역 물병을 집에 뒀더라고."

뒤이어 마거릿 세이어가 감탄을 표했다. 자기는 어렸을 때 신데렐라의 유리 구두가 바로 이런 초록에 가까운 파랑일 것이라고 상상했었다고 그녀는 말했고, 프닌 교수는, *primo*[첫째], 자기의 바람은 모두에게 형식 못지않게 내용도 좋다는 말을 듣는 것이다, *secundo*[둘째], 상드리용의 신발은 유리 구두가 아니라 러시아 다람쥐 모피―프랑스어로는 *vair*[모피]―로 만든 신발이다, 라고 했다. 이것은 언어 적자생존의 자명한 사례다, 단어의 환기력 면에서 *verre*[유리]가 *vair*[모피]보다 유리하기 때문이다, 한편 *vair*[모피]는 다양하다는 뜻의 *varius*에서 온 단어가 아니라 아름다운 담색―푸르스름한 색, 좀더 정확하게 말하자면 *sizïy*[회청색sizï에 가까운] 색, 콜럼바인*색―을 띠는 겨울 다람쥐 모피를 뜻하는 슬라브어 *veveritsa*에서 온 단어다, 라고 그는 설명했다. "콜럼바인[columbine]은 여기 계신 어떤 분이 잘 아시다시피 '비둘기'를 뜻하는 라틴어 *columba*에서 온 단어입니다―그러므로, 보십시오, 파이어 부인, 당신의 견해가 전반적으로 옳았습니다."

✦   원문은 columbine. '비둘기를 닮은'이라는 뜻과 함께 '매발톱꽃'이라는 뜻이 있음을 이용한 말장난.

"내용이 좋구먼." 로런스 클레멘츠가 말했다.

"이 음료는 확실히 감미롭네요." 마거릿 세이어가 말했다.

("나는 늘 '콜럼바인'이 꽃의 한 종류라고 생각하고 있었는데." 토머스는 베티에게 살짝 말했고, 베티는 살짝 고개를 끄덕였다.)

이어서 몇몇 아이들의 나이가 점검되었다. 빅터는 열다섯 살을 앞두고 있었다. 아일린—세이어 부인의 큰언니의 손녀—은 다섯 살이었다. 이저벨은 스물세 살이었고, 지금은 뉴욕에서 비서직으로 매우 즐겁게 일하고 있었다. 하겐 박사의 딸은 스물네 살이었고, 매우 품위 있는 노부인—도리아나 카렌, 유명한 20년대 무비스타—과 함께 바이에른과 스위스를 일주하는 원더풀한 여름을 보내고 이제 유럽에서 돌아오는 중이었다.

전화가 울렸다. 누군가가 셰파드 부인과 통화하고 싶어 했다. 예측 불허의 프닌은(이런 문제에서 그가 정확성을 발휘하는 일은 매우 드물었음에도) 그녀의 새 주소와 전화번호를 줄줄 읊어주었을 뿐 아니라 그녀의 큰아들 것까지 알려주었다.

9

10시가 가까워지면서, 프닌의 펀치와 베티의 스카치가 몇몇 손님들의 목소리를 그들의 생각보다 크게 만들고 있었다. 아주 꼿꼿하게 앉은 세이어 부인은(그녀의 왼쪽 귀걸이의 작고 푸른 별 아래로 그녀의 목 한쪽이 짙붉게 물들어 있었다) 자기의 도서관 동료들 가운데 두 명 사이에서 벌어지는 갈등 이야기로 파티 주최자를 접대했다. 단순한 직장 생활 이야기였지만, 이야기하는 사람이 수시로 '꽥꽥 양'에서 '웅웅 군'으로 음색을 바꾸는 덕분에(그리고 수아레가 순조롭게 진행되고 있다는 생각 덕분에) 프닌은 고개를 숙이고 입을 가리며 껄껄 웃었다. 로이 세이어는 펀치 잔을 쳐다보면서(잔에 비친 다공질의 코를 따라 내려가면서) 자기 자신에게 약하게 켜졌다 꺼졌다 하는 와중에도 조앤 클레멘츠에게 매너 있게 귀를 기울였다. 그녀가 지금처럼 약간 흥분해서 이야기할 때면(매력적이었다) 검은 속눈썹의 푸른 눈을 빨리 깜빡거리거나 아예 감은 상태에서 문장 중간중간에서 깊은숨을 하아 몰아쉬곤 했다(특정 구절을 강조하거나 새로운 추진력을 얻고자 함이었다). "하지만 그의 거의 모든 소설에서 (하아) 그의 목표는 (하아) 특정 상황들의 환상적 반복을 표현하는 것 (하아) 아닐까요?" 베티는 자신의 작은 자아에 대한 통제력을 잃지 않은 상태에서 능숙하게 다과들을 분배했다. 응접실의 베이 쪽에서는 클레멘츠가 뚱한 표정으로 느린 지구본을 돌리고 있었다. 블로랑주 부인을 통해 하겐 부인에게 전해진 이덜슨 부인의 새로운 소식을 하겐이 그런 클레멘츠와 싱글거리는 토머스에게 들려주는 중이었다(지금 그는 좀더 우호적인 환경에서라면 사용했을 전통적 억양을 사용하지 않기 위해 신중을 기하고 있었다). 프닌이 누가 과자 접시를 들고 다가왔다.

"이 이야기는, 티모페이, 당신의 순결한 귀로 들을 만한 이야기는 아니지만," 하겐이 프닌─매번 자기는 '지저분한 일화'의 요점을 전혀 이해할 수 없다고 고백하는─에게 말했다. "어떤 이야기냐 하면─"

클레멘츠는 숙녀들이 있는 데로 자리를 옮겼다. 하겐은 또 한 번 이야기하기 시작했고, 토머스는 또 한 번 싱글거리기 시작했다. 프닌은 라콩테르를 향해 손을 흔들면서(러시아어로 역겹다는 뜻의 '으아-저리-꺼져' 동작) 이렇게 말했다.

"나는 35년 전에 오데사에서 거의 같은 일화를 들었고, 심지어 그때도 거기서 무엇이 희극적인지 전혀 이해할 수 없었습니다."

10

파티 장면이 또 한 번 재배치되었다. 무료한 클레멘츠가 다인용 소파 한쪽에서 『플랑드르의 걸작들』—빅터가 프닌의 집에 두고 간 화첩(빅터의 엄마가 빅터에게 준 선물)—을 휙휙 넘기고 있었다. 조앤은 남편의 무릎 앞 풋스툴에 걸터앉아 넓은 치마의 무릎 부분에 포도 접시를 놓고는 티모페이의 감정을 상하게 하지 않고 돌아갈 수 있는 때는 언제일까를 생각해보고 있었다. 다른 사람들은 하겐의 현대 교육론에 귀를 기울이고 있었다.

"내 말이 우습게 들릴지 몰라도," 하겐은 이렇게 말하며 클레멘츠에게 날카로운 시선을 던졌고, 클레멘츠는 고개를 가로저으며 혐의를 부인했다. 그러고는 화첩에서 무언가—갑자기 웃음이 터지게 만든 원인—를 가리키면서 화첩 전체를 조앤에게 넘겨주었다.

"내 말이 우습게 들릴지 몰라도, 내가 장담하는데, 이 수렁에서 탈출하는 유일한 방법은 (한 방울만, 티모페이, 됐어, 그만) 학생을 방음되는 방에 가둬놓고 강의실을 없애는 거야."

"맞네, 딱 그거네." 조앤은 남편에게 화첩을 돌려주면서 속삭였다.

"조앤, 당신이 동의해주는 건 좋은데," 하겐이 말을 이었다. "나는 이런 이론의 주창자라는 이유로 *enfant terrible*[악동]이라는 별명을 얻은 사람이거든. 내 말을 끝까지 들어보면 당신도 그렇게 쉽게 동의하지는 못할걸. 학생을 독방에 가두고 학교에서 가르칠 수 있는 모든 것을 녹음해서 학생이 들을 수 있도록……"

"하지만 가르치는 사람의 개성이라는 게 있는데." 마거릿 세이어가 말했다. "그걸 아예 무시할 수는 없을 거 같은데."

"그런데 무시를 하잖아!" 하겐이 외쳤다. "그게 비극이라는 거야! 예를 들어, 저 사람"—환한 표정의 프닌을 가리키며—"누가 저 사람의 개성을 원할까? 아무도 원하지 않아! 세상은 티모페이의 원더풀한 개성 따위 눈 하나 깜빡 안 하고 내팽개치겠지. 세상이 원하는 건 기계야, 티모페이 같은 사람이 아니라."

"티모페이를 TV에 나오게 하면 좋을 텐데." 클레멘츠가 말했다.

"우와, 그러면 얼마나 좋을까." 조앤은 이렇게 말하며 파티 주최자를 향해 환한 미소를 보냈고, 베티는 힘차게 고개를 끄덕끄덕했다. 프닌은 '나-무장 해제-당했습니다'라는 뜻으로 양손을 펼치며 두 사람을 향해 깊이 고개를 숙였다.

"내 계획을 놓고 이렇게 논란이 많은데, 당신의 견해는 어떤지?" 하겐이 토머스에게 물었다.

"톰의 견해는 내가 알려줄 수 있는데." 클레멘츠가 책을 무릎 위에 펼쳐놓고 계속 똑같은 그림을 들여다보면서 말했다. "톰의 견해에 따르면, 뭘 가르치든 교실에서 토론을 통해서 가르치는 것이 최선의 교수법이야. 50분 동안 철없는 돌대가리 스무 명과 건방진 신경병자 두 명에게 자기네도 모르고 자기네 선생도 모르는 뭔가를 토론하게 하는 것이 최선의 교수법이라는 뜻이지." 그러고는 어떤 접속사도 없이 다른 이야기로 넘어갔다. "지난 석 달 동안 이 그림을 찾아 헤맸는데, 딱 여기에 있더라고. 내가 '동작의 철학' 책을 새로 내기로 했는데, 출판사에서 내 초상이 필요하다는 거야. '옛 거장'이 그린 그림 중에 놀라울 정도로 딱 닮은 얼굴이 나오는 그림이 있는데, 조앤도 그렇고 나도 그렇고 그 그림을 보았던 것까지는 알겠는데 그 화가가 어느 시대 사람인지 그것도 기억이 안 나고 있었거든. 그런데 딱 여기에, 딱 여기에 있더라고. 여기에 스포츠 셔츠를 그려 넣고 이 군인의 손을 지우기만 하면 더 보정할 필요도 없겠어."

"다소의 오해가 있는 것 같은데." 토머스가 말문을 열었다. 클레멘츠는 펼쳐져 있는 책을 마거릿 세이어에게 넘겨주었고, 그녀는 웃음을 터뜨렸다.

"로런스, 그건 오해라니까." 톰이 말했다. "내 말은, 광범위한 일반화의 분위기 속에서 진행되는 편안한 토론이 구태의연한 형식적 강의보다는 좀더 현실적인 교수법이라는 거야."

"아무렴, 아무렴." 클레멘츠가 말했다.

프닌이 잔을 채워주려고 하자, 조앤은 급하게 일어나 좁은 손바닥으로 잔을 덮었다. 세이어 부인은 손목시계와 남편을 번갈아 쳐다보았다. 가벼운 하품이 로런스의 입을 늘어나게 했다. 베티는 포겔만이라는 남자—쿠바의 산타클라라에 사는 박쥐 전문가—를 아냐고 토머스에게 물었다. 하겐은 물이나 맥주를 한 잔 달라고 했다. 갑자기 프닌의 머리에 한 가지 의문이 떠올랐다. 저 사람이 누구랑 닮은 것 같은데? 에릭 빈트? 왜? 두 사람의 생김새는 완전히 다른데.

11

마지막 장면의 배경은 현관이었다. 하겐은 올 때 가지고 왔던 지팡이를 찾을 수 없었다(지팡이는 벽장 안 트렁크 뒤에 쓰러져 있었다).

"나는 핸드백을 두고 나온 거 같아." 세이어 부인은 깊은 생각에 잠긴 남편을 응접실 쪽으로 아주 살짝 떠밀며 말했다. 프닌과 클레멘츠는 마치 한 쌍의 배부른 장식 기둥처럼 응접실 입구 좌우에 서서 막판 토론 중이었다(그들이 각자의 복부를 당긴 것은 말 없는 세이어를 통과시켜주기 위해서였다). 응접실 중앙에서는 토머스 교수(뒷짐을 지고 발꿈치를 들었다 내렸다 하며)와 블리스 양(쟁반을 들고)이 쿠바에 대해 이야기하고 있었다(베티의 피앙세의 사촌이 한동안 쿠바에 산 적이 있는 것 같다고). 세이어는 의자들 사이를 비틀비틀 돌아다니다가 어디서 집어 들었는지 모르겠는 흰 가방이 자기 손에 들려 있는 것을 알아챘다(그의 머릿속은 그날 밤에 그가 써내게 될 시행들의 조짐으로 가득 차 있었다).

우리는 자리에 앉아 술을 마셨다, 각자의 과거는 저마다의 내면에 갇혀 있었고, 운명의 자명종들은 별개의 미래들에 맞추어져 있었다──급기야 한 손목이 들어 올려져 있었고, 왕후들의 눈이 마주쳤고……

그 사이에 프닌은 위층이 어떻게 꾸며져 있는지 보고 싶지 않냐고 조앤 클레멘츠와 마거릿 세이어에게 물었다. 두 사람 다에게 그것은 너무 좋은 생각이었다. 그가 앞장섰다.

이른바 *kabinet*[서재] 공간은 매우 아늑하게 꾸며져 있었다. 긁힌 자국이 있는 바닥은 파키스탄 러그라고 여겨질 수 있는 깔개—그가 오래전에 연구실에 깔아놓으려고 샀던(얼마 전에 깜짝 놀라는 팔테른펠스의 발밑에서 극단적 침묵을 지키며 걷어 온)—에 포근히 감싸여 있었다. 타탄체크 무릎 담요—1940년에 프닌과 함께 유럽에서 이주해 온—와 이미 거주하고 있던 쿠션들 몇 개가 붙박이 침대를 가리고 있었다. 분홍색 선반들—그가 들어올 때까지 호레이쇼 알저 주니어의 『구두 닦는 소년[Bootblack] 톰, 혹은 성공으로 가는 길』(1889)에서 어니스트 톰프슨 시턴의 『숲속의 롤프』(1911)를 거쳐 열 권짜리 『콤프턴 그림 백과사전』 1928년 판(아스라한 사진들이 작게 실려 있는)에 이르기까지 여러 세대의 아동 도서를 받치고 있던—은 이제 웬델 대학 도서관의 소장 도서 365권을 견디고 있었다.

"여기에 다 내 대출 도장이 찍혀 있다니." 세이어 부인이 짐짓 경악스럽다는 표정을 지으며 한숨을 쉬었다.

"일부에는 밀러 부인의 대출 도장이 찍혀 있습니다." 프닌은 역사적 진실을 엄격히 따지는 사람이었다.

침실에서 가장 큰 인상을 주는 것은 커다란 병풍—사주식四柱式 침대를 음험한 외풍으로부터 차단하는—과 작은 병렬 창문들을 통해 내다보이는 전망—대략 50피트 앞에 불쑥 서 있는 검은 바위 벽(절벽 꼭대기의 검은 수풀 위로 창백한 별하늘이 길쭉하게 올려다보이는)——이었다. 로런스는 뒤뜰에서 창문의 불빛이 닿은 부분을 벗어나 그림자 속으로 걸어 들어갔다.

"드디어 안락한 집이 생겼네요." 조앤이 말했다.

"그래서 내가 당신에게 무슨 말을 할 것인가 당신은 압니다." 비밀을 살짝 알려주는 듯한 프닌의 대꾸는 희열로 떨리고 있었다. "내가 이 집을 사는 일을 돕기를 원하고 있는 신사를 나는 내일 아침에 비밀*의 장막 아래에서 만날 것입니다!"

세 사람은 아래층으로 돌아왔다.

로이는 아내에게 베티의 가방을 내밀었다. 헤르만은 지팡이를 발견했다. 마거릿의 가방은 아직 안 보였다. 로런스가 돌아왔다.

"굿바이, 굿바이, 빈 교수님!" 프닌이 이렇게 목청을 높일 때, 그의 두 뺨은 포치 등불 아래에서 붉고 둥글었다. (아직 현관에서 벗어나지 못한 베티와 마거릿 세이어는 자랑스러워하는 하겐 박사의 지팡이——얼마 전에 독일에서 그에게 온 울퉁불퉁한 곤봉——에 감탄을 표했다. 손잡이에

＊ 원문은 mysteree. 프닌은 mystery를 이렇게 발음한다.

해당하는 당나귀 머리는 한쪽 귀가 움직였다. 하겐 박사의 바이에른 조부—시골 목사—가 남긴 유품이었다. 목사가 남긴 기록을 보면, 안 움직이는 귀는 1914년에 고장 나서 안 움직이게 된 것이었다. 자기는 그린론 레인에서 어떤 앨세이션*을 막는 용도로 지팡이를 들고 다닌다고, 미국의 개들은 보행자들에게 익숙지 않다고, 자기는 늘 운전보다 보행을 선호한다고, 귀를 수리할 데가 없다고, 적어도 웬델에는 없다고 하겐은 말했다.)

"저 사람이 왜 나를 저런 이름으로 불렀는지 알 수가 없군요." 길 건너 느릅나무 아래 주차되어 있는 자동차 넉 대를 향해서 푸른 어둠을 건너가면서 T. W. 토머스—인류학 교수—가 로런스 & 조앤 클레멘츠 부부에게 말했다.

"저 친구에게는," 클레멘츠가 대답했다. "자기만의 명명법이 있거든요. 저 친구의 언어 기벽이 삶에 새로운 전율을 더하지요. 발음의 오류는 신화 창조, 어휘의 오류는 신탁. 우리 집사람을 부를 때는 존이라고 하고."

"아무리 그래도 나는 좀 거북하군요." 토머스가 말했다.

"저 친구는 아마 당신을 딴 사람으로 착각했을걸요." 클레멘츠가 말했다. "당신이 정말 딴 사람일 가능성도 있고."

✦ 견종의 하나. '저먼 셰퍼드'의 다른 이름.

세 사람은 길 건너에 닿기 전에 하겐 박사에게 따라잡혔다. 토머스 교수는 여전히 당혹스럽다는 얼굴로 작별을 고했다.

"음." 하겐이 말했다.

땅에는 벨벳, 하늘에는 강철, 아름다운 가을밤이었다.

조앤이 물었다.

"정말 우리 차 안 타도 되겠어요?"

"도보로 10분 거리인걸. 그리고 이런 원더풀한 밤에 산책은 필수지."

세 사람은 잠시 서서 별들을 올려다보았다.

"그리고 저게 다 저마다 하나의 세계지." 하겐이 말했다.

"아니면," 클레멘츠가 하품을 하면서 말했다. "끔찍하게 썩은 무언가이거나. 별이라는 것은 실은 반짝이는 시체이고, 우리는 그런 시체 안에 서식하는 생물이고, 그런 게 아닐지."

밝은 포치로부터 프닌의 걸쭉한 웃음소리가 들려왔다. 그가 세이어 부부와 베티 블리스에게 자기의 유사한 경험―남의 레티큘*을 챙겨 갈 뻔했던―을 들려주고 난 뒤였다.

"우리 별님, 반짝이시는 것도 좋지만 이제 좀 움직입시

✢　'손가방'을 뜻하는 프랑스어에서 온 외래어.

다." 조앤이 말했다. "헤르만, 덕분에 즐거웠어요. 이름가르
트한테도 안부 전해주길. 굉장한 파티였네요. 티모페이가
저렇게 행복해하는 모습은 처음 봤네요."

"그러게, 고맙군." 하겐이 딴생각에 빠진 채 대꾸했다.

"그 표정을 당신도 보았어야 하는데." 조앤이 말했다.
"저 꿈의 집을 사는 문제로 내일 부동산 중개인을 만날 거
라던데, 티모페이가 우리한테 어떤 표정으로 그 말을 했는
지 보았어야 해요."

"그런 말을 했다고? 잘못 들은 거 아니고?" 하겐이 황급
히 물었다.

"아주 똑똑히 들었는데요. 집을 사야 하는 사람이 있다
면, 그건 티모페이잖아요."

"음, 굿 나이트." 하겐이 말했다. "덕분에 즐거웠고. 굿 나
이트."

그는 두 사람이 차에 타기를 기다리면서 주저하다가 밝
은 포치 방향으로 발길을 돌렸다. 거기서 프닌은 마치 무대
위의 배우처럼 세이어 부부와 베티를 상대로 두 번째, 아니
면 세 번째 악수를 나누고 있었다.

("자기 딸이 그 늙은 레즈비언을 따라 외국에 나가게 허
락해주다니. 우리 딸이 그랬으면 나는 절대, 정말 절대 허락
안 할 거야." 조앤이 핸들을 돌려 후진하면서 말했다. "조심

해. 그러다 듣겠어. 취해서 못 알아들을 거 같기는 하지만."
로런스가 말했다.)

"용서 못 해요." 기분좋게 웃는 파티 주최자에게 베티가
말했다. "설거지를 못 하게 하다니."

"설거지는 내가 도와줄 테니까, 거기, 이제 다 얼른 가."
하겐이 이렇게 말하며 포치 계단을 올라왔다(그의 지팡이
가 계단 바닥을 쿵쿵 찍었다).

프닌은 마지막 악수를 나누었고, 세이어 부부와 베티는
떠났다.

12

"일단," 하겐이 프닌과 함께 다시 응접실로 들어오면서
말했다. "당신과 함께 마지막 잔을 들겠어."

"그럽시다. 그럽시다!" 프닌이 외쳤다. "함께 나의 *cruchon*
[술 단지]을 비웁시다."

두 사람이 편히 자리를 잡았고, 하겐 박사가 말했다. "당
신은 원더풀한 파티 주최자로군, 티모페이. 이번 파티는 매
우 즐거워. 좋은 와인을 마실 때는 늘 처형을 앞둔 사형수
처럼 한 모금 한 모금 음미하며 마시라고 할아버지는 늘 말

씀하셨지. 당신이 이 펀치에 뭘 넣었는지 궁금하군. 내가 또 궁금한 게 있는데 말이야, 우리 친구 조앤한테 들었는데, 당신이 이 집의 구입 가능성을 관측하고 있다던데 사실이야?"

"관측이 아니고—염탐입니다." 프닌이 껄껄 웃으며 대꾸했다.

"그게 과연 현명한 처사일까 의문이야." 하겐이 잔을 손바닥으로 감싸 쥐며 대화를 이었다.

"물론 나는 드디어 종신 재직권을 얻을 것이라고 예상하고 있습니다." 프닌이 다소 능청스럽게 말했다. "지금 나는 아홉 살의 조교수입니다. 세월은 달립니다. 금방 나는 '명예 조교수[Assistant Emeritus]'일 것입니다. 하겐, 당신은 왜 침묵합니까?"

"티모페이, 당신 때문에 내가 아주 입장이 난처해. 당신이 하필 그 문제를 제기하는 일은 없길 바랐는데."

"나는 문제를 제기하지 않습니다. 나는 다만 웬델이 나를 부교수로 만들 것이라고 예상한다는—아, 그때는 내년이 아닐 것이고, 예를 들면 '농노 해방' 1백 주년일 것입니다."

"음, 있잖아, 친애하는 당신에게 내가 한 가지 애석한 비밀을 말해야 하는데. 아직 공식적인 것은 아니라서, 아무에게도 말 안 하겠다는 약속을 해줘야겠는데."

"맹세합니다." 프닌이 한 손을 올리며 말했다.

"당신도 잘 알다시피," 하겐이 대화를 이었다. "내가 얼마나 정성을 다해서 우리의 위대한 학과를 건설해냈느냐 말이야. 당신만 나이가 드는 게 아니야. 티모페이, 당신이 여기서 아홉 해를 보냈다고? 나는 29년 동안 이 대학교에 내 전부를 바쳤어! 겸손히 바쳤지. 일전에 내 친구 크라프트 박사가 나한테 편지를 써 보냈는데, 헤르만 하겐, 당신이 미국에서 독일을 위해 혼자의 힘으로 해온 일은 우리 조직들이 독일에서 미국을 위해 해온 일을 전부 합한 것보다도 많다, 그런 편지였지. 근데 지금 이게 대체 무슨 일이냐고! 내가 팔테른펠스 그놈을 얼마나 애지중지 키웠는데, 그 드래건 같은 놈이 이제 그 노른자 자리에 날름 앉아버리다니! 당신을 위해서 그 계략에 대한 이야기를 내가 자세히는 안 하겠어."

"그렇습니다," 프닌이 한숨을 쉬면서 말했다. "계략은 참혹, 참혹입니다. 그러나, 다른 방향에서 보면, 정직한 노동은 언제나 자기의 우위를 증명할 것입니다. 내년에 당신과 나는 오래전에 내가 계획해온 멋진 신설 과목들을 내놓겠습니다. 독재에 관하여. 쇠 신[Boot]에 관하여. 니콜라이 1세에 관하여. 모든 현대적 잔혹의 선구자들에 관하여. 하겐, 우리가 불의를 말할 때, 우리는 아르메니아 학살을 망

각하고, 티베트가 발명한 고문을 망각하고, 아프리카 식민
지배자들을 망각합니다…… 인간의 역사는 고통의 역사입
니다."

하겐은 친구 쪽으로 상체를 숙이며 친구의 우툴두툴한
무릎을 쓰다듬었다.

"티모페이, 당신은 원더풀한 낭만주의자야. 상황이 이렇
게 나쁘지만 않았어도…… 하지만 우리가 봄 학기에 특별
한 것을 정말로 내놓게 되리라는 것은 내가 장담할 수 있지.
'드라마틱 프로그램'—코체부에서 하우프트만까지 여러
장면들을 우리가 무대에 올리게 될 거야. 나는 이걸 일종의
신격화라고 보는데…… 하지만 너무 앞서 나가서는 안 되
겠지. 나도 티모페이 당신처럼 낭만주의자라서 말이야, 우
리 쪽 이사회에서는 다들 내가 여기 있어주길 바라지만, 나
는 보도 같은 인간들이 얼쩡대는 곳에서는 일을 못하겠어.
크라프트가 시보드에서 곧 은퇴하는데, 그 후임이 돼달라
고 나한테 제안이 왔거든, 내년 가을부터."

"축하합니다." 프닌이 열렬히 말했다.

"고마워, 그래야 친구지. 크게 주목 받는 매우 높은 자리
라는 건 분명해. 여기서 쌓아온 귀한 경험들을 거기서는 학
술 및 행정의 더 넓은 영역에 적용해야겠지. 나의 첫 행보
는 물론 당신을 데려간다고 제안하는 것이었어. 보도가 당

신을 계속 독문과에 놔두지는 않으리라는 걸 나는 아니까 말이야. 근데 시보드의 슬라브어 인력은 당신 말고도 충분하다고 그쪽에서는 그러더라고. 그래서 내가 블로랑주와 이야기했어. 근데 여기 불문과도 자리가 꽉 찼더라고. 일이 너무 꼬인 거야. 지금 웬델은 인기를 잃은 러시아어 과목 두세 개를 위해 당신을 임용하면 재정적 부담이 너무 과할 것이라고 느끼고 있으니 말이야. 지금 미국의 정치 풍조가 러시아 것들에 대한 관심을 억누르고 있다는 거, 그건 우리 다 알잖아. 다른 방향에서 보면, 지금 영문과가 당신네 동포들 중에서 최고 수준의 강사 하나를 초빙하려고 하고 있다는 거, 그건 당신도 알아두는 게 좋을 거야. 나도 한 번 들었는데, 정말 흥미로운 강사더군. 당신의 오랜 친구인 것 같던데."

프닌이 헛기침을 하며 물었다.

"그것은 지금 그들이 나를 해고하고 있다는 의미입니까?"

"괜찮아, 티모페이, 좀 편하게 생각해. 당신의 오랜 친구가 오면⋯⋯"

"누가 오랜 친구입니까?" 프닌이 눈을 가늘게 뜨고 물었다.

하겐이 흥미로운 강사의 이름을 댔다.

상체를 숙이고 팔꿈치를 무릎에 대고 양손 깍지를 끼었다 풀었다 하면서 프닌이 말했다.

"그렇습니다, 나는 그를 서른 해 이상 압니다. 우리는 친구지만, 철저히 확실한 한 가지가 있습니다. 나는 결코 그의 아래에서 일하지 않을 것입니다."

"음, 그렇게 당장 결정할 문제는 아닌 것 같은데. 무슨 수가 생길 수도 있고. 어쨌든 이런 문제는 우리 쪽에서 충분히 논의하겠지. 그래도 우리는, 당신과 나는, 아무 일도 없었던 것처럼 계속 가르쳐야겠지, *nicht wahr*[안 그래]? 우리는 용기를 내야 해, 티모페이!"

"그렇다면 그들은 나를 해고했습니다." 양손 깍지를 끼고 고개를 끄덕이며 프닌이 말했다.

"그러네, 우리는 한배를 탄 거네, 한배를 탄 거야." 명랑한 하겐은 이렇게 말하고 자리에서 일어났다. 오래전에 돌아갔어야 하는 시간이었다.

"나 지금 가." 현재 시제 중독자 하겐이 말했다. 프닌의 증상에 비하면 경증이었지만, 현재 시제 중독증을 가진 것은 그도 마찬가지였다.

"끝까지 원더풀한 파티였는데, 우리 둘 다의 친구가 나에게 당신의 낙관적 계획에 대해서 알려주더라고. 그걸 몰랐으면 내가 왜 이렇게 분위기를 망쳤겠어. 굿 나이트. 아, 그나저나…… 당신 봉급은 가을 학기에는 물론 전액이 나가게 될 거고, 봄 학기에 우리가 얼마나 뽑아낼 수 있을지 우리 쪽에서 책정할 거야. 당신이 이 늙은이의 불쌍한 두 어깨에서 어리석은 서류 작업을 약간 덜어내 주겠다고 하면, 그리고 뉴 홀의 드라마틱 프로그램에 적극 참여해준다면, 더 바람직하게 책정이 될 거야. 연출은 내 딸이 하니까, 당신은 배우로 참여해주어야 할 텐데, 슬픈 생각들을 떨쳐버릴 기회도 될 거야. 이제 얼른 침대 가서 누워. 잠 안 오면 좋은 추리 소설 읽고."

그는 포치에서 프닌의 반응 없는 손을 두 사람 몫의 힘으로 쥐고 흔들었다. 그러고는 아무 생각 없이 지팡이를 휘두르며 행군하듯 나무 계단들을 밟아 내려갔다.

그의 등 뒤에서 포치 유리문이 쾅 닫혔다.

"*Der arme Kerl*[불쌍한 녀석]." 마음이 따뜻한 하겐은 집 쪽으로 걸음을 옮기며 혼잣말을 했다. "적어도 나는 쓴 약에 당의를 입혔어."＊

13

프닌은 사이드보드와 주방 탁자에서 주방 싱크대로 설

＊ 문학 효용론 중 하나인 당의정설을 연상시키는 표현.

거짓거리를 옮겼다. 그리고 음식 남은 것은 냉장고의 밝은 북극 조명 안으로 치웠다. 훈제 우설과 미니 소시지는 동이 난 데 비해 비네그레트소스는 성공을 거두지 못했고, 캐비아와 고기 타르트는 다음 날 한두 끼로 충분한 양이 남아 있었다. "둥 둥 둥," 그릇 넣는 벽장이 그가 지나갈 때 말했다. 프닌은 응접실을 둘러보면서 뒷정리를 시작했다. 프닌의 펀치 마지막 한 방울이 아름다운 그릇에서 반짝였다. 조앤은 립스틱이 묻은 담배꽁초를 받침 접시 위에 눌러놓고 갔다. 베티는 아무 흔적도 남기지 않고 돌아갔다(모든 잔들을 도로 주방에 가져다 놓기까지 했다). 세이어 부인은 예쁜 다색 성냥첩을 음식 접시 위에 남겨놓고 갔다(누가 과자도 남아 있었다). 세이어 씨는 대여섯 장의 종이 냅킨을 갖가지 기괴한 모양으로 접어놓고 갔다. 하겐은 지저분한 엽궐련을 먹다 남은 포도송이에 짓이겨놓고 갔다.

프닌은 주방에서 설거지 준비에 나섰다. 실크 상의를 벗고, 넥타이를 풀고, 틀니를 뺐다. 셔츠 앞판과 턱시도 바지를 더럽히지 않기 위해 알록달록한 수브렛* 에이프런을 입었다. 여러 가지 한입 음식들을 접시에서 긁어내서 갈색 종이봉투에 담았다. 오후에 때때로 찾아오는 지저분한 흰 강

---

* '하녀'를 뜻하는 프랑스어에서 온 외래어.

아지—등에 분홍색 반점이 있는—에게 주기 위해서였다. 인간의 불행이 개의 행복을 방해해야 할 이유는 없었다.

그는 싱크대에 도자기, 유리 제품, 은붙이를 위한 거품 목욕물을 준비했고, 바닷물색 그릇을 그 미지근한 거품 속으로 한없이 조심스럽게 내려놓았다. 그릇이 바닥으로 가라앉으면서, 맑게 울리는 강화 유리가 은은함으로 가득한 소리를 올려 보냈다. 그는 호박색 술잔과 은붙이를 수도꼭지 밑에서 헹궜고, 그것들도 같은 거품에 잠기게 했다. 그러고는 나이프, 포크, 스푼을 건지고 헹군 뒤, 물기를 닦기 시작했다. 그는 매우 느리게 일했다. 어딘가 막연한 일 처리 방식, 덜 꼼꼼한 사람에게서 나타났다면 딴생각의 안개 속을 헤매고 있다고 여겨졌을 방식이었다. 그는 물기를 닦은 스푼들을 작은 꽃다발처럼 모아 쥐고 설거지가 되어 있는(하지만 물기가 남아 있는) 물병에 꽂은 뒤, 그것들을 하나하나 꺼내 다시 하나하나 물기를 닦았다. 그는 미처 건져 내지 못한 은붙이를 찾아 거품 바닥을(술잔들 사이를, 낭랑한 그릇 밑을) 손으로 더듬거리다가 호두까기 집게를 건져 냈다. 깔끔한 프닌이 그렇게 건져낸 집게를 헹군 뒤 물기를 닦고 있던 그때, 그 다리 달린 것이 행주에서 스르륵 미끄러지더니 옥상에서 곤두박질치는 사람처럼 아래로 뚝 떨어졌다. 그는 그 순간 그것을 거의 잡을 뻔했지만(그의 손끝이 허공에서 그것에 실제로 닿았다), 손끝의 접촉은 그것이 보물을 감추고 있는 싱크대 거품 속으로 추락하는 것을 도와주는 데 그쳤다(추락 직후, 쩍 하고 유리 깨지는 소리가 났다).

프닌은 행주를 한구석으로 집어 던진 뒤, 뒤로 돌아 열린 뒷문 문턱 너머 캄캄함을 응시하며 잠시 서 있었다. 소리 없는 레이스 날개의 작은 초록색 곤충이 프닌의 빛나는 대머리 위쪽 강한 알전구의 눈부심 주위를 맴돌고 있었다. 그는 많이 늙어 보였다(이 빠진 입은 반쯤 벌어져 있었고, 깜빡이지 않는 초점 없는 눈을 눈물이 얇은 막처럼 덮고 있었다). 얼마 뒤, 그는 괴로운 짐작을 담은 신음 소리와 함께 돌아갔고, 거기서 잔뜩 긴장한 모습으로 한쪽 손을 거품 속으로 깊이 집어넣었다. 유리 파편이 그를 찔렀다. 그는 깨진 술잔을 조심스럽게 치웠다. 아름다운 그릇은 무사했다. 그는 새 행주를 꺼내 들고 가사 작업을 이어나갔다.

이제 모든 것이 깨끗하고 뽀송뽀송했고, 그릇은 찬장의 가장 안전한 선반 위에 고고하고 고요하게 세워져 있었고, 크고 어두운 밤에 둘러싸인 작고 환한 집은 문단속이 다 끝나 있었다. 이제 프닌은 주방 탁자에 앉은 뒤 서랍에서 노란색 메모 용지를 꺼내며 만년필을 뽑아 들고 편지의 초안을 작성하기 시작했다.

"친애하는 하겐," 그는 분명하고 확고한 필체로 써나갔다. "우리가 오늘 밤 가졌던 대화를 제가 재효수하는 것 [recapulate] (가위표로 지움) 재서술하는 것 [recapitulate] 을 허락해주시기 바랍니다. 그때의 대화가 저를 다소 놀라게 했다는 것을 저는 고백해야 합니다. 만약 제가 그때 당신을 올바르게 이해하는 영광을 얻었다고 가정하면, 당신은 ……라고 했습니다."

7장

1

    티모페이 프닌에 대한 나의 첫 기억은 1911년 봄의 어느 일요일에 나의 왼쪽 눈에 들어온 한 점의 석탄가루와 연결되어 있다.

    그날 아침도 날씨가 변덕스럽고 바람이 거세고 햇빛이 진한 그 상트페테르부르크의 아침이었다. 라도가* 빙하의 마지막 유빙이 네바강을 통해 만으로 내보내지고, 강물은 제방 화강암에 남색 파도를 던져 올리고, 부두에 정박된 예인선들과 거대한 바지선들이 리듬감 있게 삐걱거리고, 나타났다 사라졌다 하는 햇빛 아래 멀리 정박된 증기 요트들

---

* 호수 이름.

의 적갈색과 황동색이 빛나는 아침. 나는 열두 살 생일 선물로 받은 멋진 새 영국 자전거를 시험해보려고 빠져나왔다가 장미색 석재로 지어진 모르스카야*의 우리 집으로 돌아가기 위해 실내 바닥처럼 매끄러운 목재 도로 위를 달리고 있었다. 가정 교사의 말을 어기고 심한 잘못을 저질렀다는 생각도 불편했지만, 한쪽 눈의 극북 방향에서 따가운 아픔을 유발하고 있는 티끌은 더 불편했다. 차가운 찻물에 적신 솜을 눈에 대거나 tri-k-nosu(콧등 방향으로 문지르는) 등의 민간요법들은 문제를 악화시킬 뿐이었고, 다음 날 아침에 자고 일어났을 때는 눈꺼풀 뒤에 잠복해 있는 물체가 입체 도형—눈물 젖은 눈을 깜빡일 때마다 눈알 속을 점점 깊게 파고 들어가는—처럼 느껴졌다. 그날 오후에 나는 일류 안과 의사인 파벨 프닌 박사에게 진찰을 받게 되었다.

우스꽝스러운 일이 아이의 마음이라는 수용적 공간에 평생 남아 있는 경우가 있는데, 가정 교사와 내가 프닌 박사의 대기실에서 보낸 시간의 공간이 바로 그런 경우였다. 미니어처 창문의 푸른 자국이 벽난로 선반 위 오르몰루 시계의 유리 돔에 비치고 두 파리가 축 늘어진 샹들리에를 중심으로 느린 사각형을 그리는 공간. 깃털 장식 모자를 쓴 숙

✢ 도로 이름.

녀와 검은 안경을 쓴 그녀의 남편이 부부용 침묵 속에서 다인용 소파에 앉아 있었다. 이어, 기병대 장교가 들어와 창가에 앉아 신문을 읽고 있었다. 이어, 남편이 프닌 박사의 서재로 갔다. 내가 가정 교사의 얼굴에서 묘한 표정을 알아챈 것은 그때였다.

나는 아프지 않은 쪽 눈으로 그의 시선을 따라갔다. 장교는 숙녀를 향해 상체를 숙이고 있었다. 그는 그녀가 전날 했거나 하지 않은 어떤 일에 대해 빠른 프랑스어로 질책을 가했다. 그녀는 그가 입 맞출 수 있게 장갑 낀 손을 내밀었다. 그는 어디가 아픈 듯 장갑 아일릿에 붙어서 떨어지려고 하지 않았다―그러고는 병이 완쾌된 듯 곧 떠났다.

파벨 프닌 박사는 이목구비의 순함, 몸통의 육중함, 다리의 가늚, 원숭이를 닮은 귀와 윗입술의 형태에서 30년, 40년 뒤의 티모페이를 많이 닮은 모습이었다. 하지만 약간의 밀짚색 머리카락으로 밀랍색 대머리를 가린 것과 고故체호프 박사처럼 검은 줄이 달린 검은 테 코안경을 쓴 것은 아버지만의 특징이었다. 약간 더듬거리는 목소리도 아들의 나중 목소리와 전혀 달랐다. 눈에 붙어 있던 따가운 검은 점을 그 자상한 의사가 엘프의 북채 같은 미세한 기구로 떼어주었을 때, 나는 얼마나 후련했는지! 그 작은 점은 어디로 갔을까? 기분 나쁘지만, 터무니없지만, 그것이 지금도 어딘가에 존재하고 있는 것이 사실이다.

급우들의 집에 놀러 가본 경험, 그렇게 중간 계급의 다른 아파트들을 둘러보았던 경험 덕분일까, 나의 무의식에는 프닌 아파트의 모습이 (필시 실제에 상응할 모습으로) 간직되어 있다. 그래서 나는 그 집이 어떤 구조였는지(긴 복도를 중심으로 한쪽에는 대기실, 진찰실이 있고 더 뒤로 가면 식당 공간과 응접실 공간이 있고, 다른 한쪽에는 두세 개의 침실, 공부방, 욕실, 하녀방, 주방이 있는 구조) 지금도 거의 정확하게 설명할 수 있다. 진료가 끝나고 내가 안약 병을 받아 챙기고 있을 때, 그리고 그 기회를 잡아 가정 교사가 프닌 박사에게 안구 긴장이 위장 장애의 원인이 될 가능성을 문의하고 있을 때, 진찰실 앞문이 열렸다 닫혔다. 프닌 박사는 날렵하게 복도로 나가서 소리 있는 질문을 하고 소리 없는 대답을 들은 뒤, 아들 티모페이와 함께 돌아왔다. 열세 살의 *gimnazist*(고전학교 학생)이었던 그는 *gimnazicheskiy*[+] 교복—검정 블라우스, 검정 바지, 광택 있는 검정 벨트—을 입고 있었다(나는 입고 싶은 대로 입는 리버럴 쪽 학교에 다니고 있었다).

그의 짧게 깎은 머리, 부은 듯 창백한 얼굴, 빨개진 귀를

[+] *gimnaziya*(고전학교)의 형용사형.

내가 정말 기억하고 있느냐고? 그렇다, 정확히 기억하고
있다. 아버지가 대견해하는 손으로 그의 어깨를 잡고 대견
해하는 목소리로 "이 애가 '수학' 시험에서 5플러스(A+)를
받아 왔네요"라고 말할 때 그의 어깨가 아버지의 손 밑에서
무의식적으로 떨어져 나오던 방식까지 기억하고 있다. 다
진 양배추 파이의 꾸준한 냄새가 복도 끝에서 풍겨 나오고
있었고, 공부방의 열린 문 너머로는 벽에 걸린 러시아 지
도, 책장에 꽂힌 책들, 박제 다람쥐, 리넨 날개와 고무 모터
가 장착된 장난감 단엽 비행기를 볼 수 있었다. 나도 그런
비행기를 가지고 있었다. 비슷하게 생겼지만 그의 것보다
곱절은 큰, 비아리츠에서 사 온 것이었다. 프로펠러 고무줄
을 한참 감다 보면 감기는 방식이 바뀌면서 두꺼운 소용돌
이무늬가 만들어졌다. 동체를 말뚝에 잡아매는 끈의 끝을
예견하는 매력적인 무늬였다.

2

그로부터 5년 후, 어머니와 어린 남동생과 나는 상트페
테르부르크 근교의 우리 영지에 가서 여름의 초반을 지내
다가, 무슨 일 때문이었는지 발트해 연안의 유명 휴양지로

부터 그리 멀지 않은 묘하게 황량한 시골 영지를 지키고 있는 재미없는 친척 할머니와 함께 남은 여름을 보내게 되었다. 어느 오후, 내가 농밀한 희열 속에서 은줄표범나비의 예외적으로 희귀한 변종——뒷날개 아랫면 은색 줄무늬가 금속 느낌의 바탕 속으로 번져나가는——을 양손으로 잡고 아래가 위로 오게 해서 펼치고 있는데, 하인이 오더니 노마님께서 나의 알현을 요청한다고 알려주었다. 영빈관에서 노마님은 대학생 교복을 입은(남 시선을 많이 의식하는) 두 청년과 대화 중이었다. 금발 곱슬이 티모페이 프닌, 적갈색 솜털이 그리고리 벨로치킨이었다. 두 사람이 나의 이모할머니를 찾아온 이유는 영지의 경계를 표시하는 빈 헛간을 연극 공연장으로 사용하게 해달라고 부탁하기 위해서였다. 공연작은 아르투어 슈니츨러의 3막극 『리벨라이』를 러시아어로 옮긴 작품이라고. 안차로프——빛바랜 신문 스크랩 위주의 명성에 의지해 지방에서 준準직업 배우로 살아가는——가 무대를 도와주고 있다고. 나도 참여해보지 않겠느냐고. 하지만 수줍음이 큰 만큼 오만함도 컸던 열여섯 살 때의 나는 1막에 나오는 이름 없는 신사의 역할을 맡는 것을 거절했다. 면접은 서로 난처해지는 분위기에서 끝났다. 프닌 아니면 벨로치킨이 배[梨]kvas 잔을 엎었지만 분위기가 누그러지지는 않았고, 나는 나의 나비에게 돌아갔다.

그로부터 2주 뒤, 여차여차해서 어쩔 수 없이 공연을 관람하게 되었다. 헛간은 *dachniki*(휴가객들)와 근처 병원에서 온 상이군인들로 가득 차 있었다. 나는 남동생을 데리고 갔는데, 내 옆자리에는 로버트 카를로비치 혼──쾌활하고 통통한, 리가에서 온, 눈에 핏발이 선, 도자기처럼 푸른 눈을 가진, 이모할머니의 영지 관리인──이 앉아서 자꾸 엉뚱한 순간에 열렬히 박수를 쳤다. 장식용 전나무 가지들 냄새도 기억나고, 헛간 벽 갈라진 틈새로 알른거리던 농가 아이들의 눈동자도 기억난다. 좌석 첫째 줄은 무대와 매우 가까웠다. 배신당한 남편이 아내가 프리츠 로브하이머──용기병龍騎兵이자 대학생──에게 받은 연애편지 묶음을 가지고 와서 프리츠의 얼굴에 집어 던졌을 때 그것들이 우표가 붙어 있던 모서리를 잘라낸 엽서들이라는 것을 관객이 알아볼 수 있을 정도였다. 그 화난 '신사' 역할을 맡은 배우가 티모페이 프닌이었음을 내가 전적으로 확신하고 있기는 하지만(그렇게 짧게 등장했다가 퇴장한 뒤에 다른 사람으로 다시 등장했을 가능성도 물론 있다). 담황색 외투, 두툼한 머스타쇼,* 중간 가르마의 검은 가발이 매우 완벽한 변장이었던 만큼, 그때 내가 그에게 가지고 있었던 정도의 지극히

---

* '양 갈래 콧수염'을 뜻하는 외래어.

미미한 관심을 어떤 의식적인 확신의 토대로 삼을 수는 없을지도 모르겠다. 프리츠—결투에서 죽음을 맞게 될 젊은 사랑꾼—는 한편으로는 '검은 벨벳의 숙녀'—'신사'의 아내—와 그렇게 수수께끼 같은 막후 관계를 이어가지만, 한편으로는 크리스티네—순진한 빈 토박이 처녀—의 마음을 농락한다. 프리츠 역할을 맡은 것은 땅딸한 체구의 마흔 살 안차로프였는데, 따뜻한 계열의 두더지색으로 화장한 얼굴에, 가슴을 칠 때는 양탄자 터는 소리가 났다. 대사 암기라는 수고를 생략하고 무대에 오른 그가 즉흥적으로 뱉는 말들은 테오도어 카이저—프리츠의 단짝 친구(그리고 리 벨로치킨)—를 무대에서 거의 얼어붙게 했다. 현생에서 돈 많은 노처녀로 사는 여자(안차로프의 아부 대상)가 크리스티네 바이링—바이올린 연주자의 딸—으로 미스 캐스팅 되었다. 미치 슐라거—모자 가게에서 일하는 젊은 여자, 테오도어의 아모레타[*]—를 사랑스럽게 연기한 것은 얼굴이 예쁘고 목선이 가늘고 눈동자가 벨벳처럼 부드러운 소녀(벨로치킨의 여동생)였다. 그녀가 그날 밤 가장 큰 갈채를 받았다.

---

[*] '애인'을 뜻하는 외래어.

3

혁명의 시기, 그리고 이어진 내전의 시기에 내가 프닌 박사와 그의 아들을 회상할 기회가 있었을 가능성은 희박하다. 방금 내가 과거의 인상을 다소 상세하게 재구성한 것은 적갈색 수염을 기르고 어린아이 같은 눈을 반짝이는 티모페이 프닌—러시아 문화에 관한 여러 편의 훌륭한 논문을 저술한 박식한 청년 저자—과 20년대 초반 어느 해 4월 어느 밤에 파리의 한 카페에서 악수를 나누게 되었을 때 나의 머릿속을 스쳐 간 것들을 고정시켜놓기 위해서일 따름이다. 당시 러시아 망명자들 사이에서는 낭독회나 강연회 같은 행사가 인기였는데, 에미그레 작가, 예술가 사이에서는 행사 뒤풀이로 '세 분수'에서 모이는 것이 관행이었다. 내가 낭독회 행사를 마치고 아직 잠긴 목소리로 프닌을 상대로 전에 나와 만났던 일들을 떠올려주려고 애쓴 동시에 흔치 않게 선명하고 강력한 나의 기억력으로 그를 포함한 여러 사람을 재미있게 해주려고 애쓴 것은 바로 그런 모임에서였다. 하지만 프닌은 모든 것을 부인했다. 나의 이모할머니는 어렴풋하게 기억나지만 나를 만난 적은 없다고 그는 말했다. 자기는 수학 성적이 늘 안 좋았다고도 했고, 어쨌든 자기 아버지가 자기를 환자들에게 구경시킨 적은 없다고도 했다. 자기는 『자바바』(『리벨라이』)에서 크리스티네 아버지 역 하나밖에 안 맡았다고도 했다. 우리는 절대로 전에 만난 적이 없는 사이라고 그는 거듭 강조했다. 그 잠깐의 입씨름은 가벼운 농담일 뿐이기도 했고, 다들 웃는 분위기이기도 했다. 프닌이 자기 자신의 과거를 인정하기를 얼마나 꺼리는지를 눈치채면서 내가 화제를 비교적 덜 개인적인 방향으로 이끌기도 했다.

내가 하는 이야기를 가장 열심히 듣고 있는 사람이 매우 매력적인 외모의 젊은 여자—검은 실크 스웨터를 입고, 갈색 머리에 금색 머리띠를 두른—라는 것이 그 와중에 점점 의식되기 시작했다. 그녀는 왼쪽 손바닥에 오른쪽 팔꿈치를 올려놓고 담배를 집시처럼 오른손 엄지와 검지로 쥔 자세로 나의 맞은편에 서 있었다. 담배는 연기를 올려 보내고 있었고, 그녀의 파란 눈은 연기 때문에 반쯤 감겨 있었다. 시 쓰는 의대생 리자 보골레포프였다. 자기가 쓴 시를 한 뭉치 보내면 평을 해주겠느냐고 그녀는 나에게 물었다. 나중에 그 파티에서 다시 나의 시야에 들어온 그녀는 이반 나고이—역겨울 정도로 털이 많은 젊은 작곡가—의 옆에 앉아 있었다. 두 사람은 *auf Bruderschaft*—서로 팔을 교차하는 방식으로 술을 마시고 있었고, 의자 몇 개 너머에서는 바라칸 박사—재능 있는 신경학자이자 리자의 최근 애인이었던—가 고요한 절망에 젖은 아몬드 모양의 검은 눈으로 리자를 바라보고 있었다.

며칠 뒤 그녀가 그 시들을 보내왔다. 그나마 괜찮게 나온 것은 아흐마토바를 흉내 내는 에미그레 여류 시인들의 전형적 운문—약약강翳翳强 음보로 살살 걸어가다가 안타까운 한숨과 함께 털썩 주저앉는 안일한 서정시 나부랭이—이었다.

Samotsvétov króme ochéy

Net u menyá nikakíh,

No est' róza eshchó nezhnéy

Rózovih gúb moíh.

I yúnosha tíhiy skazál:

"Vashe sérdtse vsegó nezhnéy……"

I yá opustíla glazá……

통념에 따라서 u 발음이 단음 'oo'와 비슷하고 i 발음이 단음 'ee'와 비슷하고 zh 발음이 프랑스어 'j'와 비슷하다고 치고 러시아어를 로마자로 옮기고 강음 기호를 집어넣으면 이렇게 된다. 불완전 압운, 예컨대 *skazál-glazá*는 통념에 따르면 매우 우아한 기법이었다. 성애적 암류들과 *cour* *d'amour* 암시들에 주목하자. 산문으로 옮기면 이렇게 된다. "나는 아무 보석도, 나의 눈동자를 제외하고는, 가지고 있지 않네, 그러나 한 송이 장미를 가지고 있네, 나의 장밋빛 입술보다 더 더 여린 한 송이 장미를. 조용한 청년은 말했네. '당신의 심장보다 여린 것은 없소.' 나는 나의 시선을 아래로……"

나는 리자에게 시가 형편없으니 그만두라는 답장을 보냈다. 얼마 후, 나는 그녀가 긴 탁자에 앉아 있는 모습, 10여 명의 젊은 러시아 시인들 사이에서 만개한 꽃의 모습, 작열하는 불꽃의 모습을 다른 카페에서 보게 되었다. 나에게 고정된 그녀의 사파이어색 시선이 비웃음과 야릇함을 집요하게 전해 왔다. 우리는 대화를 나눴다. 나는 그녀에게 그 시들을 어디 좀더 조용한 데서 다시 보여주면 어떻겠느냐고 제안해보았다. 그녀는 나의 제안을 받아들였다. 나는 그녀에게 다시 읽으니 심지어 처음 읽었을 때보다 더 형편없는 것 같다고 말했다. 그녀가 사는 곳은 퇴폐적인 숙박업소에서 가장 싼 방이었다. 욕실이 없었고 이웃은 말 많은 한 쌍의 영국 청년이었다.

불쌍한 리자! 그녀에게도 나름대로 예술적인 순간들이 있었지만, 5월 어느 밤에 지저분한 거리에서 걸음을 멈추고 혼자 흥에 겨워하는 순간들, 축축하게 젖은 검은 벽에 남아 있는 낡은 포스터의 얼룩덜룩한 흔적들이 가로등 불빛에 비춰지는 것, 보리수 잎들이 가로등 옆으로 늘어져 투명한 녹색이 되는 것 따위를 추앙—아니, 숭배—하는 순간들이 그녀에게도 있었지만, 세상에는 건강하고 훌륭한 외모와 히스테릭한 후줄근함을 겸비한, 서정적 격정과 극히 실리적이고 극히 상식적인 머리를 겸비한, 더러운 성질과 감상주의를 겸비한, 무력한 굴복과 사람들에게 쓸데없는 심부름을 시킬 수 있는 강한 힘을 겸비한 여자들이 있고 그녀도 그런 여자들 중 하나였다. 이야기해봤자 공익에 전혀 도움이 안 될 감정들과 사건들의 발생과 전개 속에서, 리자는 한 움큼의 수면제를 삼켰다. 평소 그녀는 시를 정서할 때 깊은 색조의 붉은 잉크를 사용했는데, 그녀가 그렇게 정신을 잃고 쓰러지면서 마침 열려 있던 잉크병이 쏟아졌고, 그 새빨간 액체가 그녀의 방문 틈으로 흘러나오는 것을 크리스와 루가 그녀를 살릴 수 있는 딱 적당한 시간에 보게 되었다.

　나는 그 콩트르탕⁺ 이후 2주 동안 그녀를 만나지 않고 있었는데, 내가 스위스와 독일로 떠나기 전날 밤, 그녀가 나의 도로 끝에 있는 작은 공원에서 나를 불러 세우더니 매력

⁺ '불의의 사고'를 뜻하는 외래어.

적인 신품 정장 차림의 날씬하고[svelt] 낯선 모습——옷은 회색, 파리Paris 못지않은 비둘기 회색이었고, 파란색 새의 날개가 달린 진짜 매력적인 신품 모자를 쓰고 있었다——으로 한 장의 접힌 종이를 나에게 건넸다. "마지막 조언 부탁 드려요." 리자는 프랑스인들이 "흰색" 목소리라고 표현하는 목소리로 말했다. "나에게 온 청혼 편지예요. 자정까지 기다리겠어요. 그때까지 선생님에게서 연락이 없으면, 나는 이 청혼을 받아들이겠어요." 그녀는 택시를 잡아타고 가 버렸다.

그 편지가 어째서인지 나의 서류들 사이에 남아 있다. 이런 내용이다.

"친애하는 리즈, 내가 고백을 하면 당신은 아마 괴로움을 느낄 것입니다." (편지는 러시아어로 되어 있지만 발신자는 그녀를 부를 때 계속 이 프랑스 이름을 사용하는데, 과하게 친밀한 '리자'와 과하게 정중한 '엘리자베타 인노켄티예브나'를 모두 피하기 위해서였을 것이라고 추측해본다.) "민감한(chutkiy) 사람은 다른 사람이 곤란한 입장에 처해 있는 것을 볼 때면 언제나 괴로움을 느낍니다. 그런데 제가 지금 대단히 곤란한 입장에 처해 있습니다."

"리즈, 당신은 시인들, 과학자들, 화가들, 댄디들에게 둘러 싸여 있습니다. 작년에 당신의 초상화를 그린 유명한 화가

는 지금 매사추세츠 개척지에서 술주정뱅이가 되었다고 합
니다(govoryat, spilsya). 다른 많은 이야기가 돌고 있습니다.
그런데 여기서 제가 감히 당신에게 편지를 쓰고 있습니다."

"저는 잘생긴 것도 아니고, 재미있는 섯도 아닙니다. 재
능이 있는 것도 아닙니다. 그렇다고 돈이 많은 것도 아닙니
다. 하지만 제가 가진 것을, 리즈, 당신에게 모두, 마지막 한
방울의 혈액까지, 마지막 한 방울의 눈물까지 모두 드리겠
습니다. 그러니 제가 당신에게 드릴 수 있는 것은 그 어떤
천재가 당신에게 드릴 수 있는 것보다 많지 않겠습니까. 천
재는 자기 자신을 위해 많은 것을 예비해야 하는 만큼 저처
럼 자신의 전부를 내줄 수는 없지 않겠습니까. 저에게 행복
이 주어지지 않을지는 모르지만, 당신을 행복하게 해드리
기 위해 제가 무엇이든 하리라는 것은 압니다. 저는 당신이
시를 쓰시면 좋겠습니다. 저는 당신이 심리 치료 연구를 계
속하시면 좋겠습니다―제가 그 분야에서 이해할 수 있는
내용의 타당성에 의구심을 품고 있는 것과는 별도로, 제가
그 분야의 많은 것을 이해하고 있는 것은 아닙니다. 그것과
별도로, 저의 친구인 샤토 교수가 프라하에서 발행한 소책
자―태아의 입장에서 탄생을 자살행위라고 보는 당신 진
영의 할프 박사의 이론을 훌륭하게 반박하는―를 별봉 발
송하겠습니다. 샤토의 탁월한 논문 48쪽의 명백한 오식은

276

저의 재량으로 수정했습니다. 그럼 이제 저는 당신의 결정을"(다음은 "기다리겠습니다"였을 텐데, 리자가 페이지 하단을 서명과 함께 잘라냈다).

4

내가 다시 파리를 찾은 것은 그로부터 6년 후였다. 티모페이 프닌이 나의 출국 직후 리자 보골레포프와 결혼했다는 소식을 들은 것도 그때였다. 그녀는 *Suhie Gubï*(메마른 입술)이라는 제목의 시집을 출간해 나에게도 보내왔다. 어두운 색조의 붉은 잉크로 쓴 헌사—"낯선 사람에게 낯선 사람으로부터(*neznakomtsu ot neznakomki*)"—와 함께였다. 내가 프닌과 그녀를 본 것은 한 에미그레 유명 인사—사회 혁명주의자—의 아파트에서 열린 저녁 다과 모임에서였다. 전통적 테러리스트들, 영웅적 수녀들, 재능을 타고난 쾌락주의자들, 자유주의자들, 모험을 찾는 청년 시인들, 늙수그레한 소설가들과 화가들, 출판업자들과 광고업자들, 자유사상을 가진 철학자들과 학자들—30여 년 동안 활발하게 활동해왔으나 미국 지식인들에게 거의 알려지지 못한 망명자 사회의 유효하고 유의미한 핵심층—이 마치 특별 작위를 받는 기사들의 약식 집회 같은 모임을 갖는 경우가 있었는데, 그 모임이 바로 그런 경우였다. 러시아 이민 사회가 전적으로 허구적인 막연한 덩어리—이른바 트로츠키주의자(무슨 일을 하는 사람들인지는 모르겠다), 피산한 반동주의자, 개심하거나 변장한 체카 요원, 지체 높은 귀족 여성, 직업 성직자, 식당 운영자, 백러시아 무장 단체—라는 것, 그 어떤 문화적 의미도 그 안에 없다는 것은 영악한 공산주의 프로파간다를 통해 미국 지식인들에게 주입된 관념이었다.

프닌이 탁자 반대쪽 끝에서 케렌스키와 모종의 정치적 토론에 빠져 있는 틈을 타서, 리자가 나에게 정보—자기가 이미 "티모페이에게 다 말했다," 프닌은 "성자"라서 나의 죄를 "용서했다"—를 주었다(상스럽게 솔직한 것은 여전했다). 다행스럽게도 그날 이후로는 그녀가 그와 함께 모임—친애하는 친구들과 함께하는 우리만의 외딴 행성, 블랙 다이아몬드의 도시 위에 떠 있는 작은 별, 등불 아래 여기저기에서 소크라테스적 머리뼈들이 빛나는 그곳, 휘저은 찻잔 속에서 한 조각의 레몬이 공전하는 그곳—에 나오는 경우가 드물었던 덕에, 내가 그의 옆자리, 아니면 맞은편 자리에 앉을 수 있었다. 어느 날 밤, 신경학자 바라칸 박사와 프닌과 내가 볼로토프 부부의 집에서 열린 모임에서 함께 앉게 되었을 때, 왜였는지 내가 옆자리의 신경학자에게

이제는 D** 여사로 살고 있는 그의 사촌 루드밀라—내가
얄타와 아테네와 런던에서 알고 지낸 여자—에 대한 이야
기를 하고 있었는데, 맞은편에 앉아 있던 프닌이 갑자기 바
라칸 박사에게 냅다 소리쳤다. "잠깐만요, 저 사람이 하는
말을 믿지 마십시오, 게오르기 아라모비치. 저 사람은 온갖
말을 지어냅니다. 우리가 러시아에서 동급생이었다, 시험
때 같이 커닝을 했다, 그런 말을 지어낸 적도 있습니다. 저
사람은 지독한 날조자입니다(*on uzhasniy vidumshchik*)." 바라
칸과 내가 그저 자리에 앉아서 서로를 말없이 쳐다보고 있
었던 것은 이 폭발에 너무 깜짝 놀란 탓이었다.

5

오래된 관계를 회상하다 보면 나중의 기억이 먼저의 기
억에 비해 희미할 때가 종종 있다. 40년대 초였나 뉴욕에서
어느 러시아어 연극의 막간에 리자 부부와 이야기를 나누
었던 일이 기억난다. 그녀의 새 남편 에릭 윈드 박사는 "프
닌 교수님께는 참으로 따뜻한 애정을" 느끼고 있다고 하면
서, 2차 대전 초기에 세 사람이 함께 했던 유럽 탈출 여정
과 관련된 괴상한 디테일을 이것저것 제공해주었다. 그 무

렵에 나는 프닌을 뉴욕에서 개최되는 각종 사교 모임이나 학술 모임에서 여러 번 마주칠 수 있었는데, 유일하게 생생하게 남아 있는 것은 맨해튼 서쪽을 달리는 버스에 함께 탔던 기억——매우 성대한 행사가 있었던, 매우 습했던 밤, 1952년——이다. 한 위대한 작가의 서거 1백 주년을 맞아 뉴욕 시내에서 열리는 문예 행사에 참석해 큰 규모의 에미그레 청중 앞에 서기 위해 각자의 대학을 잠시 벗어난 우리였다. 프닌은 40년대 중반부터 웬델에서 재직 중이었는데, 보던 중 그때가 가장 건강하고 유복하고 자신만만한 모습이었다. 알고 보니 그와 나는 같은 *vos'midesyatniki*(80번대의 사람들)*——우리 둘 다 그날 밤 숙소를 웨스트 80번대에 잡았음을 가리키는 그의 말장난——였다. 가다 서다 하는 만원 버스에서 우리가 나란히 손잡이를 잡고 있는 동안, 착한 내 친구는 목을 쑥 빼서 좌우로 비트는 일(교차로의 수를 계속 확인, 재확인하기)과 호메로스와 고골에 나타난 '방랑하는 비유'의 용법에 대한 탁월한 설명을 내놓는 일(행사장에서 시간 부족 탓에 충분히 말하지 못한 것들을 모두 다 말하기)을 병행하는 데 성공했다.

＊ 러시아어에서 '60번대'는 1860년대——농노 해방 이후 10년의 격동기——를 가리키는 표현이다.

6

웬델의 교수직 제의를 수락하기로 결정하면서, 나는 학과 안에 '노어노문 세부 전공'을 신설해서 철저하게 나의 재량으로 강사를 초빙할 수 있어야 한다는 조건을 달았다. 이 조건은 받아들여졌고, 나는 당신이 원하는 대로, 당신이 원하는 만큼 나를 보조해줄 것을 요청하는 최대한 따뜻한 편지를 티모페이 프닌에게 써 보냈다. 그의 답장은 나에게 놀라움과 상처를 안겨주었다. 자기는 학교 일을 그만두었다는 것, 굳이 봄 학기 끝까지 남아 있지 않겠다는 것이 그의 퉁명스러운 대답이었다. 그러고는 화제가 바뀌었다. 빅터는 엄마와 함께 로마에 있다고(내가 편지에서 정중히 안부를 물었다). 빅터의 엄마는 세 번째 남편과 이혼하고 이탈리아인 아트 딜러와 결혼했다고. 대단히 유감스럽게도 내가 웬델에서 공개 강의를 하는 날—2월 15일 화요일—을 2, 3일 앞두고 이곳을 떠나게 되었다는 말로 프닌의 편지는 마무리되었다. 어디로 간다는 내용은 없었다.

그레이하운드가 14일 월요일에 나를 싣고 웬델에 도착한 것은 해가 진 뒤였다. 나를 마중 나온 코커럴 부부는 나를 집으로 데리고 가서 밤참을 챙겨주었다. 호텔에서 잘 생각이었는데, 알고 보니 그날 밤은 잠도 그 집에서 자야 했다. 그웬 코커럴을 만나 보니 새끼 고양이 같은 옆모습과 단아한 팔다리를 가진 30대 후반의 아주 예쁜 여자였다. 예전에 뉴헤이븐에서 한 번 만난 적이 있는 그녀의 남편은(나는 그를 기운이 없고 얼굴이 둥글넓적하고 머리는 중간 채도의 금발인 영국인이라고 기억하고 있었는데) 자기가 거의 10년 동안 흉내를 내왔던 남자와 너무나도 비슷하게 생긴 남자가 되어 있었다. 나는 피곤한 상태였고, 밤참 시간 내내 공연을 즐길 수 있기를 간절히 바랐던 것도 아니지만, 잭 코커럴의 프닌 흉내 연기가 완벽했다는 것은 인정할 수밖에 없다. 그는 최소한 두 시간 동안 진행된 그 공연에서 나에게 모든 레퍼토리—프닌의 수업, 프닌의 식사, 프닌이 여학생에게 추파를 던지다, 프닌이 선풍기의 영웅 서사시를 쓰다(부주의한 그가 선풍기를 욕조 바로 위에 설치되어 있는 선반에서 작동시켜 그 진동에 선풍기가 욕조에 빠질 뻔한다는 내용), 프닌이 자기를 잘 모르는 조류학자 원 교수를 상대로 두 사람이 오랜 친구 사이, 상대방을 팀과 톰이라고 부르는 사이임을 납득시키고자 하다, 한편 원은 상대방이 지금 프닌 교수 흉내 연기를 하고 있다는 결론으로 비약하다—를 보여주었다. 코커럴의 공연은 물론 프닌주의적 동작과 프닌주의적 개척지 영어를 중심으로 진행되었지만, 프닌과 세이어가 교수 휴게실에서 나란히 놓인 의자

282

에 앉아 아무 움직임도 없이 깊은 생각에 잠겨 있을 때 이
사람의 침묵과 저 사람의 침묵 사이에 생기는 미세한 차이
같은 것을 흉내 내는 장면들도 성공적이었다. 우리는 '도
서관 서가의 프닌'과 '캠퍼스 호숫가의 프닌'도 만날 수 있
었다. 프닌이 자기가 살았던 방들을 하나하나 비판하는 것
도 들을 수 있었다. 자동차 운전을 배운 일, 그리고 "차르의
추밀 고문관의 양계장"—코커럴이 프닌의 여름 휴가지라
고 추측하는 곳—에 다녀오는 길에 처음으로 타이어 펑크
사고를 당하고 그 사고에 대처했던 일에 대해 들려주는 프
닌의 긴 이야기에 귀를 기울이기도 했다. 그렇게 프닌이 자
기가 '총살당했다'고 말하는 장면까지 갔다. 흉내 연기자
에 따르면, 그 불쌍한 녀석에게 그 말은 '해고당했다'는 뜻
이었다*(나는 내 친구가 그런 실수를 할 사람이라고는 생
각지 않는다). 뛰어난 연기자 코커럴이 들려준 이야기 중에
는 프닌과 그의 동포 코마로프—위대한 벽화가 랑이 구내
식당 벽에 그려 넣은 초상들에 교수들 초상을 계속 추가하
고 있는 이류 벽화가—의 이상한 싸움에 대한 이야기도 있
었다. 코마로프는 프닌과는 다른 정치적 계파에 속해 있지
만 애국 화가인데, 프닌이 해임되었다는 데서 반러시아 제

---

* fire에 '해고하다'라는 뜻과 함께 '발포하다'라는 뜻이 있음을 이용한 이야기.

스처를 감지한 뒤, 젊고 약간 통통한(지금은 비쩍 마른) 블로랑주와 젊고 콧수염을 기른(지금은 말끔히 면도한) 하겐 사이에 시무룩하게 서 있는 나폴레옹을 지움으로써 프닌을 그려 넣을 자리를 마련하기 시작했다. 그런데 점심 식사 시간에 프닌과 푸어 총장 사이에 일이 벌어졌다. 프닌은 분노에 휩싸여 식식거리다가(평소에도 알아듣기 힘든 영어를 전혀 알아듣지 못하게 발음하면서, 벽에 그려진 유령 같은 무지크*의 윤곽선을 부들부들 떨리는 검지 끝으로 가리키면서) 만약에 저 블라우스 위에 자기 얼굴이 그려진다면 대학을 고소하겠다고 소리쳤고, 푸어는 (완전한 실명이라는 어둠에 갇힌 채) 프닌이 조용해지기를 차분히 기다리다가 다른 사람들에게 이렇게 물었다. "저 외국분이 우리 교직원입니까?" 으아, 맛깔나게 웃긴 연기였다. 그웬 코커럴은 (이미 여러 번 보았을 것이면서도) 얼마나 큰 소리로 웃어대는지, 그 집의 늙은 개 소바케비치**—눈 밑에 눈물 자국이 있는 갈색 코커스패니얼***—가 안절부절 내게 다가와 코를 킁킁거리기 시작했을 정도였다. 다시 한 번 말하지만

---

* '농민'을 뜻하는 러시아어가 '러시아 농민'을 뜻하는 외래어가 된 경우.
** 고골의 『죽은 혼Mertvye dushi』에 소바케비치라는 인물이 나온다. '소바카'는 러시아어로 '개'라는 뜻이다.
*** 인간 코커(스패니)얼에 어울리는 견종.

참으로 훌륭한 공연이었는데, 공연 시간이 너무 길었다. 자정이 되니 재미가 약해지기 시작하면서, 내가 입가에 띤 미소가 입술에 경련을 일으키기 시작했다는 느낌이 들었다. 나중에는 그 상황 전체가 얼마나 지겨워졌는지, 이 프닌 사업이 사업자 코커럴의 치명적 강박이 되게 하는 모종의 시적 복수*—조롱의 대상을 그가 조롱하는 대상에서 그 대상을 조롱하는 자기 자신으로 대체하는—가 작동한다는 느낌이 들 정도였다.

우리는 꽤 많은 양의 스카치를 마신 상태였다. 취기가 일정한 단계에 도달하면 갑자기 내린 결정이 매우 기발하고 유쾌하게 느껴지는 경우가 있는데, 자정이 좀 지났을 때 코커럴이 내린 결정이 바로 그런 경우였다. 늙은 여우 프닌은 실은 어제 떠나지 않았을 거라고, 지금쯤 납작 엎드려 있을 거라고 그는 말했다. 그럼 전화를 걸어서 알아볼까? 그는 정말 전화를 걸었다. 상상 속 현관 앞에서 실제로 울리고 있는 머나먼 벨 소리를 흉내 내는 끈질긴 신호는 응답받지 못했지만, 프닌이 정말로 이사 나갔다면 전화가 끊겼을 테니 전화벨이 이렇게 정상적으로 울릴 리가 없었다. 어리

✢ 원문은 poetic vengeance. '시적 정의poetic justice'라는 문학 용어를 연상시키는 표현.

석게도 나는 착한 내 친구 티모페이 팔치에게 뭔가 다정한 말을 해주고 싶었다. 잠시 후에 나까지 통화를 시도한 것은 그 때문이다. 갑자기 딸깍 소리가 났고, 청각의 시야가 열렸고, 거친 숨소리의 응답이 있었다. 잠시 후, "He is not at home, he has gone, he has quite gone"[그는 집에 없습니다, 그는 갔습니다, 그는 아주 갔습니다]이라는 서툴게 변조된 음성이 흘러나오더니 연결이 끊겼다. 하지만 내 오랜 친구가 아니라면 그 누구도(그의 흉내를 아무리 잘 내는 사람이라 해도) 'at'과 독일어 'hat'의 압운, 'home'과 프랑스어 'homme'의 압운, 'gone'과 'Goneril'의 앞쪽의 압운을 그렇게 확실히 맞추지는 못할 것이었다. 이어 코커럴은 차를 몰고 토드로 999번지로 가서 안에 숨어 있는 세입자를 위해 세레나데를 불러주자는 제안을 내놓았지만, 여기에 코커럴 부인이 끼어들면서 저녁 모임은 막을 내렸다. 각자가 침대로 향할 때 내 머릿속에는 입속의 고약한 뒷맛에 상응하는 무언가가 남겨져 있었다.

7

나는 매력 있고 시원하고 예쁘게 꾸며진 방에서 형편없

는 밤을 보냈다. 창문과 방문은 제대로 닫히지 않았고, 침실등의 받침대는 나를 수년째 뒤쫓고 있는 셜록 홈스 합본이었다. 작업하려고 가져온 교정지를 불면증의 위안거리로 삼을 수 없었던 것은 약하고 흐릿한 불빛 탓이었다. 트럭의 굉음이 2분에 한 번꼴로 집을 흔들었고, 나는 깜빡 잠에 들었다가 헉 소리와 함께 일어나 앉기를 반복했다. 블라인드를 패러디하는 블라인드를 통해 거울에 가 닿은 도로의 불빛에 얼마나 눈이 부시던지, 발포하는 군인들을 마주보고 있다는 생각이 들 정도였다.

나는 하루치의 혹독함에 맞서기에 앞서 무조건 오렌지세 개의 착즙액을 들이켜야 하는 몸을 가지고 있다. 7시 반에 짧은 샤워를 하고 5분 만에 귀가 길고 기가 죽은 소바케비치와 함께 그 집에서 빠져나온 것은 그 때문이었다.

공기는 얼음처럼 찼고, 하늘은 맑고 선명했다. 남쪽으로는 군데군데 눈이 남아 있는 회청색 언덕을 오르는 텅 빈도로가 보였다. 바로 오른쪽으로는 잎이 다 떨어진 키 큰포플러가 빗자루에 뒤지지 않을 정도의 갈색이 되어 서 있었고, 포플러의 긴 아침 그림자는 도로를 건너서 맞은편 건물에 닿아 있었다. 외벽이 톱니처럼 삐죽삐죽하고 크림색을 띠는 건물이었는데, 나의 선임자는 한 무리의 페즈 착용자들이 그 건물로 들어가는 것을 목격했다는 이유로 그 건

물이 터키 영사관이라는 생각을 갖고 있었다는 것이 코커
럴의 말이었다. 나는 거기서 왼쪽으로 꺾어 북쪽으로 가는
내리막길을 두 블록 걸어갔는데, 전날 저녁에 보아두었던
식당이 문을 열기 전이라서 발길을 돌렸다. 그렇게 채 두
걸음도 걷지 않았을 때, 거대한 맥주 트럭이 우르릉 소리
를 내며 올라왔고, 곧이어 창밖을 내다보는 개의 하얀 머리
와 함께 연청색 소형 세단이 따라 올라왔고, 이어서 첫 번
째 트럭과 완전히 똑같이 생긴 거대한 트럭이 따라 올라왔
다. 허름한 세단은 보따리들, 여행 가방들로 가득 차 있었
고, 운전자는 프닌이었다. 나는 고함을 지르며 인사를 했는
데 그는 나를 보지 않았고, 내게 남은 유일한 희망은 그가
한 블록 위에서 빨간불에 걸려 있는 동안 내가 빠른 걸음으
로 그를 따라잡는 것이었다.

  그렇게 급하게 뒤쪽 트럭 옆을 지난 나는 내 오랜 친구의
긴장한 옆모습—귀덮개를 늘어뜨린 모자를 쓰고 방한복
을 입은—을 다시 한 번 언뜻 볼 수 있었지만, 몸을 내민 작
고 하얀 개가 소바케비치를 향해 짖는 중에 신호등은 순식
간에 파란불로 바뀌면서 모든 것—트럭 1, 프닌, 트럭 2—
이 쭉 달려나갔다. 나는 그렇게 도로의 화면 앞에 서서 그
들이 무어 양식 건축물과 롬바르디아 포플러 사이로 멀어
져가는 모습을 지켜보았다. 그때 소형 세단이 과감하게 앞

트럭을 추월했고, 그렇게 마침내 자유로워져서 도로 위를 질주하기 시작했다. 빛나는 도로가 은은한 안개에 감싸여 황금색 실처럼 가늘어지는 머나먼 그곳—끝없이 겹쳐진 산들이 아름다운 원경이 되어주는 곳, 무슨 기적이라도 일어날 수 있을 것만 같은 곳—을 누군가는 볼 수 있었다.

갈색 가운을 입고 갈색 샌들을 신은 코커럴은 코커스패니얼을 안으로 들여보내고는 우울한 콩팥과 생선으로 이루어진 대영 제국의 아침 식사가 기다리고 있는 주방으로 나를 데려갔다.

그러고는 이렇게 말했다. "그럼 이제부터 '크레모나 여성 클럽'에 간 프닌이 연단에 서다가 원고를 잘못 가져왔음을 알게 되는 이야기를 들려드리겠습니다."

옮긴이의 말

『프닌』의 반전: 기법적 절묘함과 '윤리적 아름다움'†
(※스포일러 주의)

　『프닌』은 1899년에 태어나 10대 후반에 러시아 혁명의
격변 속에 러시아에서 유럽으로 탈출해야 했던 나보코프가
유럽에서 20대와 30대를 다 보내고 나치의 위협을 피해 다
시 미국으로 이주한 뒤 영어로 집필한 소설 중 하나다.✦

---

† 　이 글에 인용된 글들은 저작권사의 사용 허락을 얻기 위해 노력했으나, 이
책이 출간될 시점까지 확인받지 못했습니다. 차후에 저작권사의 사용 승인을
완료하도록 하겠습니다.
✦ 　블라디미르 나보코프의 삶과 작품을 깊고 넓게 개괄한 것으로 유명한 브라
이언 보이드Brian Boyd의 나보코프 평전—미국 이주 이전까지를 다룬 *Vladimir
Nabokov: The Russian Years*(Princeton: Princeton University, 1990)와 미국 이
주 이후부터를 다룬 *Vladimir Nabokov: The American Years*(Princeton: Princeton
University, 1991) 두 권—은 이 결정적 이주 과정과 그에 따른 작가 정체성 변
모에 주목하면서 나보코프의 삶을 '러시아 시기'('로디'로 살아간 시기), '유럽
시기'('시린'으로 살아간 시기), '미국 시기'('나보코프 교수'로 살아간 시기),
'두 번째 유럽 시기'('VN'으로 살아간 시기) 이렇게 네 시기로 구분한다. 옮긴

'유럽 시기'에는 러시아어로 작품 활동을 하면서 러시아 에미그레 사회에서 최고의 명성을 누린 나보코프였지만 ('시린'은 그 시기의 필명이었고, 『방어』『사형장으로의 초대』『재능』이 이 시기의 대표작으로 꼽힌다), '미국 시기'에는 영어로 전혀 다른 독자들을 상대해야 했고, 무엇보다 집필과 강의로 생계를 유지해야 했다. 코넬 대학 재직 중에 무급 안식년을 얻어 간신히 완성한 소설 『롤리타』가 폭발적 성공을 거두고 나서야 비로소 나보코프는 미국에 작별을 고하고 유럽으로 돌아가 집필에 전념할 수 있었다. 『창백한 불꽃』과 『아다 혹은 열정: 가족 연대기』는 나보코프가 스위스에서 완성한 후기 걸작이다.

　어떤 작품(들)을 나보코프의 대표작으로 꼽을 것인가는 평자(독자)에 따라서 의견이 갈릴 수도 있겠지만, '라이브러리 오브 아메리카' 세 권을 포함해 수많은 나보코프 권위판의 편집자이자 나보코프에 관한 한 결코 무시할 수 없는 비평가인 브라이언 보이드는 『방어』『사형장으로의 초대』『재능』『말하라, 기억이여』『롤리타』『창백한 불꽃』『아다 혹은 열정: 가족 연대기』를 나보코프의 걸작으로 꼽는다.＊

이를 포함해 나보코프의 작품을 읽으려는 많은 독자들에게 이러한 전기적 조망은 거의 불가결할 만큼 유용하다.

＊　Brian Boyd, *Vladimir Nabokov: The Russian Years*, p. 410 참조.

'미국 시기'에 나온 『서배스천 나이트의 진짜 인생』 『벤드 시니스터』 『말하라, 기억이여』 『프닌』 『롤리타』 중에서 보이드가 『롤리타』와 함께 대표작으로 꼽는 작품은 『프닌』이 아니라 자서전으로 분류되는 『말하라, 기억이여』라는 점, 곧 나보코프를 전체적으로 조망하면서 『프닌』을 비교적 덜 조명하는 것은 보이드도 예외가 아니다.

『프닌』은 나보코프가 미국에 정착한 뒤 『서배스천 나이트의 진짜 인생』과 『벤드 시니스터』에 이어 세 번째로 펴낸 영어 소설이다. 보이드에 따르면, 『프닌』은 "나보코프의 모든 소설 가운데 가장 코믹하고 가장 애달프고 가장 단순한" 소설이다.[*] 보이드의 나보코프 두 번째 전기 13장 「『프닌』」 (pp. 271~87)은 『프닌』이라는 한 편의 소설을 집중 분석하는 매우 유용한 작품론이자 그 자체로 빼어난 비평 에세이다. 나보코프의 『프닌』은 총 7장으로 되어 있고, 보이드의 「『프닌』」은 총 다섯 개의 섹션으로 되어 있다. 『프닌』 1장에 주목한 첫 번째 섹션, 『프닌』을 요약하는 방식으로 프닌의 내면을 펼쳐 보이는 두 번째 섹션, 『프닌』 7장에 주목하는 세 번째 섹션, 프닌의 서사와 화자의 서사가 상충하는 대목들을 짚는 네 번째 섹션, 다람쥐의 신학적 형이상학으

---

[*] Brian Boyd, *Vladimir Nabokov: The American Years*, p. 271.

로 또 하나의 텍스트 지평을 펼쳐 보이는 다섯 번째 섹션이
다. 이 후기는 첫 번째 섹션의 일부와 세 번째 섹션의 일부
를 길게 인용했다.

　프닌의 최초 인상은 웃기는 인물―미국 것들 속에 섞여 들
어가고 싶은 마음뿐이라는 익살스러운 외국인―이지만, 그
는 작품 초반에 이미 연민의 대상―조롱과 오해에 시달리는
망명객, 이혼남, 독거남―이 된다. 총 일곱 장 가운데 첫 번째
장에는 강연자로 초대받아 웬델에서 크레모나로 가는 프닌이
나온다. 첫 장면에서 잘못 탄 기차에 기분좋게 앉아 자기가 어
떤 실수를 저질렀는지 전혀 모르는 채 태평하기만 한 그의 모
습을 보면서부터 우리는 그를 놀림감으로 삼고 싶어진다. 외
모는 우스꽝스럽고(이상적 대머리, 감자 코, 육중한 상체에
가는 다리), 언제나 물건과 전쟁 중이고(자명종과의 전쟁, 안
경과의 전쟁, 지퍼와의 전쟁), 영어는 기괴하고, 절대 실수하
지 않으려는 조심스러움이 번번이 실수를 부르고, 자기가 자
초한 작은 참사들을 대단히 재미있어하는 프닌이다. 1장의 모
든 것이 곧 그에게 닥쳐올 낭패에 대한 우리의 조롱을 유도하
는 것만 같다. 기차에서 내리자마자 훨씬 더 웃기게 증식하는
말썽들 속으로 빠져 들어가는 프닌이다.
　하지만 이 첫 장을 쓰기 불과 1년 전, 다시 말해『프닌』을

구상하기 불과 몇 달 전, 나보코프는 『돈키호테』를 다시 읽고 하버드에서 세르반테스에 대해 강의하면서 『돈키호테』의 잔인성에 격노했다. 이 책은 독자들이 돈키호테의 고통과 치욕을 보고 즐기기를 내심 바라고 있다는 것이었다. 『프닌』은 나보코프가 세르반테스에게 내놓는 답변이다. 이 책의 제목— '터무니없는 작은 폭발'과 비슷한 웃긴 이름(pnin)—과 '고통 pain'은 철자가 닮았다.

'슬픈 얼굴의 기사'가 옛 카스티야에서 웃음 소재였듯, 프닌은 웬델 캠퍼스에서 웃음 소재였다. 하지만 나보코프는 『프닌』의 도입부에서 우리를 부추겨 소설의 주인공을 야유하게 하는 듯하더니 갑자기 이야기를 반전시킨다. 버스에서 비틀비틀 내려선 프닌은 공원 벤치에서 정신을 잃는다. 심근경색으로 인한 발작인 듯한데, 그의 정신은 상트페테르부르크에서 보낸 어린 시절 아팠던 때로 시간 여행을 떠난다. 심장 발작 중에 갑자기 어린 시절의 환각을 보는 프닌, 어머니에게 사랑받는 아들이자 병상에 누운 채 초조하게 방을 둘러보고 벽지 무늬의 패턴을 밝히려고 애쓰면서 의식의 혼미를 겪는 남학생인 프닌이니, 희극적 엉덩방아들로 축소되기에는 너무 가깝고 너무 선명한 사람, 현실성과 지속성을 갖춘 사람이다. 그는 돈키호테에게는 결코 허락되지 않은 복잡한 내면을 가지고 있으니, 그의 고통은 갑자기 의미를 띠게 된다. 실수 연발의 그가 인간의 불운과 불행 전체를 요약하기에 이른다. 인

294

간의 삶 전체의 희극과 비극을 기묘하게 혼합하는 프닌이다.*

이렇듯 『프닌』은 나보코프의 "가장 단순한" 소설일 뿐 그 자체로는 전혀 단순하지 않은 작품이다. 나보코프는 늘 복잡한 이야기를 정교한 기법으로 들려주는 작가였고, 그것은 『프닌』도 예외가 아니다. 나보코프가 평생 즐겨 사용한 중요한 기법의 하나가 시점 전환이라면, 『프닌』은 전체가 시점 전환 기법의 실험이라고도 할 수 있을 만큼 이 기법의 잠재력을 새롭게 그리고 놀랍게 증명하고 있다.**

7장은 소설의 문을 닫는 장이기도 하고 갑자기 여는 장이기도 하다. 지금까지 거의 정체불명이었던 화자가 특정인이 되어 살아 움직인다…… 그는 바로 블라디미르 나보코프다……

* Brian Boyd, *Vladimir Nabokov: The American Years*, pp. 271~72.
** "나보코프가 『밀정』에서 선보인 엄청난 기법적 진전—대담한 시점 처리—은 그가 이후에 선보일 작법의 상당수—거의 정신병적으로 비대한 자아를 가진 화자를 등장시키고, 1인칭 서술과 3인칭 서술 사이를 미끄러지듯이 오가고, 갑자기 초점을 바꿈으로써 서로 다른 두 현실을 충돌시키고는 그 충돌을 우리에게 해결하게 하는—를 예견케 한다"(Brian Boyd, *Vladimir Nabokov: The Russian Years*, p. 348). 『밀정 Soglyadatay』은 '유럽 시기'인 1930년에 러시아어로 처음 나왔고, 1965년에 "The Eye"라는 제목으로 영역되었다.

귀족 출신에, 침착한 성격에, 사랑과 일에서 성공을 거머쥔 화자 나보코프는 모든 것이 서툰 불쌍한 프닌과는 극과 극이다. 프닌은 기초 영어도 다 틀리는 데 비해, 나보코프는 모국어도 아닌 언어로 놀라운 문장을 구사할 줄 아는 작가다. 하지만 그에게는 프닌의 윤리적 아름다움moral fineness이 결여되어 있다. 리자의 자살 기도에서 본인이 맡았던 당혹스러운 역할에 대해서는 아무 언급 없이 얼른 넘어갔으면서(본인의 프라이버시는 열심히 지킨다), 프닌이 리자에게 보낸 편지를 마지막 한 글자까지 전부 공개한다…… 프닌이 리자에게 청혼을 하는 대목에는 이 불쌍한 남자의 가장 취약한 면이 노출되어 있다. 프라이버시라는 등딱지를 잃은 거북이다……

이 역겨운 시퀀스를 통해 우리는 프닌을 웃음거리로 만드는 데 우리도 공모해왔다는 사실에 직면한다. 소설의 마지막 페이지에서 프닌은 새로 사귄 지저분한 잡종 개와 함께 터무니없이 작은 차를 타고 웬델을 떠난다. 자리에 연연하지 않고 자존심을 지키는 프닌은 존경스러워 보이는 데 비해, 정중한 나보코프는 코커럴의 강박적, 악의적 조롱의 멋쩍은 공범인 듯하다. 하지만 이 화자가 우리에게 프닌이 크레모나로 가는 길에 무슨 낭패를 당하는지 들려주겠다고 약속한 이후로 그의 불운만을 줄기차게 묘사해온 만큼, 우리도 그의 공범이다.

우리가 서로에 대해서 만들어내는 손쉬운 이미지는 진실

근처에도 갈 수 없다는 것, 그런 이미지는 인간 이하의 무언가라는 것이 나보코프—화자가 아닌 저자—의 생각이다. 프닌의 외모, 그의 서투름, 그의 어설픈 영어 너머를 보려고 하지 않는 대부분의 웬델 교원들은 프닌이 수준 높은 학자임을 알지도 못하고 그의 희한한 어법이 기괴한 내면의 표시가 아니라 망명의 고생스러움과 혼란스러움의 표시임을 알려고 하지도 않는다. 코커럴 같은 사람들 혹은 코커럴에게 귀를 기울이고 있을 때의 블라디미르 나보코프(화자) 혹은 화자 나보코프가 신나게 들려줄 프닌의 다음번 낭패를 신나게 기다리고 있을 때의 우리는, 돈키호테의 불행을 악귀들처럼 신나게 즐기는 잔인한 공작 부부의 모습을 하고 있다.[＊]

2023년 7월

<hr />

[＊]   Brian Boyd, *Vladimir Nabokov: The American Years*, pp. 276~78.

작가 연보

러시아
(1899~1919)

1899	4월 22일 상트페테르부르크의 귀족 명문가에서 장남으로 출생.
1899~ 1910	유복한 환경에서 다양한 분야의 풍부한 교육을 받았다. 영어와 프랑스어를 배워 어려서부터 3개 국어를 유창하게 구사했으며, 테니스, 자전거, 권투 등 다양한 운동을 배웠다. 곤충학과 체스에도 관심이 많았는데, 특히 나비 연구와 체스에 대한 열정은 평생 이어진다.
1911	당시 상트페테르부르크 최고의 김나지움 중 하나인 테니셰프 학교에 입학.
1914	처음으로 시를 씀.
1916	68편의 시가 담긴 첫 시집 『시집Стишки』을 자비로 출간.
1917	2월 혁명 이후 아버지가 온건파 내각에 참여했으나 볼셰비키 혁명 이후 가족과 함께 크림 지방으로 이주한다.

유럽
(1919~40)

1919 볼셰비키가 크림을 장악하고 적군이 승리하자 나보
     코프 가족은 콘스탄티노플을 거쳐 런던으로 간다.

1919~22 동생 세르게이와 함께 케임브리지 대학에 입학하고,
     러시아문학과 프랑스문학을 전공한다.

1920 8월 가족이 베를린으로 이주하고, 아버지가 러시아
     어 신문 『방향타Руль』의 편집자가 된다. 이 신문에
     나보코프가 번역한 시와 산문이 처음으로 실린다.

1921 필명 '블라디미르 시린'으로 작품을 발표하기 시작.
     미국으로 이주하기 전까지 이 필명으로 작품을 발표
     한다.

1922 3월 28일 베를린에서 아버지가 극우파 러시아인에게
     암살당한다. 6월에 케임브리지 대학을 졸업한 뒤 가
     족들이 있는 베를린으로 가 외국어, 테니스 강습 등
     으로 생계를 유지한다.
     로맹 롤랑의 『콜라 브뢰뇽Colas Breugnon』을 러시아어
     로 번역 출간.

1923 베를린에서 시집 『송이Гроздь』와 『천상의 길Горний
     луть』 출간. 미래의 아내 베라 예프세예브나 슬로님
     을 만난다.

1924 첫 장편희곡 『모른 씨의 비극Трагедия гослодина
     Морна』 완성.

1925	4월 25일 베를린에서 베라 슬로님과 결혼. 첫 장편 『마셴카Машенька』 집필.
1926	베를린에서 『마셴카』 출간. 희곡 「소비에트에서 온 사람Человек из СССР」 집필.
1928	베를린에서 장편 『킹, 퀸, 잭Король, дама, валет』 출간.
1929	문예지 『현대의 수기Современные залиски』에 장편 『루진의 방어Защита Лужина』 연재.
1930	베를린에서 장편 『루진의 방어』와 단편집 『초르브의 귀환Возвращение Чорба』 출간. 중편 「밀정 Соглядатай」을 『현대의 수기』에 발표.
1931	『현대의 수기』에 장편 『위업Подвиг』 연재.
1932	파리에서 『위업』 출간. 『현대의 수기』에 장편 『카메라 오브스쿠라Камера Обскура』 연재.
1933	파리와 베를린에서 『카메라 오브스쿠라』 출간.
1934	『현대의 수기』에 장편 『절망Отчаяние』 연재. 5월 10일 아들 드미트리 출생.
1935	『현대의 수기』에 장편 『사형장으로의 초대Приглаш-ение на казнь』 연재.
1936	베를린에서 장편 『절망』 출간.
1937	나치를 피해 파리로 이주. 푸시킨 시를 프랑스어로 번역하여 프랑스 잡지에 게재하고, 프랑스어로 쓴 푸시킨에 관한 논문을 프랑스 문예지 *NRF*에 발표. 『현대의 수기』에 장편 『재능Дар』 연재. 나보코프가

직접 영어로 옮긴 『절망*Despair*』을 런던에서 출간.

1938   파리와 베를린에서 『사형장으로의 초대』 출간. 첫 영
        어 소설 『서배스천 나이트의 진짜 인생*The Real Life of
        Sebastian Knight*』 집필. 중편 「밀정」에 12편의 단편을 추
        가하여 파리에서 출간.
        희곡 「사건Событие」과 「왈츠의 발명Изобретение
        вальса」 발표.

1939   프라하에서 어머니 작고.

미국
(1940~60)

1940   5월, 미국으로 이주. 뉴욕의 자연사박물관에서 일
        하며 나비에 관한 논문 발표. 비평가 에드먼드 윌슨
        Edmund Wilson의 추천으로 『뉴요커*The New Yorker*』에
        기고하고, 여러 유명 잡지에 글을 쓴다. 필명 V. 시린
        이 아닌 본명 블라디미르 나보코프로 글을 쓰기 시작.

1941   장편 『서배스천 나이트의 진짜 인생』 출간. 이때부터
        7년간 웰즐리 칼리지에서 러시아문학 강의.

1942   하버드 대학교 비교동물학 박물관에서 6년간 곤충학
        특별 연구원으로 활동.

1944   고골 연구서 『니콜라이 고골*Nikolai Gogol*』 출간. 『세
        명의 러시아 시인: 푸시킨, 레르몬토프, 튜체프 시선

집 *Three Russian Poets : Selections from Pushkin, Lermontov and Tyutchev*』 번역 출간.

1945   미국 시민권 획득.

1947   장편 『벤드 시니스터*Bend Sinister*』, 단편집 『아홉 편의 이야기*Nine Stories*』 출간.

1948~58 코넬 대학교 문학부 교수로 러시아·유럽 문학 강의. 사후에 미국에서 강의록이 네 권의 책으로 출간됨. 『율리시스 강의*Lectures on Ulysses*』(1980), 『문학 강의 *Lectures on Literature*』(1980), 『러시아문학 강의*Lectures on Russian Literature*』(1981), 『돈키호테 강의*Lectures on Don Quixote*』(1983),

1951~52 하버드 대학교에서 초빙 강사로 문학 강의.

1951   회고록 『결정적 증거*Conclusive Evidence*』 출간.

1952   뉴욕에서 『재능』 무삭제판 출간. 파리에서 러시아어 시선집 『시 1929~1951Стихотворения 1929~1951』 출간.

1954   회고록 『결정적 증거』의 러시아어 번역판 『다른 해안Другие берега』 출간.

1955   파리에서 장편 『롤리타*Lolita*』 출간. 이 책은 미국의 출판사 네 곳에서 출판을 거절당한 뒤 파리의 올랭피아 프레스Olympia Press에서 출간되었다.

1956   1930년대에 러시아어로 쓴 단편 14편을 엮은 소설집 『피알타의 봄Весна в Фиальте и другие рассказы』 출간.

1957	장편 『프닌Pnin』 출간.
1958	레르몬토프의 소설 『우리 시대의 영웅Hero of Our Time』 영어로 번역 출간. 단편집 『나보코프의 한 다스 Nabokov's Dozen』 출간. 뉴욕에서 『롤리타』 출간.
1959	영어 시집 『시Poems』 출간. 미국에서 『롤리타』가 성공하면서 교수직을 그만두고 전업 작가의 길로 들어섬.

스위스
(1960~77)

1960	스위스의 몽트뢰로 이주. 『이고리 원정기The Song of Igor's Campaign』 영어로 번역 출간.
1962	뉴욕에서 장편 『창백한 불꽃Pale Fire』 출간. 스탠리 큐브릭 감독에 의해 「롤리타」 영화화, 개봉.
1964	푸시킨의 『예브게니 오네긴Eugene Onegin』을 영어로 옮기며 방대한 주석을 달아 네 권으로 출간.
1966	회고록 『결정적 증거』의 개정증보판 『말하라, 기억이여Speak, Memory』 출간. 단편집 『나보코프의 4중주 Nabokov's Quartet』 출간.
1969	장편 『아다 혹은 열정: 가족 연대기Ada of Ardor: A Family Chronicle』 출간.
1970	러시아어와 영어로 쓴 시와 체스 문제를 엮은 『시와 문제Poems and Problems』 출간.

1972	장편 『투명한 것들*Transparent Things*』 출간.
1973	단편집 『러시아 미인*A Russian Beauty and Other Stories*』 출간. 인터뷰와 비평, 에세이, 서한을 엮은 『굳건한 견해*Strong Opinions*』 출간.
1974	장편 『어릿광대를 보라!*Look at the Harlequins!*』 출간. 장편 『오리지널 오브 로라*Original of Laura*』 집필 시작.
1975	단편집 『무너진 독재자*Tyrants Destroyed and Other Stories*』 출간.
1976	러시아어로 쓴 작품 중 나보코프가 영역하여 엮은 단편집 『석양의 디테일*Details of a Sunset and Other Stories*』 출간.
1977	7월 2일 스위스 몽트뢰에서 영면.
2009	1974년 집필을 시작했으나 끝내 완성하지 못한 『오리지널 오브 로라』 출간. 나보코프는 이 작품을 생전에 완성하여 출간하지 못하면 불태워달라는 유언을 남겼으나, 아들 드미트리가 편집하여 출간.